本书受教育部人文社科一般项目“文学翻译作品与现代汉语——接触、影响以及制约”（14YJA740057）、辽宁省社会科学规划基金重点项目“翻译与现代汉语——历时语料库比较下的分析研究”（L15AYY005）、辽宁省教育厅科学研究一般项目“现代汉语‘欧化’现象的定量分析研究”（W2015354）资助，特此鸣谢。

莎士比亚戏剧汉译的定量对比研究

——以朱生豪、梁实秋译本为例

A QUANTITATIVE STUDY OF TWO CHINESE TRANSLATIONS OF SHAKESPEAREAN DRAMA

—— EXEMPLIFIED WITH THE VERSIONS BY ZHU SHENGHAO AND LIANG SHIQIU

张威 著

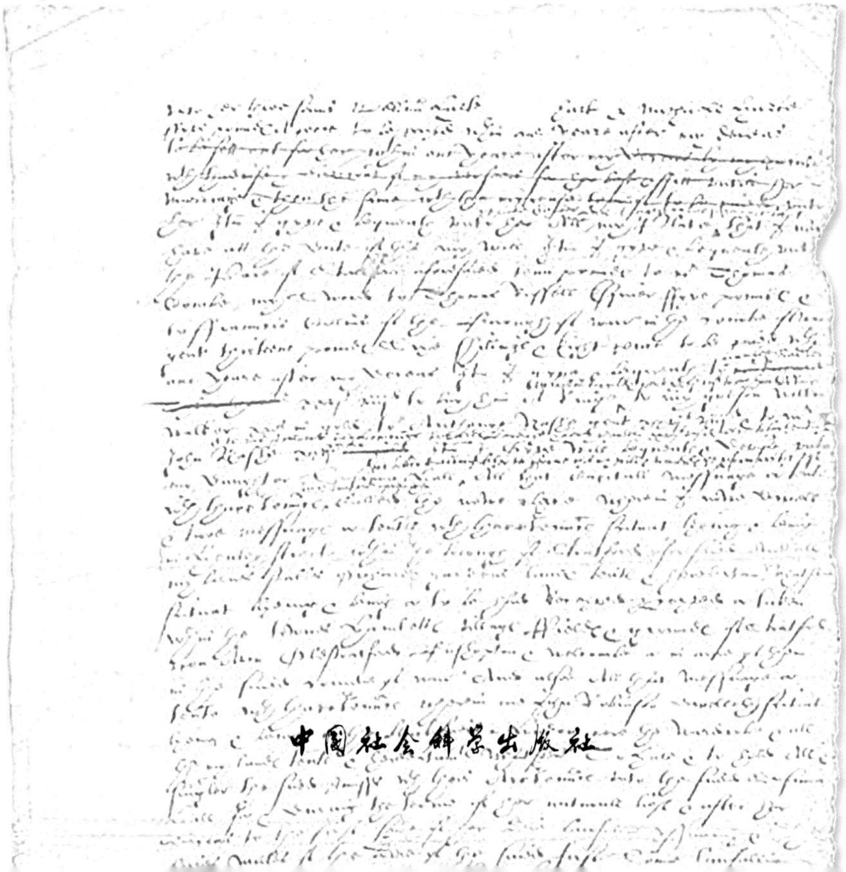

中国社会科学出版社

图书在版编目（CIP）数据

莎士比亚戏剧汉译的定量对比研究：以朱生豪、梁实秋译本为例／张威著．—北京：中国社会科学出版社，2017.9

ISBN 978－7－5203－0739－0

Ⅰ.①莎…　Ⅱ.①张…　Ⅲ.①莎士比亚—（Shakespeare，William 1564—1616）—戏剧文学—文学翻译—研究　Ⅳ.①I046

中国版本图书馆CIP数据核字（2017）第168812号

出版人　赵剑英
责任编辑　赵　丽
责任校对　王佳玉
责任印制　王　超

出　　版　中国社会科学出版社
社　　址　北京鼓楼西大街甲158号
邮　　编　100720
网　　址　http://www.csspw.cn
发 行 部　010－84083685
门 市 部　010－84029450
经　　销　新华书店及其他书店

印　　刷　北京君升印刷有限公司
装　　订　廊坊市广阳区广增装订厂
版　　次　2017年9月第1版
印　　次　2017年9月第1次印刷

开　　本　710×1000　1/16
印　　张　16.25
插　　页　2
字　　数　258千字
定　　价　68.00元

目　　录

第一章

绪　论

此书定稿之时，正值莎士比亚诞辰450周年之际。虽然这位“属于所有时代”的文坛宗匠在时间的间隔上与我们有些遥远，但是我们仍能通过他的原作或译本与他进行心灵对话。因其作品中反映的是人性永久性和普遍性的主题，所以莎士比亚作品“不仅其书为全世界文学之士所耽读，其剧本且在各国舞台与银幕上历久搬演而弗衰”。[①]

“1903年上海达文书社出版了《澥外奇谭》，它为我国最早的莎剧文言故事译本。”[②] 此后，便陆陆续续有多人完成了莎剧的单行本或全集的汉译，其中包括林纾、田汉、曾广勋、张采真、戴望舒、张文亮、顾仲彝、袁国维、曹未风、朱生豪、曹禺、杨周翰、虞尔昌、梁实秋、英若诚、方平、卞之琳等。他们在不同时代为当时的读者和观众提供了不同风格和语体的莎士比亚作品，基本满足了所处历史时期的受众对这“笼罩一世、凌越千古”[③] 的经典文学的阅读和观赏需求，为莎士比亚戏剧作品这一“全人类文明的永恒瑰宝”[④] 在中国的传播和普及做出了卓越贡献。

第一节　选题缘由

笔者对莎士比亚作品的喜爱由来已久，随着时间的推移，爱之弥深。

---

① 朱生豪：《〈莎士比亚戏剧全集〉译者自序》，载吴洁敏、朱宏达《朱生豪传》，上海外语教育出版社1990年版，第263页。

② 孟宪强：《中国莎学简史》，东北师范大学出版社1994年版，第8页。

③ 朱生豪：《〈莎士比亚戏剧全集〉译者自序》，载吴洁敏、朱宏达《朱生豪传》，上海外语教育出版社1990年版，第263页。

④ 刘翼斌：《概念隐喻翻译的认知分析基于〈哈姆雷特〉平行语料库研究》，中国社会科学出版社2011年版，第1页。

喜爱之余，又因其文辞古雅、语言形式多样而产生许多敬畏。很多时候，阅读原作都要借助译文。在撰写本书之前，笔者依靠的都是朱生豪译本。偶然机会，翻阅梁实秋译本，再以其对照原文时，笔者发现原作的面貌更加清晰了，因此就有了尝试对比两种译本的最初意图。实际上，选择研究莎士比亚的作品/译作是比较勇敢的尝试，因为学界已经有了太多丰硕的成果，稍不小心，就有可能与之前的某个结论相冲突或者偏离，使得研究结论经不住所有人通过各个角度来反复推敲。但是，毕竟是要了解译作的真实面貌的强大动力战胜了种种顾虑，笔者坚持了最初的研究目标和方向。

时代造就了莎士比亚。时代也造就了梁实秋和朱生豪，他们都没有辜负历史赋予的使命，系统地完成了莎士比亚戏剧汉译的浩大工程，他们留下的经典文学的经典译作对于作为普通读者和研究者的我们来说，是幸运的。身处信息时代的我们这一代研究者也应尽量充分利用时代的优势来使译本的面貌和特征描述更加客观、真实，从而为中国的莎士比亚研究及后来译者的翻译实践做点贡献。

计算机科学的快速发展为文本定量分析提供了可能。所谓定量研究是指：

> 运用统计学的原理和方法，统计并处理与研究对象相关的不同因素的数据资料，从中找出这些因素之间相互关系的研究方法。在翻译研究中应用定量研究方法，不仅可以基于数据的统计分析翻译事实或翻译现象，有效提高研究的科学性，而且可以揭示仅凭直觉和内省无法体悟或总结的翻译规律或翻译规范，深化具体译学课题的研究。①

语料库因其“更高的可信度”“客观性”“可观察性”“重复性”等特点，深受研究者的关注。为了更清楚地了解语料库研究在学界的地位，笔者在中国知网（CNKI）“学科学术热点”栏内，搜索哲学与人文科学的研究热点，得到的结果如图1—1所示。

① 胡开宝：《语料库翻译学概论》，上海交通大学出版社2011年版，第192页。

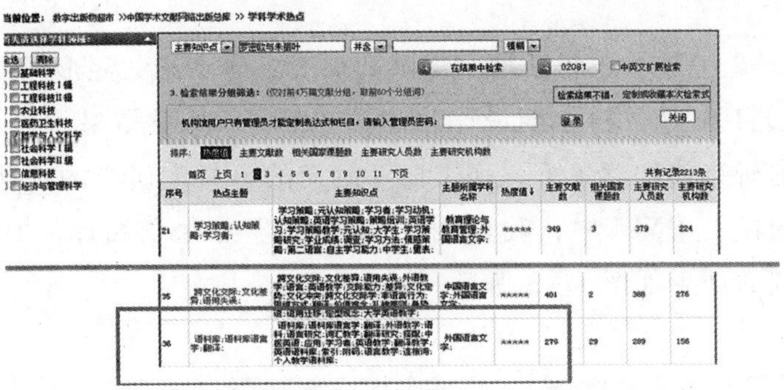

图 1—1　CNKI“学科学术热点”栏内哲学与人文科学领域检索截图①

在图 1—1 中，我们看到：“语料库”及“语料库语言学”和“翻译”这类热点主题的热度是五颗星，在总的“哲学与人文科学”的大领域类别中排到第 36 位的位置，在“外国语言文学”所属学科中，它的排位是第 3 位，可见其热度。当前的学界，大有非语料库不谈语言研究的趋势。同样在 CNKI 上面，从另外一个检索途径：文献资料的数据中，笔者检索了“语料库翻译”，得到了如图 1—2 所示的结果。

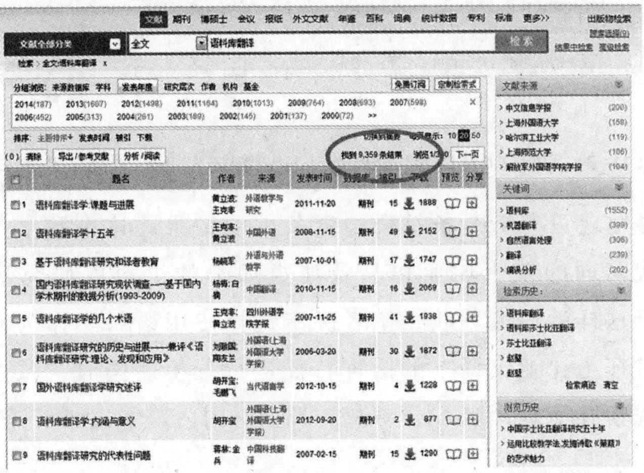

图 1—2　CNKI 中以“语料库翻译”为检索项的检索结果②

① 此截图提取时间为 2014 年 6 月 2 日。

② 此截图提取时间为 2014 年 6 月 3 日。截至 2016 年 11 月 14 日，与“语料库翻译”相关的文献检索结果已达到 38292 条。

图1—2中显示，包括期刊文献和硕士、博士论文等形式的文献资料在内，符合“语料库翻译”检索项的有9359条结果，可谓壮观。在这样的研究热度背景下，莎士比亚翻译的语料库研究的现状又是如何呢？同样在CNKI中，我们用“语料库莎士比亚翻译”作为检索项，得到的结果如图1—3所示。

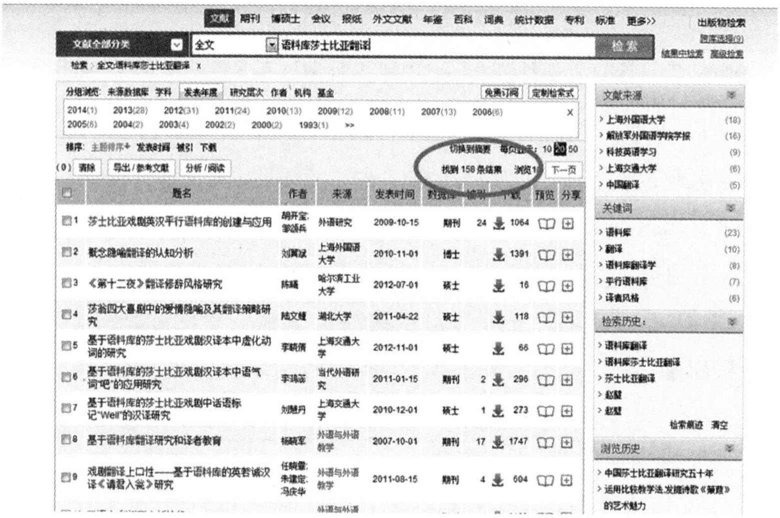

图1—3　CNKI中以“语料库莎士比亚翻译”为检索项的检索结果①

笔者发现只有158条符合检索条件的结果。这个数字与几乎是经典文学代名词的莎士比亚作品及如火如荼的语料库研究形势极不相称。鉴于这样的研究现状，笔者决定选择使用语料库作为研究手段和方法，对莎士比亚汉译本的语言特征进行分析。同时，试图通过语言特征来观察并梳理译者/本②风格，期望对国内莎士比亚汉译本的语料库研究有所贡献。

---

① 此截图提取时间为2014年6月3日。

② 此提法是因为笔者在四个译本中观察到的译者风格虽然具有代表性，但仍不能与译者的真实风格完全重合，所以，在文中涉及两译在对象语料中表现出的译者风格时，笔者用这个提法来表示。

第二节　研究目标及创新点

一　研究目标

研究通过对同一原作不同译文的比较以及译者在译文中“个性化语言使用”或其“偏爱或反复出现的语言行为模式”的调查，证明译者/作风格是存在的。同时我们在研究中努力甄别“译者风格”和“笔者风格”，尝试了解译者的文化身份与意识形态，进一步充实和完善“译者风格”的识别体系和构成要素，探究译者的语言习惯与译者的文化定位之间的关系。

研究通过基于双语平行语料库的实证调查和研究，探讨语料库文本特征描写和译者/作风格分析研究的可行性及具体操作手段和方法，并努力从不同的角度验证方法的效度和信度，为以量化为主的文本特征描写和译者/作风格分析研究提供新的科学手段。

研究通过具有“更高的可信度”“客观性”“可观察性”“重复性”的语料库，证明两译作在学界普遍被认可的特点，即梁实秋译莎士比亚戏剧具有更加“欧化”、更加忠实原文、更加注重译文的文化交流使命、更适合阅读等特点；朱生豪译莎士比亚戏剧具有更接近译入语、音乐性更强、更适于表演等特点。同时，研究努力尝试发现两译的其他特点。研究还将从政治、历史、文化等角度探究译家风格形成的原因，力争为更加完整、全面、真实、客观的两位译家风格的认识论构成提供依据。

二　研究的创新点

本书首次通过语料库的研究方法对梁实秋和朱生豪两位译者的莎士比亚四部戏剧《哈姆雷特》《李尔王》《奥赛罗》和《罗密欧与朱丽叶》的汉语译本进行了量化描述和分析，并对译本中表现出的译者/作风格做了较为系统、全面的梳理。在研究过程中，笔者还尝试把散落在译者的书信、自传/传记、文学评论、序言跋语等译文外围资料中的，对译者的翻译策略的选择、翻译观的形成产生影响的因素与译文中的表现紧密而有机地结合起来，是两译本特征描述、分析和两译者/作风格研究的较为可靠的依据。

研究通过客观、更高信度和效度的语料库方法证明了学界一直以来对梁实秋、朱生豪两位译本的定论：朱译本的“音乐性”更强，更适合咏诵和舞台演出；梁译本更贴近源语，表现出对原文作者更大的忠实，适合研究等。但语料库研究方法下得出的结论与“梁译本更适合阅读”等结论不甚相符。

研究方法上的创新主要表现在以下三个方面。①在本书中，笔者创造性地使用了一些语料分类统计的具体方法；②笔者创造性地提出了“译语化”的说法，为译者/作风格的研究体系提供了新的视角；③笔者构建了译本“音乐化”“欧化”“译语化”研究框架。以上三个方面会在某种程度上充盈基于语料库的译本描述分析和译者/作风格研究策略和手段，有助于拓展研究方向和思路。

第三节　研究语料及方法

一　研究语料及工具

（一）语料的选择

虽然本书是定量研究，语料应该穷尽对象作品的全部内容，但是，考虑到研究方法并不是把语料放到软件里用其所有功能分析一遍，然后把得到的数据简单罗列，这样的话，研究就会有“数字游戏”之嫌。因此，研究视角的确定、考察项目的选择等都是要靠研究者发挥主观能动性而不能百分之百地依靠机器来完成。所以，笔者决定选取几种莎剧文本来做一次定量和定性相结合的研究。总的来说，选择莎剧文本的时候，笔者权衡了它们的汉译本在学界和大众两个范围的受关注和影响程度、译本对研究主题以及后续的研究和传播的预期贡献程度、译者风格的明晰程度、译本的语料规模等因素。

1. 研究目的方面

考虑到研究的可持续性和研究的目的是在分析译本特征的同时梳理译本风格，所以，笔者决定选择以一人之力译完全集（或接近全集）的译者译本，因为翻译全集用时较长，译作风格稳定，相对清晰。笔者在 CNKI 中分别以“朱生豪译莎士比亚”和“梁实秋译莎士比亚”为检索项，得到的文献数量分别是 1110 条和 970 条。为了考察学界对两位译者的研究趋势，笔者又在“学术趋势”栏内输入两译者的名字，完成检索，得到如下结果，可见研究热度和上升的趋势（见图 1—4）。

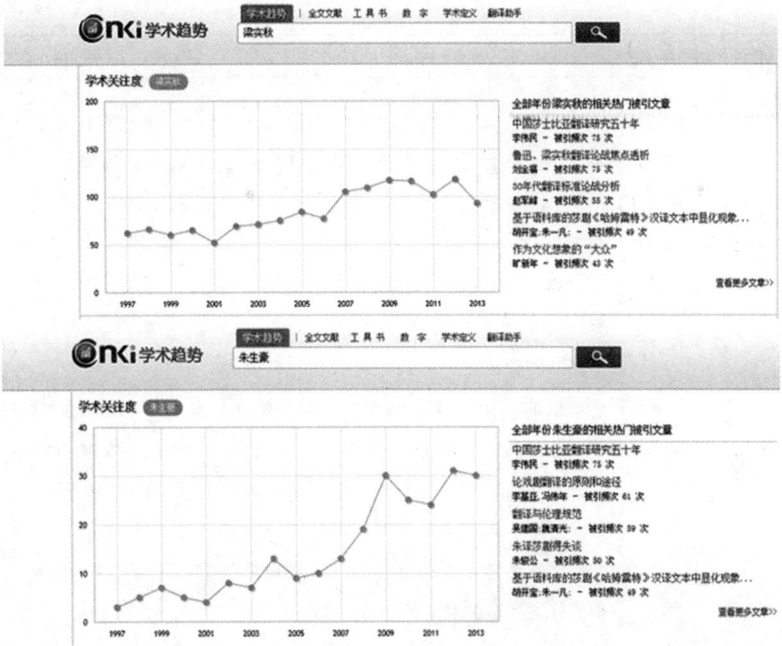

图 1—4 CNKI“学术趋势”栏内检索两译者的结果①

选择这两个译本的第二点原因，是本书的研究方法是在比较中甄别特点。笔者采用了学界关注较多且相对来说风格区别较大的朱生豪和梁实秋译本。截至目前，学界对这两种译本的评价褒贬不一。笔者期望通过语料库的方法得到客观的数据和结论，反观之前形成的普遍认同的看法，用以明确两译作的译者/本风格（见表 1—1）。

表 1—1　　两译本的现有学界评价举例

对象	评价人	评语	来源
两译	刘炳善	两部莎译全集，朱、梁各有千秋：朱译本以“达”“雅”取胜，而“信”稍有不足；梁译本以“信”“达”见长，而“雅”稍有不足。	《译事随笔》，中国电影出版社 2000 年版，第 244—245 页。

① 此截图提取时间为 2014 年 6 月 2 日。

续表

对象	评价人	评语	来源
梁译	曹未风	只是按文字把故事传述了过来，根本没有体会原著的优越的艺术成就。梁的翻译是“粗糙的”。	《莎士比亚全集》，朱生豪等译，新世纪出版社 1997 年版，序言。
梁译	刘炳善	梁译本不以文词华美为尚，而以“传真”为宗旨，紧扣原作，不轻易改动原文，不回避种种困难，尽最大努力传达莎翁原意。他的译文忠实、细致、委婉、明晰、能更多地保存莎剧的本来面貌。总的说，这是一部信实可靠的本子，语言也流利可诵。对于不懂英文而又渴望确切地了解欣赏莎剧的读者，从这个译本里可以窥见莎翁原作的更多的真实的面目。	《译事随笔》，中国电影出版社 2000 年版，第 243—244 页。
梁译	余光中	梁先生笔下的中文，一向是文白交融，却力戒西化，简直看不出笔者原是一位“吃英文饭、卖翻译稿”的外文系教授……梁先生笔下一面力排西化，另一面也坚拒“大白话”的俚腔，行文庶几中庸之道。	《雅舍轶文》，中国友谊出版公司 1999 年版，第 301—302 页。
梁译	奚永吉	梁实秋乃散文家、翻译家、辞典编撰家、莎士比亚翻译家，尤以一人独译 37 部莎剧而独步莎译界。他的译笔精严，举重若轻。他的学养极丰，译文华实相扶，情文兼至。	《莎士比亚翻译比较美学》，上海外语教育出版社 2007 年版，第 133 页。
朱译	刘炳善	朱生豪才气纵横，志在“神韵”，善于以华美详赡的文笔描绘莎剧中的诗情画意。他的译本语言优美、诗意浓厚，吸引了广大读者喜爱、接近莎士比亚，从 20 世纪 40 年代末以来对于在中国普及推广莎剧做出很大贡献。	《译事随笔》，中国电影出版社 2000 年版，第 243 页。

续表

对象	评价人	评语	来源
朱译	刘云雁	译文在古典与欧化之间维持着微妙的平衡，承上启下地反映一种集体审美体验的发展过程，在异质因素的有控渗透中增进了民族的文学力量与精神强度，在平行对话中发出了时代与本土的声音，作为伟大的翻译文学作品，成为本国文学发展史不可分割的重要部分。	《朱生豪莎剧翻译——影响与比较研究》，博士学位论文，浙江大学，2011 年，第 VI 页。
朱译	严晓江	朱生豪翻译莎士比亚作品的宗旨是用明白晓畅的字句传达原文意趣，把译文的可读性和可接受性摆在首要位置，积极迎合读者的先在视域。	《梁实秋中庸翻译观研究》，上海译文出版社 2008 年版，第 129 页。
朱译	胡开宝	朱生豪在翻译莎剧时，兼顾了当时普通读者的需要与表演的要求。朱生豪着眼于教化普通群众，增强中国文化实力。因而，为了让源语文本贴近普通人，便于戏剧表演，朱生豪着力使译文符合中文行文习惯。	《语料库翻译学概论》，上海交通大学出版社 2011 年版，第 120 页。
朱译	贺祥麟	朱译本的最大特点是文句典雅，译笔流畅，好像高山飞瀑，一泻千里，读之琅琅上口，决无佶屈聱牙之弊。	《莎士比亚研究文集》，陕西人民出版社 1982 年版，第 295 页。

综合以上两点原因，笔者确定了最初的选择，决定使用梁实秋和朱生豪的译本作为本书的研究对象。

2. 受关注程度方面

最先确定的剧目是《哈姆雷特》，其中的理由不必细说，对很多人来说，“哈姆雷特”几乎是莎士比亚的代名词。然后，考虑到研究还将对译作风格进行分析和梳理，所以决定把选择的范围确定在与《哈姆雷特》译本产生的时间相对较近的译本。在朱译本方面，根据朱生豪夫人宋清如的回忆，“而后来成功的那些悲剧，杂剧，史剧等，却显得老练，精警，流利，正是所谓炉火纯青的境地。尤其是《罗密欧与朱丽叶》《哈姆莱特》《女王殉爱记》《凯撒遇弑记》《麦克佩斯》《李尔王》《奥瑟罗》等，更是他得意的作品。”① 梁译本方面，“1936年6月至1937年5月出版了7部译剧：《威尼斯商人》《马克白》《李尔王》《如愿》《丹麦王子哈姆雷特之悲剧》《奥赛罗》《暴风雨》（中华教育文化基金董事会编译委员会编辑，商务印书馆出版）。”② 这样一来，两译的产生年代比较接近的剧目就集中在《哈姆雷特》《罗密欧与朱丽叶》《奥赛罗》《李尔王》和《麦克白》五部作品上了。实际上，选取“四大悲剧”作为研究对象是十分方便的，这些作品在读者的接受视阈中具有整体感。但研究涉及的主要对象毕竟是译本，所以，为了了解以上五部作品在中国受众范围内的影响力，笔者又做了如下调查。

笔者从学界和普通大众对于文本的关注两个方面调查，试图找到以上除《哈姆雷特》之外影响力较大的文本。在CNKI中，笔者分别检索了关于余下的四部剧作的文献数量③，得到的数据分别为《罗密欧与朱丽叶》4038条，《奥赛罗》2348条，《麦克白》1427条，《李尔王》1097条。

考虑到研究的主要对象是汉语译本，所以笔者在汉语最大的搜索引擎——百度中分别搜索④了四种潜在语料，在百科栏目中得到的浏览次数和义项（被改编成其他艺术形式，如电影、歌曲、戏剧等）的数据分别是《罗密欧与朱丽叶》2227070次、22个义项（见图1—5），《麦克白》448280次、12个义项，《李尔王》443661次、20个义项，《奥赛罗》408127次、14个义项。

从以上这两项的调查结果看，《罗密欧与朱丽叶》的受关注度是最高的，所以，考虑纳入研究对象语料范围内。

---

① 宋清如：《译者介绍》，载吴洁敏、朱宏达《朱生豪传》，上海外语教育出版社1990年版，第287页。

② 王建开：《五四以来我国英美文学作品译介史》，上海外语教育出版社2003年版，第96页。

③ 检索时间为2014年5月31日。

④ 同上。

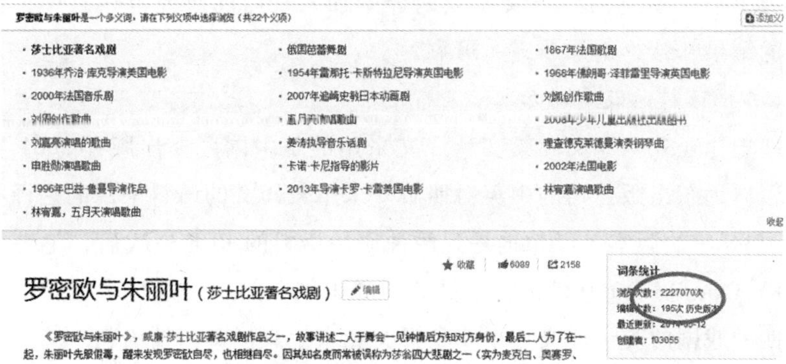

图1—5　“罗密欧与朱丽叶”在百度百科中的检索结果截图①

3. 语料在本书中的价值方面

从语料规模上看（在没有建语料库之前，只能用作品的页数来粗略比较一下语料规模），远东出版集团的梁实秋译《莎士比亚全集》五个汉英对照译本的页数分别为《哈姆雷特》307页；《李尔王》263页；《奥赛罗》263页；《罗密欧与朱丽叶》247页；《麦克白》190页。可以看出，《麦克白》的语料规模最小。从译本的先在特点来看，《罗密欧与朱丽叶》的朱生豪译本在本书的视角之一“音乐性”上具有明显的表现，如朱译本“音乐性”特点表现比较集中的“十字诗”在《罗密欧与朱丽叶》中使用的数量多达100句。② 也就可以姑且理解为用这个剧本作为对象语料，产生结论的预期较高。浙江大学刘云雁的题为《朱生豪莎剧翻译——影响与比较》的博士学位论文中的对象语料只有《罗密欧与朱丽叶》一部，也可以说明这部作品的代表性和研究意义。

最后一点原因是，如笔者在研究意义中提到的，本书的译例力争对翻译教学和翻译实践产生一定的借鉴价值，所以，参考前文中关于几种译本在学术研究中被涉及和关注的程度，确认了《罗密欧与朱丽叶》被纳入本书对象语料。用其代替语料规模最小的《麦克白》，最后确定了本书的对象语料为《哈姆雷特》《李尔王》《奥赛罗》和《罗密欧与朱丽叶》。

---

① 此截图提取时间为2014年5月31日。

② 详见附录五。

笔者力争把《麦克白》原文本及两译本加入日后的研究范畴之中，使得研究的结果和结论更加严谨、可靠。

（二）语料的获取与加工

莎士比亚戏剧原文和梁实秋译文采用的是中国广播出版社 2001 年引进的台湾远东出版公司的中英对照版。朱生豪译文的语料采用的是译林出版社 1998 年的版本。经扫描得到两种原始语料的 PDF 格式后，笔者使用 ABBYY Fine Reader 软件进行了批处理和识别，然后又经过手工校对，得到了四种戏剧的英语原文、梁实秋译文和朱生豪译文的精语料。

对两个汉语译本的分词和词性赋码，本书使用中国社会科学院的分词及标注系统——“中科天玑”系统，采用的标注标准全部是计算所一级标注（见图 1—6）。

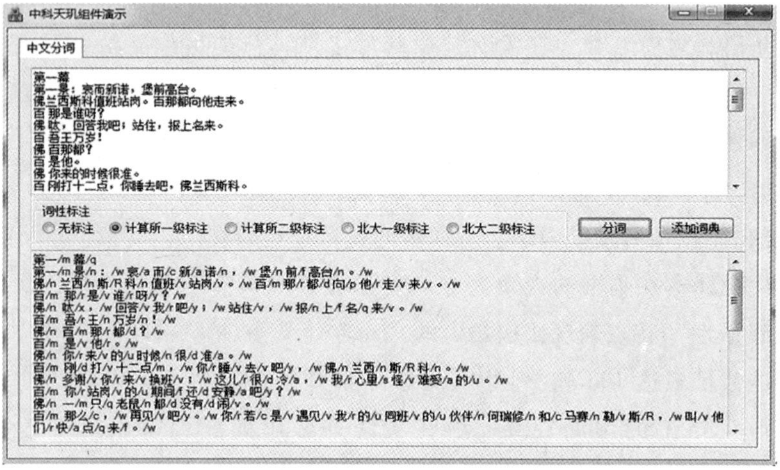

图 1—6 “中科天玑”分词系统操作界面截图

进行分词处理后的汉语语料可以直接放在语料分析软件中使用。本书的语言现象的统计和计算，主要借助 AntConc 来实现。这款软件使用起来灵活方便，具备单项检索、多项检索、类别检索、分析检索结果、提取搭配词表、提取词频表、提取目标语料库中显著性高于对照语料库的词项等多项功能，基本上可以满足本书的各种需求。简单的语言现象的计数，本书一般使用 Word 软件的查找与替换功能，当然研究中的绘图、数据处理等环节也涉及 Excel 软件的部分功能。

二 研究方法

总的来说，本书还是实证研究，力争对以往的译者/作风格分析研究的定性实践形式有所突破，以定量手段为主，用两种译文互为参照的方法，从“音乐化”“欧化”及“译语化”的视角观察两译者在译文中反复出现的“下意识”的语言习惯，并以这些语言习惯的表象为出发点，梳理和总结译者在这四部译作中表现的风格——译者/作风格。研究涉及的对比模式主要是两种译本之间的对比模式，当然也包括译本与原文本的对比模式和译本与汉语原创语料的对比模式。

具体的量化研究方法涉及 AntConc 中的单项检索、类别检索、提取搭配词表、提取目标语料库中显著性高于对照语料库的词项等功能，Word 软件的查找与替换功能，Excel 软件的列表、统计图表等功能。

语料选择的原则是能用文本分析软件统计的，尽量采用全部语料。如果是软件不能或很难完成的，则在单位语料内截取一部分作为抽样语料来进行观察和研究，抽样的原则力争避免主观和单一，做到客观和全面，如考察节奏（整齐的顿数和意组数）时，笔者采用的是《李尔王》第一幕语料；考察韵句数量时，采用的是《罗密欧与朱丽叶》语料；考察“被”字句的用法举例时，采用的是《奥赛罗》语料；考察意象时，使用的是《哈姆雷特》语料；考察“when”“but”用法时，使用的是《罗密欧与朱丽叶》和《哈姆雷特》两种语料。

在列举语料经统计后得出结果的方法上，尽量本着多样性、语料的可参考性、读者理解的连贯性等原则：对于原文与译文同样重要的、原文对译文的影响较大的如意象、“N 的 V”结构等，笔者既列举了译文也列举了原文；对于译文是句式单位（“被”字句）或原文对译文的影响不大的（数量词的用法：原文为“a/an”），则为了读者理解的方便和节省篇幅而只列举了译文。还有一些对研究结论的形成具有价值的结果，由于篇幅限制的原因，不能全部列入正文，笔者把这些资料以附录的形式列于文后，供读者了解更真实的译文面貌，也为后续研究者提供相应的语料基础。也许从这些资料中，他/她们能得出不同的研究结论，毕竟每个人对作品的理解和感受是不一样的：“有一千个读者，就有一千个哈姆雷特”。

任何形式的研究都不可能局限于纯粹的一种形式，本书也不例外。况且，基于语料库的量化研究毕竟还有局限性：

> 语料库方法的应用只能提供丰富的翻译实例或双语对应实例以及相关数据，但不能提供关于翻译现象或翻译本质的解释。任何一项研究需要回答“什么”“如何”和“为什么”3个层面的问题。相比较而言，解答“为什么”的问题要比回答其他两个问题重要的多，他是科学研究的核心问题。不过，语料库只能回答前两个问题，最后层面的问题离不开内省或演绎等方法的运用。①

所以，对于量化研究无法实现的，以及需要解释“为什么”的地方，本书采用了定性的方法。定性方法还用于验证、分析和归纳量化后的数据。本书还不可避免地涉及了理论及文献阐释的方法。

第四节　研究框架及内容

本书分绪论、文献综述、实证研究和结论四部分，用六个章节加以论证。

第一章绪论，笔者陈述了选题缘由，说明了本书的研究目标、创新点、研究方法等。本书决定尝试对莎剧四种戏剧的梁实秋译本、朱生豪译本做定量分析主要是鉴于语料库研究方法的优势和学界现有的莎剧汉译的语料库研究相对有限两种事实。在研究方法部分，笔者详细地从研究目的、译本受关注度、语料在本书的价值等方面说明了本书对象语料的选择标准。对本书中选择“音乐化”“欧化”“译语化”作为主要的考察视角的原因，笔者在这部分也有说明。

第二章是文献综述部分，笔者对莎士比亚戏剧和莎剧在中国的译介作了概述，对梁实秋和朱生豪两位译者的个人经历、翻译莎剧的动机、两译者的翻译观、译本的出版、影响及流传等方面作了介绍和回顾。同时，也对本书的方法论基础——语料库翻译学的概念作了界定，对其研究内容，研究现状等作了梳理。在这一章的最后，还对两译进行了包括形符总量、

① 胡开宝：《语料库翻译学概论》，上海交通大学出版社2011年版，第196页。

类符/形符比、平均句长、词汇密度、特色词、高频词等指标在内的考察。

第三章是从“音乐化”视角来考察两译，更细化的视角包括文本音乐性常见的特点韵、节奏和语调。

在第四章，笔者从“欧化”视角来考察两译，“欧化”的具体表现包括“被”字句、“N的V”结构、表示判断意义的“是……的”结构等句式和词类。词类包括英汉两种语言用法区别较大的介词、数量词。

第五章的考察视角是“译语化”，“译语化”区别于“归化”和“发挥译入语优势”等提法，指译者在译文中有意提高译入语读者的理解和鉴赏程度的语言形式上的表现。考察的项目包括两译先在差别较大的意象，还有连词、人称代词以及汉语主流诗学的特有表现形式四字格等。

第六章是本书的结语部分，包括研究结论、研究价值、研究局限和展望等内容。

第二章

莎士比亚戏剧汉译本定量研究综述

第一节　莎剧及其汉译概述

一　莎剧简述

> 关于莎士比亚，人们已经说了那么多话，以致看来好像再没有什么可以说的了；可是精神有一特性，就是它永远对精神起着推动的作用，这一回我要从几个方面来观看莎士比亚，首先作为一般的诗人，随后把他跟古人和近人相比，最后作为特殊的舞台诗人来谈。①

这段话引自歌德于1829年撰写的《说不尽的莎士比亚》，其中的“永远对精神起着推动作用”，应该是对莎士比亚作品的高度概括。相形之下，其他的评价就显得苍白而累赘了。而作为“舞台诗人”的莎士比亚的艺术成就，是我们在本书讨论的重点。“莎士比亚一生编写37个剧本，加上近年来经学者专家考证又发现的两个剧本，总共39个剧本。”②

关于莎士比亚创作的分期，在世界各国的莎学者中间存在着许多不同的意见。据张泗洋等和何其莘的梳理，主要有三分法和四分法两种，其中的四分法不是特别注重时间界限，主要以莎士比亚艺术技巧的发展和莎剧的情调划分。

---

① ［德］歌德：《说不尽的莎士比亚》，杨业治译，载杨周翰《莎士比亚评论汇编上》，中国社会科学出版社1979年版，第297页。

② 侯维瑞：《英国文学通史》，上海外语教育出版社1999年版，第116页。

第一阶段：早期抒情时期。含喜剧三部（《错误的喜剧》《爱的徒劳》《维洛那二绅士》），这是莎士比亚初出道的“试笔阶段，或曰他的学徒期”。①

第二阶段：历史剧和喜剧时期。含喜剧七部（《仲夏夜之梦》《威尼斯商人》《驯悍记》等），这一时期，莎士比亚的创作技巧趋于成熟，喜剧艺术达到巅峰，喜剧作品欢乐明快。

第三阶段：悲剧时期。“莎士比亚的戏剧艺术在这一时期达到了巅峰”②，其作品主要有四大悲剧及三部喜剧。

第四阶段：传奇剧或悲喜剧时期。这一时期的主要作品为情节曲折离奇的传奇剧，反映了莎士比亚“人文主义理想和现实之间不可弥合的距离”。③

可以看出，莎士比亚的创作阶段非常鲜明，一个时期往往创作一个类型的作品。这跟时代背景，笔者的创作观、人生观等因素都是密不可分的。按照上文的创作阶段分类的原则可以看出，莎士比亚戏剧一般是按悲剧、喜剧、历史剧和传奇剧来分类的。其代表剧目、取材、主题艺术手段、特色等概况可见表2—1。

表2—1　　莎士比亚戏剧分类及其概况④

剧目类别	代表剧目	取材及主题	艺术特色
喜剧（十三部）	《仲夏夜之梦》(*A Midsummer Night's Dream*)、《威尼斯商人》(*The Merchant of Venice*)、《温莎的风流娘儿们》(*The Merry Wives of Windsor*)、	讴歌以人文主义道德为基础的爱情和友谊，肯定人的情感欲望和现世的幸福快乐，赞美人的聪明才智，宣扬个性解放，提倡凭借自由的意志选择生活伴侣和生活道路。	莎士比亚的喜剧善于使用奇特和幻想的创新手法；他的幽默是英国式的，他的场景却往往具有域外异国的浓郁情调：背景设于意大利，剧中有公爵、小丑和女身男扮的主角或者孪生兄妹，经过身份的错位与误解，经历一番曲折离奇的遭遇，最后爱

① 何其莘：《英国戏剧史》，译林出版社2008年版，第68—69页。

② 同上书，第70页。

③ 张泗洋、徐斌、张晓阳：《莎士比亚引论上》，中国戏剧出版社1989年版，第89页。

④ 参见侯维瑞《英国文学通史》，上海外语教育出版社1999年版，第119—153页；张丽《莎士比亚戏剧分类研究》，中国社会科学出版社2009年版，第286—293页。

续表

剧目类别	代表剧目	取材及主题	艺术特色
喜剧（十三部）	《无事生非》（*Much Ado About Nothing*）、《皆大欢喜》（*As You like it*）、《第十二夜》（*Twelfth Night*）	讴歌以人文主义道德为基础的爱情和友谊，肯定人的情感欲望和现世的幸福快乐，赞美人的聪明才智，宣扬个性解放，提倡凭借自由的意志选择生活伴侣和生活道路。	化解了恨，美战胜了恶，于是有情人终成眷属。“人物刻画生动，喜剧手段多样，想象丰富，语言上则庄谐杂陈，并大量运用隐喻、双关、影射等技巧，且信手拈来，天然自成。”①
悲剧（十部）	《罗密欧与朱丽叶》（*Romeo and Juliet*）、《哈姆雷特》（*Hamlet*）、《李尔王》（*King Lear*）、《麦克白》（*Macbeth*）、《奥赛罗》（*Othello*）	莎翁悲剧的主人公往往是“身居高位”的帝王、王子或重臣。由于他们的重要地位，他们的境遇和经历也具有更加集中而广阔的含义。莎翁的悲剧都是关于主人公经历痛苦和灾难、走向毁灭和死亡的故事。莎翁悲剧的主人公虽然是出类拔萃的非凡人物，但他们与常人一样，具有性格上的弱点和行为上的过失。面对险恶时世，他们的性格由对环境的协同反应而产生了行动，这些行动的连续关系产生了痛苦，导致了灾祸。在悲剧的面罩下婆娑起舞的却是笔者对美好生活的向往和对未来的信心。	艺术上最重要的特征是，悲剧包含着内外两重矛盾冲突。悲剧的根源在于主人公性格的缺陷和由此产生的行为和环境的矛盾，除此之外布赖德雷也列举了三种外部因素，这些外部因素第一种包括“反常的精神状态”，如疯狂、梦游和幻觉等。第二种外来力量是“超自然的因素”，如鬼魂女巫等。第三种外来因素是“偶然事故”或“意外事件”，例如在关键时刻苔丝狄蒙娜遗失了手帕等。

① 刘继华：《欢乐中的深刻：莎士比亚戏剧〈爱的徒劳〉、〈仲夏夜之梦〉、〈第十二夜〉研究》，博士学位论文，上海外国语大学，2012年，第3页。

续表

剧目类别	代表剧目	取材及主题	艺术特色
历史剧（十部）	《亨利四世》（*Henry Ⅳ*）、《理查三世》（*Richard Ⅲ*）	取材于贾林希德所编的《英格兰、苏格兰和爱尔兰编年史》。表现从约翰王（1199年即位）到亨利八世（1547年驾崩）近三百五十年间的历史事件，展现英国封建社会从形成、发展到衰亡解体过程中恢宏壮阔的历史画卷。以朝廷宫闱之间钩心斗角、对内对外的纵横捭阖和连年征战等为主题。	莎士比亚戏剧表现出大众戏剧的特点。他多方面采用当时大众喜闻乐见的形式来娱乐观众。后期作品民间诙谐成分增强，具有狂欢化、主要人物的喜剧化特点。人物语言常以不负责任的笑骂说出惊世骇俗的真话，以插科打诨贬低神圣。《亨利四世》《亨利五世》都运用了平行结构和对照原则。
传奇剧（四部）	《泰尔亲王配力克里斯》（*Pericles, prince of Tyre*）、《辛白林》（*Cymbeline*）、《冬天的故事》（*The Winter's Tale*）、《暴风雨》（*The Tempest*）	情节大致都是故事开始时，主人公遭受各种灾难和不幸，后来由于机缘巧合和偶然事件的发生而转祸为福，圆满结局，人物命运都富于传奇色彩。其主旨普遍被认为是企图以幻想来解决理想与现实之间的矛盾，以仁爱来感化恶人，宽恕和解是其主要思想。强调人的主体性与自由意志，体现了人文主义的时代精神。	这些剧本借用传统的传奇形式，具有浓郁的神话和浪漫色彩，给原来是悲剧性的矛盾和境况以圆满的结尾收场。解决矛盾的动力往往来自超自然的魅力和奇迹式的变化。情节虽然浪漫传奇，探讨的问题却又不失现实性。在情节组织上，也有一个由三元分立逐渐变为三元整一的过程。

二　莎剧在中国的译介

莎士比亚的名字最早传到中国的时间可以追溯到1856年，当时上海墨海书院刻印了英国传教士慕维廉译的《大英国志》，其中在讲到伊丽莎白女王时代的英国文化盛况时提到了“舌克斯华”[1]，此后很多人用不同的译名介绍过莎士比亚。今天通用的“莎士比亚”这个译名，始于梁启超作于1902年的《饮冰室诗话》[2]。莎士比亚戏剧作品的最初译本是1903年上海达文书社出版的文言体的故事集《澥外奇谭》[3]，是根据英国散文家兰姆姊弟改写的《莎士比亚戏剧故事集》翻译过来的，译者没有署名。书中包括10个莎士比亚戏剧故事，每个故事各为一章，采取类似中国章回小说的题目：如《维洛那二绅士》译为《蒲鲁萨贪色背良朋》，《威尼斯商人》译为《燕敦里借债约割肉》。1904年，商务印书馆出版了林纾和魏易用文言合译的《莎士比亚戏剧故事集》全译本，题名为《英国诗人吟边燕语》（简称《吟边燕语》）。《吟边燕语》每篇故事都选取了古雅的传奇式的题目，如《威尼斯商人》译为《肉券》，《罗密欧与朱丽叶》译为《铸情》，《哈姆莱特》译为《鬼诏》，《李尔王》译作《女变》，《麦克白》译作《蛊征》等，这个译本流传的范围很广。之后，林纾和陈家麟又用文言复述了莎士比亚5种剧本，发表在《小说月报》《小说世界》等刊物上。“林纾的译作《吟边燕语》在中国莎学发展史上占有十分重要的地位，它不仅影响到一代文学戏剧大家，而且成为中国文明戏时期上演莎剧的蓝本。”[4] 1921年田汉翻译的《哈孟雷特》在《少年中国》第2卷第12期上发表，这是第一部完整的莎士比亚戏剧单行本，以白话的形式翻译也是中国文坛上的首例。“继田汉译本之后，莎士比亚几种有代表性的剧作均先后被译成中文，除发表在刊物上的不计外，仅就译成的单行本来说，就有诚冠怡、曾广勋、邵挺、张采真、邓以蛰、缪览辉、戴望舒、

---

① 原文为“当以利莎伯时，所著诗文，美善俱尽，至今无以过之也。儒林中如锡的尼、斯本色，拉勒、舌克斯华、倍根、呼格等，皆知名士”。（参见孟宪强《中国莎学简史》，东北师范大学出版社1994年版，第2页。）

② 原文为“希腊诗人荷马，古代第一文豪也。近代诗家，如莎士比亚、弥尔顿、田尼逊等，其诗动亦数万言，伟哉！勿论文藻，即其气魄，固已夺人矣。”（参见梁启超《饮冰室诗话》，人民文学出版社1959年版，第4页。）

③ 该书卷前“叙例”中是这样介绍莎士比亚和他的作品的：是书为英国索士比亚（Shakespeare，千五百六十四年生，千六百一十六年卒）所著。氏乃绝世名优，长于诗词，其所编戏本小说，风靡一世，推为英国空前大家，译者遍法、德、俄、意，几乎无人不读，而吾国近今文界，言诗词小说者，亦辄啧啧称索氏，然其书向未得读，仆窃恨之，因亟译述是编，冀为小说界上，增一异彩。（参见孟宪强《中国莎学简史》，东北师范大学出版社1994年版，第8页。）

④ 孟宪强：《中国莎学简史》，东北师范大学出版社1994年版，第10页。

张文亮、顾仲彝、彭兆良、袁国维及曹未风等人翻译的十几个莎剧。”①

> 抗日期间，莎剧汉译的工作大致告一段落。1949年至1967年中国内地、台湾、香港的19位译者又陆续翻译改编莎剧译本，分别有曹禺、方平、吕荧、张采真、卞之琳、吴兴华、方重、章益新、梁实秋、杨周翰、虞尔昌、夏翼天、朱维基、黄启炎、谢新发、赵长森、黄瑞娟、陈贵儒、彭生明的不同译本在两岸三地出版。此后直到1978年后未见有新译本面世，到21世纪初，曹禺译的《罗密欧与幽丽叶》再版，英若诚译的《请君入瓮》，剧鹏、北塔分别译的《哈姆雷特》出版，……②

全集翻译方面，时至今日共有五位主要译者：1942—1944年，曹未风翻译的《莎士比亚全集》11种率先出版，1962年再版时增加到15种；1947年首次出版朱生豪翻译的《莎士比亚戏剧集》27种（朱生豪生平共译出31部半）；1957年台湾世界书局的虞尔昌修订补译本在台湾地区发行；1968年，梁实秋以严谨的学术态度和平实的口语体翻译的《莎士比亚戏剧全集》结集出版，虽然有的学者认为梁实秋译文不宜上演，读起来索然无味，最大的优点“恐怕只在于帮助人研究莎士比亚”③，但是梁译却普遍被认为是目前最忠于原文的译本，具有很高的学术和研究价值；2000年，河北教育出版社出版了方平等以分行诗体翻译的《新莎士比亚全集》，是莎士比亚全集分行翻译的初次尝试。新中国成立以来，以朱生豪译本为基础修订出版的《莎士比亚全集》超过10种，出版单位包括人民文学出版社、译林出版社等53家。“这一切，是现当代中国给予这位英国文豪的礼遇，与他的世界声誉完全相称。”④

---

① 孟宪强：《中国莎学简史》，东北师范大学出版社1994年版，第13页。

② 刘翼斌：《概念隐喻翻译的认知分析 基于〈哈姆雷特〉平行语料库研究》，中国社会科学出版社2011年版，第23页。

③ 周兆祥：《中译莎士比亚研究》，香港中文大学出版社1981年版，第387页。

④ 王建开：《五四以来我国英美文学作品译介史》，上海外语教育出版社2003年版，第98页。

第二节 梁实秋、朱生豪两译本概述

一 梁实秋和他的莎剧汉译

梁实秋，原名治华，号均默，字实秋。1903 年 1 月 6 日出生于北京，原籍浙江杭县（今余杭）。1987 年 11 月 3 日病逝于台北。1915 年至 1923 年就读于清华大学留美预备学校，其间，开始阅读莎士比亚戏剧《哈姆雷特》《朱利阿斯·西撒》《威尼斯商人》和魁勒考赤的《莎士比亚历史剧本故事》等作品，并发表第一篇翻译小说《药商的妻》，第一篇散文诗集《荷花池畔》；1923 年秋至 1926 年先后在美国科罗拉多大学、哈佛大学、哥伦比亚大学学习，并获文学硕士学位。在美国留学期间，梁实秋深受白璧德的"新人文主义"文艺思想的影响，接触的莎士比亚作品有《麦克白》和《亨利四世上篇》，后在《新月》上发表了《莎士比亚时代之英国与伦敦》《莎士比亚传略》和《莎士比亚的观众》等译文；1926 年底回国后，先后在北京大学、北京师范大学和中山大学等校执教，并任《时事新报》副刊《青光》、《中央日报》副刊《平明》等多种报纸的文学副刊和《新月》杂志的主编。在胡适的倡导下梁实秋于 1931 年开始了莎士比亚戏剧的翻译工程：

> 1936 年 6 月至 1937 年 5 月出版了 7 部译剧：《威尼斯商人》《马克白》《李尔王》《如愿》《丹麦王子哈姆雷特之悲剧》《奥赛罗》《暴风雨》（中华教育文化基金董事会编译委员会编辑，商务印书馆出版）。抗战期间又有《第十二夜》（1939 年 9 月在香港出版），然后中断，1959 年后接着续译，坚持至 1967 年 8 月，终于译完 37 部莎剧，由台湾远东出版公司出版。[①]

梁实秋于 1940 年以笔名"子佳"在《星期评论》《世纪评论》上撰

---

① 王建开：《五四以来我国英美文学作品译介史》，上海外语教育出版社 2003 年版，第 96 页。

写专栏《雅舍小品》；1949年底移居台湾，任台湾省立师范大学教授、台湾师大文学院院长，创办了台湾英语教学中心和英语研究所；1966年退休后，专门致力于文学翻译和写作，3卷本100多万字的《英国文学史》就是这个时期完成的。丘秀芷曾经这样评价道：

> 梁实秋的一生，写新诗，编新月杂志，编报纸副刊，编教科书，翻译莎翁剧全集，用中文写英国文学史，他写许多散文小品，写许多讽刺文章，也和鲁迅论战过，又写文学理论作品，又教文学。他的一生，在文学天地里遨游驰骋70年，所向披靡，他的一生，不正是："文艺天地任遨游"？①

在梁实秋的两千多万字的文字财富中，四百余万字的《莎士比亚全集》的汉译本无疑是其中最瑰丽耀眼的部分，"翻译《莎士比亚全集》是一项巨大的工程，也是梁先生的毕生事业，他所译的莎氏全集可以说是学院派的译本。……梁实秋先生的中文译本，将与原作同垂不朽。"② "梁实秋乃散文家、翻译家、辞典编撰家、莎士比亚翻译家，尤以一人独译37部莎剧而独步莎译界。他的译笔精严，举重若轻。他的学养极丰，译文华实相扶，情文兼至。"③ 可贵的是，在翻译实践之余，梁实秋还在发表的文章里阐明了自己的翻译策略和主张，为后人研究他的翻译思想提供了宝贵的理论基础。这类文献主要有《翻译》④《论鲁迅先生的"硬译"》⑤《答鲁迅先生》⑥《翻译要怎样才会好？》⑦《论翻译的一封信》⑧《翻译之

---

① 丘秀芷：《文艺天地任遨游》，载陈子善《回忆梁实秋》，吉林文史出版社1992年版，第173—174页。

② 吴奚真：《悼念实秋先生》，载陈子善《回忆梁实秋》，吉林文史出版社1992年版，第57—58页。

③ 奚永吉：《莎士比亚翻译比较美学》，上海外语教育出版社2007年版，第133页。

④ 参见梁实秋《梁实秋文集》（第6卷），鹭江出版社2002年版，第416—418页。

⑤ 参见梁实秋《梁实秋文集》（第1卷），鹭江出版社2002年版，第347—349页。

⑥ 参见梁实秋《梁实秋文集》（第6卷），鹭江出版社2002年版，第475—481页。

⑦ 参见梁实秋《梁实秋文集》（第7卷），鹭江出版社2002年版，第32页。

⑧ 参见黎照《鲁迅梁实秋论战实录》，华龄出版社1997年版，第599—603页。

难》[①]《欧化文》[②]《漫谈翻译》[③] 等。其中梁实秋所举10条“翻译的信念”，应该是他的翻译思想的集中体现。

> 1. 我们相信，一个负责任的翻译家应该具备三个条件：
> （1）对于原作肯尽力研究，以求透澈之了解。
> （2）对于文学之运用努力练习，以期达到纯熟之境地。
> （3）对于翻译之进行慎重细心，以求无负于作者与读者。
> 2. 译第一流的作品，经过时间淘汰的作品，在文学史有地位的作品。
> 3. 从原文翻译，不从其他文字转译。
> 4. 译原作的全文，不随意删略。
> 5. 不使用生硬的语法；亦不任意意译。
> 6. 注意版本问题，遇版本有异文时，应做校勘工夫。
> 7. 在文字上有困难处，如典故之类，应加注释。
> 8. 凡有疑难不解之处，应胪列待考。
> 9. 引用各家注解时，应注明出处。
> 10. 译文前应加序文，详述作者生平及有关资料。[④]

“我们现在若采取人本主义的文学观，既可补中国晚近文学之弊，且不悖于数千年来儒家传统的思想背景。”[⑤] 这句话是梁实秋人性论文艺思想的真实写照。“人文主义思想奠定了梁实秋人性论文艺思想的基础，这与莎士比亚作品里表现出的人文主义思想形成了某种契合。人文主义文学集焦点于人，辩证地看待人自身，关注人的命运和前途，具有很大的进步意义。”[⑥] 所谓的“人本观”在翻译过程中的体现，其一是指译者始终对

---

① 参见黎照《鲁迅梁实秋论战实录》，华龄出版社1997年版，第616—617页。

② 参见梁实秋《梁实秋文集》（第1卷），鹭江出版社2002年版，第490—491页。

③ 参见梁实秋《梁实秋文集》（第5卷），鹭江出版社2002年版，第432—439页。

④ 吴奚真：《悼念实秋先生》，载陈子善《回忆梁实秋》，吉林文史出版社1992年版，第57页。

⑤ 梁实秋：《现代文学论》，载《梁实秋文集》编辑委员会《梁实秋文集》（第1卷），鹭江出版社2002年版，第399页。

⑥ 严晓江：《梁实秋中庸翻译观研究》，上海译文出版社2008年版，第35页。

原文作者和译文读者的细密关照；其二是指译者充分发挥阐释者的主观能动性。人性是梁实秋文艺思想的核心，他说过："文学发于人性，基于人性，亦止于人性。"[①] 这是他在中国古代儒家思想和西方新人文主义思想的双重影响下对文学产生的基本认知，这种认知直接影响了他对翻译态度、翻译目的、翻译策略、翻译审美等相关问题的看法。

（一）梁实秋对翻译的认识

1．"严重"的翻译态度

"文学是一种极严重的工作，——创作者要严重的创作，然后作品才有意义；批评者要严重的批评，然后批评才能中肯；欣赏者要严重的欣赏，然后欣赏才算切实。"[②] 这里所谓的严重，实际上指对文学包括对翻译的态度的严肃性。创作者或译者必须有对读者高度负责的精神，才能有经得住时间和历史考验的作品的产出，这又与孔子的"辞达而已矣""文胜质则史"的论断不谋而合。在前文列举过的梁实秋本人写的一份"翻译的信念"中的第三条"对于翻译之进行慎重细心，以求无负于作者与读者"，也是他对自己和其他译者在态度上的基本要求。对文学（包括翻译文学）态度的严肃性还包括节制的精神。所谓的节制，应该是指文学的理性，即纪律性，反映在翻译实践中是翻译的伦理特征，实际上也是白璧德关于尊崇规范与秩序的文学价值理论和倡导古典主义、反对浪漫主义文学倾向在翻译思想中的体现。他谈到的"莎氏的文字是16世纪的，不是现代的英文，这就要随时提高警觉，否则就要堕入陷阱，译得似是而非"[③]；"白话文运动勃发以后，翻译亦颇盛行。惟嫌凌乱，殊少有计划的翻译，亦少态度谨严的翻译"；[④]"翻译的目的是要把一件作品用另一种文字忠实表现出来，给不懂原文的人看"[⑤] 中的"提高警觉""谨严""忠

① 梁实秋：《文学的纪律》，载《梁实秋文集》编辑委员会《梁实秋文集》（第1卷），鹭江出版社2002年版，第143页。

② 同上书，第139页。

③ 梁实秋：《"岂有文章惊海内"——答丘彦明女士问》，载《梁实秋文集》编辑委员会《梁实秋文集》（第5卷），鹭江出版社2002年版，第538页。

④ 梁实秋：《漫谈翻译》，载《梁实秋文集》编辑委员会《梁实秋文集》（第5卷），鹭江出版社2002年版，第434页。

⑤ 梁实秋：《翻译要怎样才会好?》，载《梁实秋文集》编辑委员会《梁实秋文集》（第7卷），鹭江出版社2002年版，第32页。

实”等，都是对翻译态度严肃性的高度理解和阐释，当然也是他对自己进行翻译实践的标准和要求。

2. “传真”的翻译目的

“还读者一个真实的莎士比亚”是梁实秋翻译莎士比亚作品的最终目的。受新文化运动代表人物之一胡适的支持和鼓励：“领导我，鼓励我，支持我，使我能于断断续续三十年间完成莎士比亚全集的翻译者，有三人：胡先生（指胡适）、我的父亲、我的妻子。”① 梁实秋于 1931 年开始了莎士比亚戏剧的翻译工作。当时的中国社会正处于从近代走向现代的历史转折点上，是政治、文学领域的重大变革时期。受“文以载道”的禁锢，翻译的选材更注重的是教化和政治功能。梁实秋在这样的历史背景下，选择突出表达永久人性的莎士比亚作品，实际上是处于当时的文学主流形态的边缘。

> 无论是机关主持的，或是私人进行的翻译，对于原著的选择宜加谨慎，愚以为有学术性者，有永久价值者，为第一优先。有时代需要者，当然亦不可尽废。惟尝见一些优秀的翻译人才做一些时髦应世的翻译，实乃时间精力的浪费。西方所谓畅销书，能经得起时间淘汰者为数不多，即使以世俗震惊的诺贝尔文学奖而言，得奖的作品有很多是实至名归，但亦有浪得虚名不负众望者，全部予以翻译，似不值得。②

所以，梁实秋在翻译选材上没有盲目地逢迎时代的需求，而是恪守着自己的原则，在翻译作品中实现原作者与自己的精神人性相契合，反映永恒的“真”“善”“美”的人性。既然是经典作品，就要力求在译文中尽量保持其“经典”的特征，尽量还其本来的面目给译文读者。但其中的损失和变形是在所难免的，这种损失和变形不可以是译者为实现译本的阶级性和时代性的选择性产物，正如梁实秋在评价莎士比亚时所言：

---

① 梁实秋：《怀念胡适先生》，载《梁实秋文集》编辑委员会《梁实秋文集》（第 3 卷），鹭江出版社 2002 年版，第 435 页。

② 梁实秋：《漫谈翻译》，载《梁实秋文集》编辑委员会《梁实秋文集》（第 5 卷），鹭江出版社 2002 年版，第 438 页。

他（莎士比亚）不宣传任何主张，他不参加党派，他不涉及宗教斗争，他不斤斤计较劝善惩恶的效果，戏就是戏，戏只是戏。可是这样的创作的态度正好成就了他的伟大，他把全副精神用到了人性描写上面。我们并不苛责莎士比亚之没有克尽“反映时代”的使命。我们如果要体认莎士比亚时代的背景，何不去读历史等类的书籍？文学的价值不在反映时代精神，而在表现永恒的人性。[①]

3. “自由”的翻译策略

在对梁实秋翻译策略的选择态度上，可以借用他对白话诗的理解与认识：“自由是要的，放肆是要不得的；镣铐是要不得的，形式与格律仍是要的。”[②] 这里的“自由”是译者以阐释者的身份再现原文的权利，包括选择什么样的翻译策略来满足译文读者的阅读期待。从晚清到“五四”新文化运动以前的中国翻译，一直是以归化策略为主流，直到20世纪二三十年代，异化的趋势才慢慢兴起，在鲁迅、瞿秋白等人的倡导下，很多译者有意识地采取异化手段，梁实秋就是其中之一。但是，他没有简单地全部异化，而是“自由”地把异化和归化结合起来，尽量忠实地再现莎剧的原貌。“梁实秋在翻译策略上进行了精心的选择，采取的是一种‘中庸’翻译原则，也就是说，不是等距离地用中，而是以异化策略为主，归化策略为辅，恰切适度，具有杂合的特点。”[③] 梁实秋的异化策略在译本中的表现可以从语言形式和文化内容两个方面来考察：在语言形式上，尽量贴近原文，不刻意地避免陌生化的可能，如在人名、地名等专有名词的翻译上，采取音译的方法；在文化符号和意象上，力求最大限度地保留，在译文读者可能产生理解和欣赏障碍的地方，采用加注释等补偿手段，帮助读者理解原文作者的意图，领会笔者的精神，而不是简单地完全代劳，或直接删掉。在保留原文的努力上，刘炳善有过如下评价：“梁译本不以文词华美为尚，而以‘存真’为宗旨，紧扣原作，不轻易改动原

---

① 梁实秋：《莎士比亚诞辰四百周年纪念》，载《莎士比亚诞辰四百周年纪念集》，台湾“国立”编译馆1966年版，第3页。

② 梁实秋：《现代文学论》，载《梁实秋文集》编辑委员会《梁实秋文集》（第1卷），鹭江出版社2002年版，第402页。

③ 严晓江：《梁实秋中庸翻译观研究》，上海译文出版社2008年版，第112页。

文，不回避种种困难，尽最大努力传达莎翁原意。"[1] 虽然异化策略会产生很多陌生的表达方式，包括词汇和句法结构，但是这种陌生化的程度不是一成不变的，而是会随着时间的推移悄然改变的。"有些生硬的洋话，经过时间这个熨斗熨来熨去，也渐渐变得自然了。三十年前特异的说法因为一再为人采用，已经成了'土产'，再过一两代也许给人视为陈腐。"[2] 新文化运动以后的以异化策略为主流的翻译活动促进了现代汉语的丰富，促进了中国本土文学创作的发展与成熟，对今天的中国语言的组成和文化的构建起到了不可小觑的历史作用。

4. "自然"的翻译审美取向

"自然"是和谐的代名词，也是中国古代"中庸""中和"等的哲学和美学价值体系的核心内容。

> 作为文学审美理性的"中和"之美，它也崇尚执中适度。这种"叩其两端"的文学审美范式不仅贯穿于理性认识之中，而且融化在感性体验之中，中外皆然。比如莎士比亚作品的特点之一，就在于以同一气息融合了崇高和卑下、丑陋和优美，喜中有悲，悲中有喜，体现出莎士比亚戏剧所特有的对称美。另外，莎士比亚作品诗体与散文体交替，不仅有听觉上的美，而且在阅读剧本时也有视觉上的美。韵中有散、错落有致的文体布局和台词，显示出静与动、缓与急、长与短等一系列整齐与变化的协调美。[3]

梁实秋对译文的自然、协调、圆满的要求，实际上与莎士比亚作品中闪耀的"中和"之美是高度契合的。

> 固然，绚烂之极趋于平淡。但是那平不是平庸之平，那淡不是淡而无味之淡，那平淡乃是不露斧斲之痕的一种艺术韵味，与那稀松平常的一览无遗的标准语文是大不相同的，文学的语文之造诣，有赖于学力，亦有赖

---

① 参见陈福康《中国译学理论史稿》，上海外语教育出版社 2000 年版，第 310 页。

② 思果：《功夫在诗外》，牛津大学出版社（中国）有限公司 1996 年版，第 48 页。

③ 严晓江：《梁实秋中庸翻译观研究》，上海译文出版社 2008 年版，第 154 页。

于天才。而且此种语文亦只求其能适当，雕琢过分则又成了毛病。[①]

“自然”是梁实秋对白话文字的要求：“白话文必须具备艺术的条件……文字要求其‘自然’，这‘自然’是琢磨后的‘自然’，而不是原始的粗陋的‘自然’。”[②] 虽然是对文字的要求，却在某种程度上代表着梁实秋对译文的审美取向。“雕琢后的自然”应该是梁实秋对译文的基本要求。自然实际上就是和谐、适度。其中的雕琢就是翻译策略的采用，包括文字符号、文化现象、修辞现象、典故、人（地）名、意象以及习语等特殊语言用法的处理。

（二）梁实秋的翻译动机

除了译者的翻译态度、翻译策略、翻译目的及翻译审美取向会对译文的风貌产生直接的影响外，译者的翻译动机也是译文产生的重要因素之一。根据严晓江的理解和总结[③]，梁实秋译莎士比亚戏剧大体上基于以下两方面因素。

1. 外在因素

①梁实秋译莎与胡适及其所领导的中华教育文化基金董事会编辑委员会的倡导分不开，“在翻译莎氏之前我已经译了几本书……这时期我没有标准和计划，只是捡自己喜欢的东西译。幸而胡适之先生提倡翻译莎氏全集，使我有了翻译的方向……”[④]。②梁实秋译莎深受戏剧家余上沅[⑤]的影

---

① 梁实秋：《中国语文的三个阶段》，载《梁实秋文集》编辑委员会《梁实秋文集》（第3卷），鹭江出版社2002年版，第149页。

② 梁实秋：《“五四”与文艺》，载《梁实秋文集》编辑委员会《梁实秋文集》（第1卷），鹭江出版社2002年版，第622页。

③ 严晓江：《梁实秋中庸翻译观研究》，上海译文出版社2008年版，第82—105页。

④ 梁实秋：《“岂有文章惊海内”——答丘彦明女士问》，载《梁实秋文集》编辑委员会《梁实秋文集》（第5卷），鹭江出版社2002年版，第537页。

⑤ 余上沅（1897—1970），湖北沙市人，中国戏剧教育家、理论家。20世纪20年代留美学习戏剧，回国后继续从事戏剧活动，任教于北京美专、上海光华大学等。1935年开始，任国立戏剧学校校长，当今中国戏剧电影界的许多知名人士，都曾在剧专任职或学习，如曹禺、张骏祥、焦菊隐、洪深、马彦祥、吴祖光、应云卫、陈鲤庭、吴晓铃、金韵之、杨林彬、黄佐临等。新中国成立后，曾任教于上海戏剧学院。撰有《表演艺术大纲》《西洋戏剧理论批评》《戏剧概论》等。他是最早把西方戏剧介绍并移植到中国的重要人物之一。20世纪20年代，他和一批著名的文学家、艺术家提倡“国剧运动”，在当时和对后世都有很大影响。

响，其表现在两个方面：余上沅极力主张翻译《莎士比亚全集》，并且提出有关设想："切望国内有心人物一致主张，促成翻译莎士比亚的实现"；"中国新诗的成功，新戏剧成功，新文学的成功，大可拿莎士比亚做一个起点"①。余上沅的国剧理论对译莎具有较大的启迪意义。③梁实秋译莎是在特定历史背景下理性选择的结果。梁实秋处在20世纪上半期中国社会从近代走向现代的历史转折点上，这是政治、文学领域的重大变革时期，是中国翻译史上的第三次高潮后期。梁实秋以纠偏为目的，以翻译文学经典为手段，对当时中国文学思潮进行有意和有益的杂合。他的翻译选择虽然处于主流诗学的边缘，却给文坛带来了一股清新之风。

2. 内在因素

①通过译莎阐释其人性论的文艺思想。梁实秋之所以如此极力主张人性论，客观上与他的家庭背景、人生阅历和审美体验等密切相关，但更主要还是受白璧德新人文主义的影响。梁实秋追求理性常态的人性化文学理论，推崇西方文学的人性与理性，并且沿袭了中国传统文论"重情"的血脉，借翻译莎士比亚作品试图构建中国文学多元话语并存的新秩序。②追求"真""善""美"的使命。西方文化民主的教育，培养了梁实秋的独立人格。他说："文学家永远不失掉他的独立……文学家没有任何使命，除了他自己内心对于真善美的要求使命。"②

不论是出于历史选择等外因，还是出于译者本人对"真""善""美"的不懈追求等内因，梁实秋所译的相对完整的莎士比亚戏剧已成为事实，他们的翻译作品为"五四"时期后的白话文运动做出了巨大贡献，为我们留下了一笔宝贵的文化遗产。

二　朱生豪和他的莎剧汉译

朱生豪于1912年2月2日出生在浙江省嘉兴县一个没落的商人家庭里。四岁时，便由母亲和叔祖母启蒙，始读《千字文》和《百家姓》。

① 参见王建开《五四以来我国英美文学作品译介史》，上海外语教育出版社2003年版，第95页。

② 梁实秋：《文学与革命》，载《梁实秋文集》编辑委员会《梁实秋文集》（第1卷），鹭江出版社2002年版，第313页。

“四五岁就会背诵《三字经》《神童诗》，而且勤奋好学，每天习字背书，十分自觉。”[①] 五岁入读开明初级小学，九岁初小毕业，得甲级第一名。同年，朱生豪考入嘉兴县立第一高级小学就读。在一高就读的时候，“他的国文和英语成绩在班内总是遥遥领先。并且开始对《儿童世界》《小朋友》之类的白话文少年读物发生兴趣，尤其是其中的儿歌，几乎能把读过的都背诵出来。……尤其使大家钦佩的，是朱生豪写的诗歌，当时竟在黎锦晖先生主编的《小朋友》杂志上发表了。”[②] 其子朱尚刚先生对这一时期的朱生豪也有类似的考证和描述：

> 随着年龄的增大和识字的增多，父亲在这些书籍中找到了远比现实生活更为开阔和丰富多彩的世界，也使他从小养成了以读书为最大乐趣的习惯。当时小学的国文课本内都是文言文，因此他很小时就能看懂那些半文半白或以文言为主的故事书了。这也为他后来深厚的国学功底打下了最早的基础。进高小以后，他又在家中发动大家购买《小朋友》《儿童世界》《葡萄仙子》这一类“新派”的少年读物，这也可能是他接触白话文的开始吧！[③]

在朱生豪10岁和12岁时，他的母亲和父亲先后不幸病故。作为家中的长子，虽然还年幼，他已经感到肩上的重担了。“家道的迅速衰败，使他承受了超负荷的精神困厄。他的体质更羸弱了，性格更沉郁了，然而却培养了他坚毅刚强的品质。他不愿做孝子顺孙便是具体的表现。这种对传统的违拗，对世俗的反感，对礼教的叛逆，就成为日后朱生豪处世行事的准则。”[④] 实际上，坚毅刚强的品质，为他日后完成翻译莎剧的浩瀚工程提供了宝贵的精神基础，而他的“民族文化英雄”的情结也应该是他少年时“对传统的违拗”的性格品质的发展和延伸。1924年，朱生豪入读秀州中学，成绩优异，在此期间，接触了莎士比亚作品，“当时高中英语

---

① 吴洁敏、朱宏达：《朱生豪传》，上海外语教育出版社1990年版，第8页。

② 同上书，第10—11页。

③ 朱尚刚：《诗侣莎魂　我的父母朱生豪、宋清如》，华东师范大学出版社1999年版，第12页。

④ 吴洁敏、朱宏达：《朱生豪传》，上海外语教育出版社1990年版，第19页。

教材除了其他英语课本外，还选用过英国查尔斯·莱姆（Charles Lamb）姐弟写的《莎氏乐府本事》（*Tales from Shakespeare*）。……另外，在高中时英文课上还选读过莎士比亚的《哈姆雷特》及《裘力斯·凯撒》等剧本的片段。这些不但使他从此对莎士比亚产生了强烈的兴趣，还使他的注意力更进一步拓宽了"。[①] 在秀州中学学习期间，朱生豪小试才笔，在当时的校刊《秀州钟》上发表了《城墙晚眺》《柳荫中》《雨丝》等诗作，以及《建设的学生运动论》《古诗与古赋》《近代英美新诗运动》等论文。1929 年，朱生豪由学校保送之江大学中文系（现浙江大学中文系）。之江大学四载，他博览群书，性好诗词，并得到一代词家夏承焘教授的倾心指导。夏承焘曾赞赏朱生豪的才华，认为其"聪明才力，在余师友之间，不当以学生视之"。[②] 1933 年，之江大学毕业后，朱生豪到世界书局担任英文编辑工作，参加编纂《英汉四用辞典》和英文书籍的注释本。1935 年在时任世界书局英文部负责人詹文浒的极力主张下，开始"以每千字两块钱的报酬"[③] 翻译莎士比亚戏剧全集。

朱生豪译莎剧的动机可以归结为"足救时弊"，当时"正逢国难当头，对朱生豪来说，翻译莎剧已经超越了艺术与文学的范围，成为国力和民族实力较量的象征。要想在国力和民族实力竞争中不落后，就要启蒙民主，更新民德"[④]。朱生豪下定决心要为祖国的文化事业做贡献，填补这一空白，成为文化民族英雄："你崇不崇拜民族英雄？舍弟说我将成为一个民族英雄，如果把 Shakespeare 译成功之后。因为某国人曾经说中国是个无文化的国家，连老莎的译本都没有。"[⑤]

朱生豪的文化民族英雄情结，我们还可以从他的诗作中感受出来："看纵怀四海，放志寥空！慨河山瓯缺，端整百年功。"（《一九三三级级歌》调寄"八声甘州"）；"从今天起我埋葬了/青春的游戏，肩上/人生的

① 朱尚刚：《诗侣莎魂　我的父母朱生豪、宋清如》，华东师范大学出版社 1999 年版，第 25 页。

② 参见吴笛《浙籍作家翻译艺术研究》，浙江大学出版社 2009 年版，第 155 页。

③ 吴洁敏、朱宏达：《朱生豪传》，上海外语教育出版社 1990 年版，第 107 页。

④ 胡开宝：《语料库翻译学概论》，上海交通大学出版社 2011 年版，第 120 页。

⑤ 参见吴洁敏、朱宏达《朱生豪传》，上海外语教育出版社 1990 年版，第 108 页。

担负，做一个/坚毅的英雄。”（《别之江》）[①]，诗作中喷发着这位热血文学青年强烈的民族使命感。

由于所能参考的资料非常有限，朱生豪译莎的主要策略，我们只能从他的《〈莎士比亚戏剧全集〉译者自序》中加以了解：

> 余译此书之宗旨，第一在求于最大可能之范围内，保持原作之神韵，必不得已而求其次，亦必以明白晓畅之字句，忠实传达原文之意趣；而于逐字逐句对照式之硬译，则未敢赞同。凡遇原文中与中国语法不合之处，往往再四咀嚼，不惜全部更易原文之结构，务使笔者之命意豁然呈露，不为晦涩之字句所掩蔽。每译一段，竟必先自拟为读者，察阅译文中有暧昧不明之处。又必自拟为舞台上之演员，审辨语调之是否顺口，音节之是否调和，一字一句之未惬，往往苦思累日。[②]

从中我们可以看出，朱生豪更注重“明白晓畅”，“语调之是否顺口，音节之是否调和”，甚至“不惜全部更易原文之结构”，这些宗旨都可以在他的译本中找到不同程度的印证，笔者在后文会详加论述。

1935 年春，朱生豪开始翻译莎士比亚的戏剧作品。“……廿四年春，得前辈同事詹文浒先生之鼓励，始着手为翻译全集之尝试。”[③] 至 1937 年，朱生豪基本完成了《暴风雨》等 9 部作品的初稿。但之后，由于日军入侵，辗转流离，译稿遗失。1942 年 5 月，朱生豪与原之江大学同学宋清如结婚，婚后在常熟岳父家住下，开始以全部精力翻译莎士比亚的剧本，于 1942 年 12 月底译完散落的九部喜剧。1943 年 1 月，朱生豪回到嘉兴，虽然生计维艰，手头资料有限，但至 1943 年冬，还是设法完成了《哈姆莱特》等八部悲剧的翻译。

由于多年超负荷的翻译工作，积劳成疾，又无钱及时就医，朱生豪的

---

① 参见吴洁敏、朱宏达《朱生豪传》，上海外语教育出版社 1990 年版，第 70—71 页。

② 朱生豪：《〈莎士比亚戏剧全集〉译者自序》，载吴洁敏、朱宏达《朱生豪传》，上海外语教育出版社 1990 年版，第 264 页。

③ 同上。

身体每况愈下，历史剧尚未完成，朱生豪却在贫困交加和呕心沥血的翻译中耗尽了年轻的生命。

> 及三十一年春，目睹世变日亟，闭户家居，摈绝外务，始得专心壹志，致力译事。虽贫穷疾病，交相煎迫，而埋头伏案，握管不辍。凡前后历十年而全稿完成，夫以译莎工作之艰巨，十年之功，不可云久，然毕生精力，殆已尽注于兹矣。①

1944年的寒冬，在病床上背诵了几句莎士比亚戏剧的原文台词之后，一代才子朱生豪病故于嘉兴故居，年仅32岁。朱生豪共翻译了莎士比亚戏剧31部半，未能全部完成莎士比亚37部戏剧作品的翻译，也没能在生前看到自己所完成的译作的出版。直到抗日战争胜利后的1947年，世界书局才先后出版了朱生豪译的《莎士比亚戏剧全集》三辑共27种剧本。

在表2—2中罗列的朱生豪译本主要四次结集出版过程中，最大规模的一次是前文提到的1978年人民文学出版社组织杨周翰、方重、方平、章益、张谷若等人在对朱译本的31个剧本进行校订和补译的基础上，出版了包括6个补译的历史剧和莎士比亚诗歌在内的《莎士比亚全集》，这是中国历史上第一部完整的莎士比亚全集翻译作品，标志着中国的莎剧翻译和研究进入了一个崭新的阶段。现在我们使用的，包括本书采用的版本是1998年由译林出版社组织裘克安、何其莘、沈林、辜正坤校订的《莎士比亚全集》②。“新中国成立以来，以朱生豪译本为基础修订出版的莎士比亚全集超过十种，出版过朱生豪莎剧全译本的出版社包括人民文学出版社等共五十三家，再版重印超过68次，总印数超过100万册，在所有莎士比亚全集的翻译中，再版重印的次数和总印数都居于首位。”③

---

① 朱生豪：《〈莎士比亚戏剧全集〉译者自序》，载吴洁敏、朱宏达《朱生豪传》，上海外语教育出版社1990年版，第264页。

② 在本书开始时，笔者并未知获朱生豪的原始译本已由其子朱尚刚先生整理成集，所以采用了学界研究通用的此种版本。经过校订和改动的译本在说明译者/作风格的严谨性和真实性方面，必定有所欠缺，这是本书最大的遗憾。笔者力争在以后的研究中以朱生豪的原始译本为语料，精确研究结果。

③ 刘云雁：《朱生豪莎剧翻译——影响与比较研究》，博士学位论文，浙江大学，2011年，第23—24页。

表 2—2　　朱生豪译本及主要版本一览

年代	译本（版本）	备注
1935 年至 1942 年	《暴风雨》等 9 种喜剧	探索期（可爱的幼稚、轻快）
1942 年底至 1943 年冬	《哈姆莱特》等 8 种悲剧	成熟期（风格形成）熟练、流利，所谓“炉火纯青”
1943 年冬至 1944 年 4 月	杂剧 10 种	后成熟期
1944 年 4 月至身故（1944 年 11 月 26 日）	史剧	未完
1947 年	《莎士比亚戏剧全集》27 种剧本	由世界书局出版
1954 年	朱译全稿 31 种剧本	由作家出版社出版
1978 年	《莎士比亚全集》（除朱译全稿 31 种外，还包括 6 部补译的历史剧和 2 部长诗、154 首十四行诗和 4 首杂诗）	由人民文学出版社出版
1998 年	《莎士比亚全集》	由译林出版社出版

从以上所举的作品出版发行次数和册数来看，朱生豪翻译莎士比亚戏剧是大陆流传最广泛的版本。这其中不能排除在十年内乱中，梁实秋的译本在大陆无法获得；在人民文学出版社修订出版莎士比亚全集时，编辑黄雨石等人的执意坚持；在 1998 年译林出版社重新修订莎士比亚全集时，因为译者的英年早逝，版权过期等原因，但译本的上乘质量和其朗朗上口的音乐性及更接近译入语的表达习惯等特点还是其深受一代又一代的读者喜爱的主要原因。

因为朱生豪的译本在大陆流传的范围更加广泛，所以对他的译本的评价也显得较为丰富。“秉持着这种谨严的翻译态度和孜孜的翻译美学追求，朱译莎剧因而成为中国现代文学翻译史上的一座丰碑。”① “朱生豪才气纵横，志在‘神韵’，善于以华美详赡的文笔描绘莎剧中的诗情画意。他的译本语言优美、诗意浓厚，吸引了广大读者喜爱、接近莎士比亚，从

① 谢天振、查明建：《中国现代翻译文学史》，上海外语教育出版社 2004 年版，第 281 页。

20世纪40年代末以来对于在中国普及推广莎剧做出很大贡献。”① “朱译本的最大特点是文句典雅，译笔流畅，好像高山飞瀑，一泻千里，读之琅琅上口，决无佶屈聱牙之弊。”②

> 建国六十年来，朱生豪翻译的莎士比亚戏剧产生了巨大的文化影响，译文对于精神文明建设的主要贡献是通过其高度的抒情性而实现的。译文在古典与欧化之间维持着微妙的平衡，承上启下地反映一种集体审美体验的发展过程，在异质因素的有控渗透中增进了民族的文学力量与精神强度，在平行对话中发出了时代与本土的声音，作为伟大的翻译文学作品，成为了本国文学发展史不可分割的重要部分。③

如此优秀经典的译作，我们不给它们时代的关注和礼遇，无论如何都是不适当的。所以，笔者尝试基于语料库翻译学的理论基础，以敬仰的精神、尽量谨严的态度及客观的手段定量分析研究两种译本，力求把作为译者的“真实的朱生豪和梁实秋”还给读者，贡献学界。

第三节 语料库翻译学综述

一 语料库翻译学

语料库翻译学（corpus translation studies），“是指以语料库为基础，以真实的双语语料或翻译语料为研究对象，以数据统计和理论分析为研究方法，依据语言学、文学和文化理论及翻译学理论，系统分析翻译本质、翻译过程和翻译现象等内容的研究”。④ 王克非、黄立波对于语料库翻译学的定义：

---

① 刘炳善：《译事随笔》，中国电影出版社2000年版，第243页。

② 贺祥麟：《莎士比亚研究文集》，陕西人民出版社1982年版，第295页。

③ 刘云雁：《朱生豪莎剧翻译——影响与比较研究》，博士学位论文，浙江大学，2011年，第Ⅵ页。

④ 胡开宝：《语料库翻译学概论》，上海交通大学出版社2011年版，第1页。

> 语料库翻译学是以语言理论和翻译理论为语料库研究上的指导，以概率和统计为手段，以大规模双语真实语料为对象，采用语内对比与语际对比相结合的方法，对翻译现象进行历时或共时的描写和解释，探索翻译本质的一种翻译学研究方法。①

语料库翻译学的发展迄今只有 20 余年的时间。1993 年，英国曼彻斯特大学莫纳贝克教授发表题为《语料库语言学与翻译研究：启示与应用》（*Corpus Linguistics and Translation Studies: Implications and Applications*）的论文，详细阐述了语料库在医学研究中的应用及其意义。该文被誉为语料库翻译学的滥觞之作。自那时以来，国内外学者相继建设双语平行语料库、翻译语料库和可比语料库，开展翻译共性、翻译规范、译者风格和译员培训等语料库翻译学课题的研究。相比较而言，国内语料库翻译学起步较晚，但发展势头强劲。2000 年，北京外国语大学王克非教授主持的“双语平行语料库的创建及其应用研究”项目获得教育部立项，从此开启了国内语料库翻译学研究的先河。Johansson 指出：“通过语料库，我们可以观察先前没有意识到或仅仅隐约觉察到的语言模式。”② 廖七一指出：

> 除了在具体的翻译实践中语料库可以帮助译者提高理解的准确性，精确把握词义，区别词义的褒贬、文体色彩，把握笔者的文体风格、语用习惯和修辞手法，确定术语，统一译名，规范语体之外，语料库还有助于探索翻译普遍规律，分析翻译文本的普遍文体特征，预测翻译发展趋势与走向，并对翻译理论家提出的假说进行验证。③

对于翻译研究与实践而言，语料库可提供如下帮助：

1. 语料库提供的都是真实的语例，具有现实指导意义。因为凭

---

① 参见王克非《语料库翻译学探索》，上海交通大学出版社 2012 年版，第 4 页。

② Johansson, S., *Seeing Through Multilingual Corpora*, Amsterdam: John Benjamins, 2007, p. 1.

③ 廖七一：《语料库与翻译研究》，《外语教学与研究》2000 年第 5 期，第 382—383 页。

空臆造的翻译文本很容易误导读者，或造成理解困难；2. 语料库可以使译者认识自己的语言本领，清楚地看到自己平时没有留意但却是经常使用的语言形式；3. 语料库可以提供词语使用的语境，通过条件检索，确定译文的通用性；4. 语料库为语法提供语义基础。通常一个具有两种意思的词也意味着它有两种语法结构；5. 语料库提供大量语言使用的变体以及新鲜而有创意的形式，体现出语言的最新发展和变化。①

二 语料库翻译学的研究内容

回望语料库翻译研究二十余年的发展历程，其研究的对象和内容日渐丰富和深化，其研究方法逐渐成熟。学者们的研究主要集中在翻译普遍性、翻译文体、译者风格、翻译规范、翻译过程、翻译教学、语料库创建、应用研究及双语词典编撰等领域。

其中研究涉及较多的是翻译普遍性研究和译者风格的研究，重点讨论如下。

（一）基于语料库的翻译普遍性研究

Baker是最先基于语料库对翻译普遍性特征（universal features of translation）的假设进行论证的。Baker对翻译普遍性特征的定义是“翻译文本而不是原话语中出现的典型语言特征，而且这些特征不是特定语言系统干扰的结果”②，即指翻译语言作为一种客体存在的语言变体，相对于目标语原创语言，在整体上表现出来一些规律。它包括六个方面：①译文显化程度显著提高；②消歧和简化；③合乎语法性；④避免重复；⑤超频再现目标语语言特征；⑥翻译过程往往会导致某些语言特征表现出特定的分布类型。③ 具体地说就是译者在目的语文本中潜意识地简化原文本的语言/信息；译者通过添加解释性的背景信息等策略来提高译文的明晰程度；

---

① 陈小全：《译本比较与正误》，北京大学出版社2011年版，第17页。

② Baker, M., *Corpus Linguistics and Translation Studies: Implications and Applications*, In M. Baker, G. Francis & E. T. Bonelli (eds.) *Text and Technology: In Honour of John Sinclair*, Amsterdam & Philadelphia: John Benjamins Publishing Company, 1993, p. 243.

③ 吴昂、黄立波：《关于翻译共性的研究》，《外语教学与研究》2006年第5期，第296—297页。

遵循甚至夸大目的语的典型特征和语言行为的趋势；翻译文本向连续体中间聚集的倾向，即翻译文本在特定的语言学特征上倾向于彼此靠近。除了上文提到的 Baker 首先提出了六个方面之外，还有关于传统化、标准化、范化、净化等的论证。后来又被归纳为显化（explicitation）、简化（simplification）和范化（normalization）三个方面，其中以对显化的讨论最为集中。

> 作为翻译共性的一个方面，对显化现象的探讨主要集中在两个方面：第一，是指翻译过程中，在译文中添加（adding）或明示（explicating）原文中隐含（implicit）语言成分的过程，目的在于更清晰地传达原文中的语法和非语法信息，相反的过程则被称为隐化（implicitation），即根据译语语言规范隐去原文中语言成分的过程。另一类显化是指翻译文本相对于译语中的非翻译文本所表现出的显性程度（explicitness）提高。①

在《基于汉英/英汉平行语料库的翻译共性研究》一书中，黄立波主要从连接成分和人称代词等方面对汉英/英汉过程中的显化和隐化现象作了考察和研究。本书也涉及了连接成分和人称代词两个考察对象，列入“译语化”部分，实际上，译文的“显化”特点与“译语化”特点必然有重合的部分，从中我们也可以识辨出译本特点和译者/作风格。

（二）基于语料库的译者风格研究

> 译者风格主要体现在译者对翻译的文本选择、翻译语言以及翻译策略的选择三个方面。除规定性的任务，译者会根据自己的特长、兴趣、审美等特点来选择翻译的原文文本，因此，一个翻译文本的选择可以很好地映射出他的译者风格。此外，译者的语言观以及对翻译语言的使用除了能反映译者的语言能力和语言水平之外，

---

① 黄立波：《基于汉英/英汉平行语料库的翻译共性研究》，复旦大学出版社 2007 年版，第 3 页。

> 还能真实地体现他的审美观和翻译观，也因而能有效地彰显出译者独特的翻译风格。还有，通过分析梳理译者的翻译策略，也同样可以发现不同的译者对翻译策略的选择也有典型的个体性特征，因为翻译策略是译者翻译思想的载体，也从而令其译文文本表现出与众不同的个体风格。①

顺着这个思路，我们不妨从语言偏好、翻译选材、翻译策略几方面梳理语料库译者风格研究的现状。

1. 语言偏好与译者风格

Baker 率先提出用语料库的实证描写方法来研究译者文体。她指出："我们必须关注译者使用语言的独特性所在，把握译者不同于其他译者的独特语言习惯。"② Baker 运用 TEC 中的语料对两位英国文学翻译者 Peter Bush 和 Peter Clark 的语言偏好做了示范性的研究，主要从类符/形符比、平均句子长度和叙事结构三个方面来考察两位译者的风格。统计结果显示，总体来看 Bush 的类符/形符比（49.87）要高于 Clark（41），高类符/形符比说明词汇变化大，词汇量丰富；而低类符/形符比则说明词汇重复程度高。就"平均句长"这一指标而言，Bush 的平均句长为 23.76，而 Clark 的平均句长为 8.07，二者差别显著。另外，Clark 各文本的平均句长比较均衡，都维持在 8.0 左右，而 Bush 各文本的平均句长波动幅度较大，最低的只有 10.34，而最高的达到 31.82，这可以从另一个侧面说明 Bush 的风格适应范围更宽泛，风格更灵活。而 Clark 风格适应范围相对较窄，风格稳定性更强，所选择的文本相对比较单一。Olohan 运用语料库的方法统计了 Peter Bush 和 Dorothy S. Blair 两位译者译文中缩略形式（contracted forms）的使用偏好。Olohan 主要对比了系动词、助动词以及否定词 not 的缩略和完整形式的使用频率。该统计结果显示，整体而言，Bush 在译文中使用缩略形式的百分比达到 67%，远远高于 Blair 的 24%，而且每种缩略形式使用的概率都比较接近。而

---

① 刘全福：《翻译引论》，高等教育出版社 2011 年版，第 202 页。

② Baker, M., "Toward a Methodology for Investigating the Style of Literary Translator", *Target*, Vol. 12, No. 2, 2000, p. 245.

Blair 作品中的缩略形式使用得较少。

冯庆华在 2008 年出版的《母语文化下的译者风格》一书中，运用语料库的方法分别统计了霍克斯和杨宪益译本的高频词、特色词和独特词，创造性地提出了特色词和独特词的基本含义："所谓特色词就是指在一个文本中词频较高而另一个类似文本或其他多个类似文本词频较低的词汇。"① "所谓独特词就是指在一个文本中词频达到一定水准而在另一个类似文本或多个类似文本中词频为零的词语。"② 通过特色词的比较研究，冯庆华发现，霍译的特色词的数量（118）明显高于杨译（5），而在这 118 个特色词中，以虚词为主，有 45 个，得出的结论是"东方文化下的思维习惯上用实词作名词，而西方文化思维习惯上用虚词来作名词，很多用于主语和宾语。"③

2. 翻译选材与译者风格

翻译选材是影响译者文体特征的一个重要因素，每个译者都有自己的翻译选材偏好，有的译者喜欢选择学术型作品，而有的则喜欢选择通俗作品。Baker 对 Bush 和 Clark 的翻译选材进行考察后发现 Bush 倾向于选择来自西班牙语或葡萄牙语世界的学术型作品，而 Clark 倾向于选择来自阿拉伯世界的通俗作品。Baker 还专门访问了两位译者，试图从两位译者的生活经历和所处的文化环境来分析他们选材风格迥异的原因。

董娜认为："语料库的关键词表可反映某个语料库的主题范围，还可以用来确定某个翻译家经常涉及的翻译题材的领域或特定时期翻译语料库中译文选择的主题变化等"④。她用 Wordsmith Tools 统计出"林语堂翻译语料库关键词表前 200 个词"，通过对这些词汇的分析，董娜得出了林语堂选材的两个主题和偏好：中国经典文化形象和日常的平民生活。

---

① 冯庆华：《母语文化下的译者风格》，上海外语教育出版社 2008 年版，第 264 页。

② 同上书，第 269 页。

③ 同上书，第 255 页。

④ 董娜：《基于语料库的"译者痕迹"研究——林语堂翻译文本解读》，中国社会科学出版社 2010 年版，第 211 页。

表 2—3 林语堂翻译语料库关键词主要分类

主题	关键词
中国传统经典文化	life, Confucius, Chinese, human, being, love, nature, moral, Tao, world, sage, heaven, power, earth, universe, virtue, knowledge, peace, force, harmony, faith…
平常百姓的日常生活	home, mother, love, house, family, music, flowers, friends, day, temple, trees, father, river, city, garden, pavilion, bridge, bed, boat, wine…

3. 翻译策略与译者风格

翻译策略是译者文体风格的直接反映，译者对词汇和语法结构模式的选择总是与译者的翻译策略和译者意欲使译文达到的效果密不可分。Olohan 以 Venuti 的译文为语料，运用语料库软件工具 Wordsmith 中的 Keyword 功能研究了 Venuti 的词汇选择倾向和翻译策略。他把 Venuti 的译文语料库与 BNCFIC 语料库进行对比，生成了 Venuti 译文的语料库关键词表。关键词表显示 Venuti 使用了大量的连接副词，尤其是"yet""nonetheless""nor"和"thus"等，这些表达在学术性作品中出现的频率要比在小说中的高。他还大量使用了"shall""that"两个词，使译文句子更长，表达更笨拙，给读者一种距离感。"wherein"的使用给译文增添了正式、古奥的色彩。这一结论也印证了 Venuti 所倡导的异化翻译策略。

Meng Ji 结合文体统计学，语料库语言学和翻译研究等多种学科的方法分析了西班牙小说《堂吉诃德》（*Don Quixote*）原文和两个中文译本中古体语（archaism）的使用情况。该文以小说第一卷为语料，使用皮尔逊相关系数（检验线性相关程度的统计指标）和线性回归等方法统计了两个译文古体语的使用与原文的相关程度。

Saldanha 以翻译文本中对外来词（foreign words）的使用为切入点，考察了 Margaret Jull Costa 和 Peter Bush 两位译者的翻译风格。Saldanha 后来又对比了两位译者翻译文本中斜体使用的差异，同时仿照 Baker，考察了转述动词"say"和"tell"后连接词的省略情况。统计分析发现两位译者在这三个方面都存在系统的差异。

Bosseaux 以原文作为一个控制变量，考察了弗吉尼亚·伍尔夫小说

《海浪》（*The Waves*）两个法译本在翻译文体方面的差异，主要关注平均句长、类符/形符比、文化特有词项等。之后 Bosseaux 又分别考察了伍尔夫小说《海浪》和《到灯塔去》（*To the Lighthouse*）法文译本中视点（point of view）的语言表现形式——自由间接引语、指示语、情态和及物性——的翻译，从叙事学视角考察了译者的选择会对叙事结构转换产生什么样的影响。值得注意的是，Bosseaux 的考察方法已经从目标语转换到了源语，而且考察项也从特定的语言现象规律性的处理方法扩展到了话语和叙事方面，应该说是一个突破。

冯庆华通过霍译和杨译对承载着浓郁的东方宗教信仰的“阿弥陀佛”这个词语的翻译的对比研究发现：在《红楼梦》文本中，共有 40 个“阿弥陀佛”，且 95% 被用于女性，通过统计，霍译本中 34 处采取了归化的处理方式，如“Holy Name”“Holy Precious Name”“Blessed Name of the Lord”等，而杨译都是直译的“Amida Buddha”或“Gracious Buddha”。客观的数据可以很明显地表明两译者采用的翻译策略的不同。

董娜在对林语堂翻译语料中的与“moon”一词的搭配数量进行统计后，得出了“在林语堂翻译文本中，他对一部分的词语直接采用了东方特有的概念进行表达”[①] 的结论。她在统计中发现，在“moon”一词的两词词丛搭配中，与序数词的搭配占了 24 个总量中的 12 个，表达的含义是“月”。由此可见，林语堂在翻译月份的时候，是有意地让西方读者了解中国的月份与月亮有关，是中国的旧历或阴历。这也从一个方面论证了林译的东方文化传播的策略。

以上的各种研究，大多采用的是由量化的某种指标推断文本某种特征的方法，如由高类符/形符比推断词汇变化大；由平均句长波动幅度较大推断风格适应范围更宽泛，风格更灵活；如高频词中虚词比例大推断西方文化思维习惯上用虚词来作名词；如关键词表的某类词多推断译者选材的某种偏好；关键词表中的某特点词汇推断文本具有某种特点等，所以，笔者确定本书也是采用这种由某种量化指标推断文本特点和译者/作风格的方法，但是“仅依靠语料库软件对某些参数的统计数据，如标准类/形比

---

① 董娜：《基于语料库的“译者痕迹”研究——林语堂翻译文本解读》，中国社会科学出版社 2010 年版，第 160 页。

和平均句长等数值，并不能有效地将一个译者的翻译风格与另一个译者区分开。”① 所以，确定更细化的研究视角对于译者/作风格的有效研究来说是必要和必需的。

在确定用某种特定的视角考察译本之前，先应提取两译本的基本定量数据，通过这些数据，我们可以了解两译的概貌；通过译本的基本定量特点进一步确定更具体的视角，试图发现译本的某些特定方面的细微特征。

第四节 两译本的基本定量分析

一 两译本的基本特征

一般来说，对于文本语料库的基本特征分析，往往是从形符数、类符数、类符/形符比、平均句长、重点词汇等开始的。因为这些指标容易获得，而且有较客观的说明能力。类符（type）是指语料中的不同的词语，形符（token）则指所有的词形。“类符/形符比（type /token ratio，TTR）值越大说明该文本所使用的不同词汇量越大，反之则不同词汇越少。”② Baker 也认为文本的类符/形符比值的高低与笔者词汇使用的丰富程度和多样性成正比③。TTR 是一个相对的数值，语料库的容量越大，其值就会越小，如根据王克非的研究，总形符数量达到 564390 条的翻译汉语的 TTR 值才只有 2.9④。所以，一般会用标准类符形符比（STTR）来衡量语料库的词汇变化。STTR 是按一定的长度分批计算文本的 TTR，再求均值来反映文本的词语变化程度。因为我们考察的两个文本译自相同的母本，语料库的总词汇数量基本相当，所以，这里我们只考察两译的 TTR。笔者利用 AntConc 的 Word List 检索功能和 Word 的替换功能，得到了如表 2—4 所示的数据。

---

① 黄立波、朱志瑜：《译者风格的语料库考察——以葛浩文英译现当代中国小说为例》，《外语研究》2012 年第 5 期，第 70 页。

② 王克非：《语料库翻译学探索》，上海交通大学出版社 2012 年版，第 81 页。

③ Baker, M., “Toward a Methodology for Investigating the Style of Literary Translator”, *Target*, Vol. 12, No. 2, 2000, p. 250.

④ 王克非：《语料库翻译学探索》，上海交通大学出版社 2012 年版，第 81 页。

表 2—4　　梁实秋和朱生豪译本的基本定量分析数据

	莎剧原著	梁实秋译本	朱生豪译本
形符数（token）	116679	125559	136837
类符数（type）	10502	10617	10797
类符/形符比（TTR）	11. 11	11. 82	12. 67
句子总数	9462	9299	9649
平均句长	12. 331	13. 502	14. 181

根据表中的数据，我们看出，梁译本和朱译本形符总量分别比原文超出 7% 和 17%，朱译本形符总量、类符/形符比、平均句长等指标均超出梁译本，前者分别是后者的 1. 08 倍、1. 07 倍和 1. 08 倍。这说明朱生豪的词汇使用略比梁实秋丰富。但是，其差别确实不算大。为了能从另一方面证明两译词汇品种的差异，我们特别统计了两译的动词词频①。因为汉语的动词，不同于英语，没有时态、人称等的曲折变化，所以动词的使用较为自由。动词的使用品种和频率数值可以部分地说明文本的词汇种类的丰富程度。从所列的动词数量上看，梁译本的动词类符总值为 2959，而朱译本的动词类符总值为 2761，梁译是朱译的 1. 07 倍。应该说，虽然数值的差别不是很大，但是因为考察的指标是所用动词的类别，而不是总的动词使用量，也就是说，在总形符数小于朱译的前提下，梁译比朱译多出了 198 种动词的用例，所以，这组数据又说明了梁译词汇的丰富性较高。这样一来，我们姑且得出这样的结论：两译的词汇品种使用特点在基本定量指标的考核上面没有表现出特别明显的差别。

二　两译本的词汇密度

词汇密度（lexical density），顾名思义，“就是实义词的稀疏程度”②。是衡量文本信息量的一个标准。词汇密度的计算一般采用两种方法，一种是“直接以 TTR 值作为词汇密度”③；还有一种是 J. Ure 和 Michael Stubbs

① 两译具体动词词频见附录一、附录二。

② 刘克强：《〈水浒传〉四英译本翻译特征多维度对比研究》，博士学位论文，上海外国语大学，2013 年，第 47 页。

③ 杨惠中：《语料库语言学导论》，上海外语教育出版社 2002 年版，第 168 页。

提出的方法，即计算实义词形符（名称形符、动词形符、形容词形符、副词形符、数词行符和量词形符）在总形符中的比例。本书采用第二种方法：在 AntConc 检索标注后的文本的 Word List，统计“v”“n”“a”“d”“m”“q”等分别代表动词、名词、形容词、副词、数词和量词的字母在文本中的出现数量（Freq）总和，之后计算这些实词在总形符数中所占比例，得出两译的词汇密度的数值，以此考察两译的文本信息量。

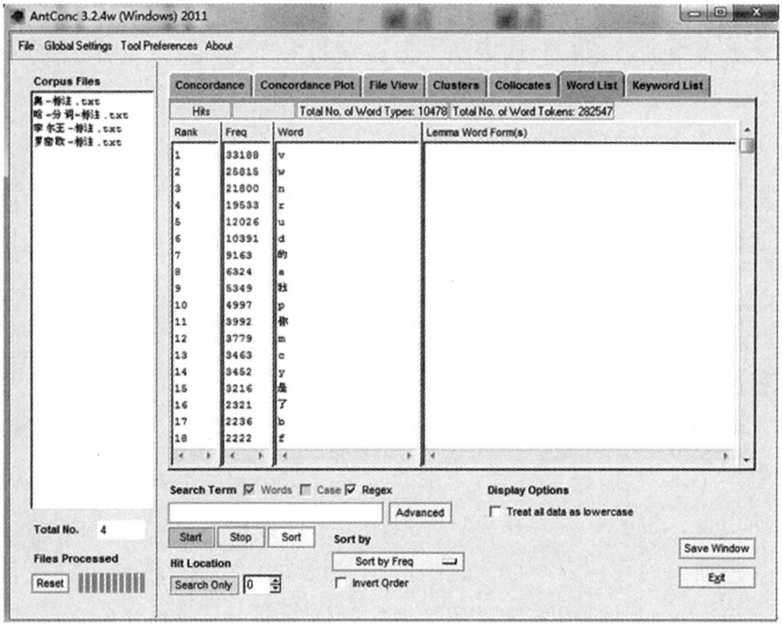

图 2—1　标注后的梁译本 Word List 检索截图

从表 2—5 中显示的数据来看，两译的词汇密度非常接近，梁译略高于朱译，可以说明两译的信息量相近。通过与王克非统计的翻译语料库[①]的词汇密度相比较，两译均大于翻译汉语文学文本的 57. 3% 和非文学文本的 63. 1% 的指标，甚至超过原创汉语文学文本的 61. 4%，充分说明两译的文字信息量大，文本的难度也较大。这与学界普遍认为的梁译更适合阅读的判断不甚吻合。

---

① 王克非：《语料库翻译学探索》，上海交通大学出版社 2012 年版，第 84 页。

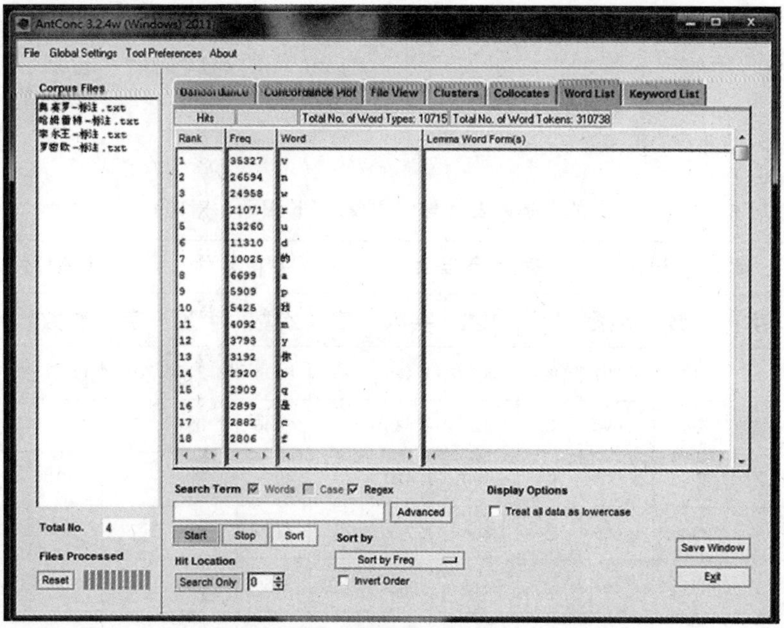

图 2—2 标注后的朱译本 Word List 检索截图

表 2—5 两译词汇密度统计

	梁实秋译本	朱生豪译本
形符总数	125559	136837
实词形符数	80482	86931
词汇密度（%）	64.10	63.52

三 两译本的高频词

“所谓高频词就是使用频率特别高的词语。用一个词语在整个文本中所占的百分比或者该词语在整个词频中所处的前后位置，来决定该词语是否高频词。”① Aston 指出基于词频表的文本分析很大程度上有助于研究作

① 冯庆华：《母语文化下的译者风格》，上海外语教育出版社 2008 年版，第 220 页。

品的文体风格特征①。根据这些理论，我们用 AntConc 统计了两译本排在前 20 位的高频词，同时与产生于 20 世纪 30 年代的《子夜》（茅盾著）和 2003 年的《长恨歌》（王安忆著）前 20 位的高频词做了比较，见表 2—6。②

表 2—6　　两译的高频词表（与《子夜》《长恨歌》对照）

	梁实秋译本			朱生豪译本			《子夜》			《长恨歌》		
序	字	次数	字频	字	次数	字频	字	次数	字频	字	次数	字频
1	的	9139	4.597	的	10008	4.499	的	8635	3.313	的	11316	4.237
2	我	5348	2.690	我	5424	2.438	了	5446	2.089	是	7239	2.711
3	你	3987	2.005	你	3160	1.420	一	4914	1.885	一	5301	1.985
4	是	3200	1.609	是	2866	1.288	是	4139	1.588	了	4601	1.723
5	了	2315	1.164	了	2415	1.085	不	3556	1.364	不	4229	1.584
6	他	1996	1.004	他	2303	1.035	他	2957	1.135	有	3415	1.279
7	不	1744	0.877	不	2101	0.944	来	2409	0.924	她	2799	1.048
8	这	1478	0.743	一	1680	0.755	在	2317	0.889	这	2600	0.974
9	在	1252	0.629	在	1573	0.707	就	2093	0.803	人	2323	0.870
10	一	1165	0.586	这	1308	0.588	那	2077	0.797	他	2301	0.862
11	要	1108	0.557	要	1250	0.542	有	2039	0.782	也	2244	0.840
12	人	952	0.478	人	1122	0.504	这	2000	0.767	上	2104	0.788
13	她	946	0.475	她	997	0.448	我	1897	0.728	来	2058	0.771
14	说	830	0.417	来	968	0.435	着	1762	0.676	在	1976	0.740
15	有	806	0.405	把	949	0.426	人	1731	0.664	说	1955	0.732
16	去	801	0.402	您	923	0.414	们	1640	0.629	里	1937	0.725

① Aston, G., *Learning with Corpora: an Overview*, In G. Aston (ed.) *Learning With Corpora*, Huston: Athelstan, 2001.

② 《子夜》和《长恨歌》的词频数据参见冯庆华《母语文化下的译者风格》，上海外语教育出版社 2008 年版，第 221—222 页。

续表

	梁实秋译本			朱生豪译本			《子夜》			《长恨歌》		
序	字	次数	字频	字	次数	字频	字	次数	字频	字	次数	字频
17	上	768	0.386	上	905	0.406	上	1632	0.626	着	1831	0.686
18	来	730	0.367	有	846	0.380	里	1553	0.596	就	1659	0.622
19	把	698	0.346	就	831	0.373	地	1552	0.595	个	1651	0.619
20	就	653	0.328	去	789	0.354	说	1526	0.584	都	1402	0.525

从高频词的分布来看，虽然使用频率略有差异，但两译本的前七位都是同样的词。这应该是译自同一文本译文的共同特点。这前七个词基本与汉语母语的文本《子夜》《长恨歌》的前七个词比较接近，尤其是“的”的使用，均列于四种文本的第一位。但是，我们注意到了梁译的“的”字使用频率4.597甚至超过了2003年的汉语母语文本，是四个文本中最高的，可以从一个方面说明梁实秋的译本更接近现代汉语。在对于“的”字的使用频率趋势的考察中，冯庆华发现：“的”字在《水浒传》《西游记》《红楼梦》中的使用频率分别是0.488、0.758和1.711，呈上升的态势[①]。“的”字的发展实际上是汉语发展的一个缩影。另外，“的”字的使用量是否与接近原文有关，有待后续的研究考证。再有，值得注意的是，两译中的人称代词“我”“你”的使用频率都是大大超过母语文本的，应该是译自英语文本的明显特点。由于汉语“他”“她”等人称代词在语音上完全一样，在语流中很容易造成误解；人称代词没有主格和宾格的差别等原因造成了汉语显性人称代词的使用频率较低而英语人称代词的广泛使用的现象，这个现象在表中的数据对比中再一次得到了印证。但是这个现象与剧本中的对白成分多，指称功能明显也有很大的关系。所以，从这个意义上说，在高频词列表中，人称代词的靠前排位可以看作是戏剧文本的识别和衡量指标。朱译的数词“一”字的使用频率和排位都高于梁译，但低于母语文本。两译介词“在”的排位一致，而且高于现代汉

① 冯庆华：《母语文化下的译者风格》，上海外语教育出版社2008年版，第222页。

语的代表文本，说明受源语文本的影响较大，使用频率较高。朱译中的高频词“您”是其他三个文本中所没有的，特点非常突出，是译者为接近译语的表达习惯所做的努力。

四　两译本的特色词

根据冯庆华对于特色词的定义：“是指在一个文本中词频较高而另一个类似文本或其他多个类似文本词频较低的词汇”①，我们通过 AntConc 软件可以凸显目标语料库相对于对照语料库的高频词汇的功能，分别得到两译本相对于对方的特色词，其中朱译相对于梁译的特色词的统计结果如图 2—3 所示。

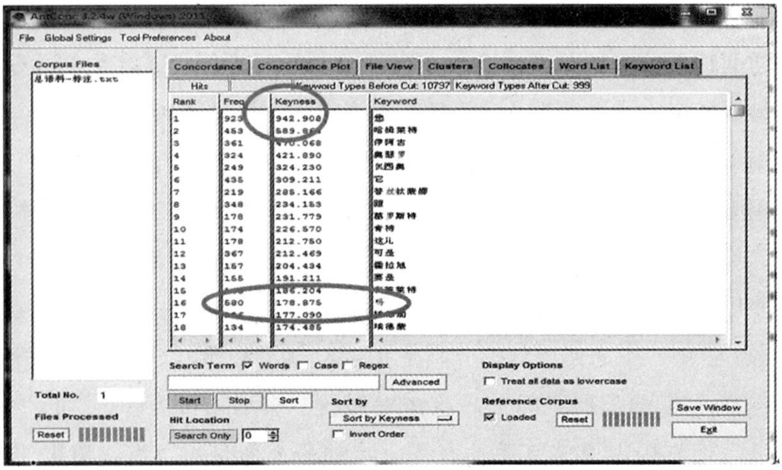

图 2—3　朱生豪特色词统计截图

图 2—3 中数据统计特征中的“keyness”（一般译为“关键性”）并不完全等同于绝对词频（Frequence），如“呀”一词，词频是 580，而关键性数值是 178. 875，它是一个综合数值，表示相对于对照语料库来说，某词汇在目标语料库中的特色程度。一般来说，多出的使用频率越大，其关键性值越高。

通过比较两译本的特色词表②我们发现如下一些区别。

---

① 冯庆华：《母语文化下的译者风格》，上海外语教育出版社 2008 年版，第 246 页。

② 梁译和朱译的具体特色词表见附录三、附录四。

（1）梁译特色词表中的表示连接关系的连接成分明显多于朱译。它们是 325 但是、248 便、222 若、162 并且、150 与、97 如果、93 如、79 假如、50 和、49 之前、46 纵然、44 如其、41 但、35 若是、35 之后、31 且、20 由于、18 若非、18 那里、18 且、16 或是、14 于是、12 而。朱译特色词表中的起到连接作用的词汇只有 212 可是、191 要是、36 却、14 只要。如果按特色值来计算的话，梁译的连接成分高出朱译 1370，应该说是个不小的数值。这个现象说明梁译明显接近英文原文“形合”的特征，对分句间指示并列、转折、因果等关系的成分的忠实性高于朱译。

（2）两译本的特色词表中的名词尤其是称谓名词（代词）表现出对源语或目的语的倾向，梁译表中的“先生”“小姐”“阁下”“绅”“爵士”等，朱译表中的“娘娘”“老爷”“汉子”“夫人”“伯”等，尤其明显的是第一人称代词“您”，在朱译特色词表中以 943 的特色值排在第一位，可见朱译对目的语读者的关照程度。

（3）通过 Word 软件中的替换功能，我们统计了梁译和朱译的特色词的实词数量，得到如图 2—4 所示的数据。

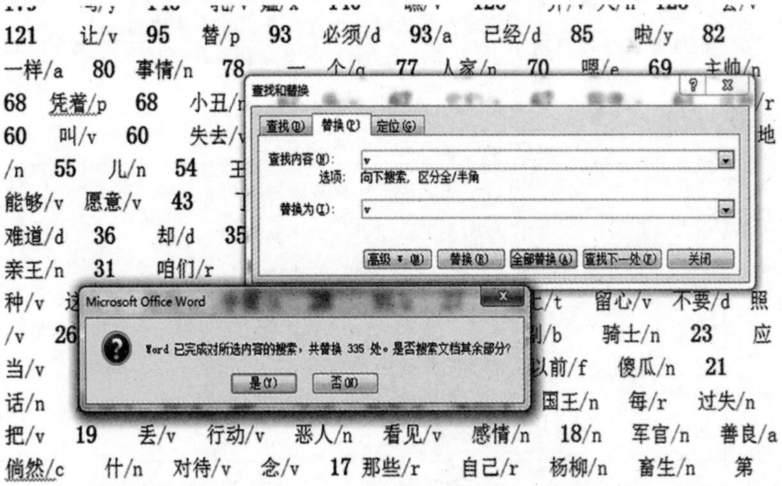

图 2—4　使用 Word 软件“替换”功能统计朱译特色动词截图

梁译中的名词、动词、形容词的词频分别是 318、380 和 96，总计 794；朱译对应词性的词频分别是 329、335 和 72，总计 736。梁译是朱译的 1.07 倍。这可以简单地理解为梁译的文本正式程度要高于朱译。对于实词在文本中的比重数值与文本的正式程度的关系，有待以后借助更多语料和方法的深度论述。

从以上的基本定量分析来看，两译的明显差别主要表现在人称代词、连接词、数量词、介词“在”、称谓名词、“被”字的使用等。所以，笔者决定把它们作为考察项目，在后面的研究中进行细化分析。

细化分析研究视角的确定还需参考现有的研究方法和内容，通过了解在前文提到的以“语料库莎士比亚翻译”作为检索词的检索结果中的文献，笔者把目前国内的“语料库莎士比亚翻译”主要研究现状概述如表2—7所示。

表2—7　　国内“语料库莎士比亚翻译”研究现状概况

文献类型	研究题目	主要研究内容	作者	出版单位及时间
期刊	戏剧翻译上口性——基于语料库的英若诚汉译《请君入瓮》研究	以朱生豪和梁实秋汉译莎士比亚《请君入瓮》译本小型语料库为基础，对两个译本的词频和平均句长进行统计。考察的项目包括成语、谚语、习语、俗语、话轮管理和话语标记语。	任晓霏、朱建定、冯庆华	《外语与外语教学》2011年
	基于语料库的莎剧《哈姆雷特》汉译文本中“把”字句应用及其动因研究	基于莎士比亚戏剧翻译语料库，定量分析莎士比亚戏剧《哈姆雷特》的梁实秋译本与朱生豪译本中“把”字句的应用和分布，并从认知语法和语用角度探讨“把”字句应用的内在动因。	胡开宝	《外语学刊》2009年
	基于语料库的莎剧《哈姆雷特》汉译文本中显化现象及其动因研究	对莎剧《哈姆雷特》梁实秋译本和朱生豪译本中的显化进行定性和定量研究。本书将显化分为概念功能信息显化、人际功能信息显化和语篇功能信息显化。	胡开宝、朱一凡	《外语研究》2008年

续表

文献类型	研究题目	主要研究内容	作者	出版单位及时间
硕博士论文	《第十二夜》翻译修辞风格研究	对《第十二夜》朱生豪、梁实秋及曹未风的三个译本进行修辞定位与统计、语境提取、例句分析等修辞翻译风格研究。	陈　曦（硕士）	哈尔滨工业大学，2012 年
	莎翁四大喜剧中的爱情隐喻及其翻译策略研究	以莎翁四大喜剧朱译本、方平译本中的 176 条含有爱情隐喻的句子作为研究对象，探讨两个中译本中爱情隐喻的不同的翻译策略。	陆文婕（硕士）	湖北大学，2011 年
	基于语料库的莎士比亚戏剧汉译本中虚化动词的研究	基于莎士比亚戏剧英汉平行语料库，以“做”和“作”为例，研究 23 部莎士比亚戏剧朱生豪译本、梁实秋译本和方平译本的虚化动词使用情况。	李晓倩（硕士）	上海交通大学，2013 年
	基于语料库的莎士比亚戏剧中话语标记“Well”的汉译研究	从翻译功能对等角度比较梁实秋和朱生豪在翻译 23 部莎剧中作为话语标记语的“well”的汉译。	刘慧丹（硕士）	上海交通大学，2010 年
	基于语料库的莎剧中话语标记“Why”的汉译研究	从翻译功能对等角度比较梁实秋、朱生豪和方平译本中的话语标记“why”的汉译。	侯珏璐（硕士）	上海交通大学，2013 年
专著	概念隐喻翻译的认知分析	对《哈姆雷特》梁译本和朱译本中的概念隐喻进行了系统的识别、标注、统计、定量、定性和对比分析。	刘翼斌	中国社会科学出版社 2011 年版

可以看出，研究的对象涉及意象、语言形式、修辞、句式等各个方面，视角包括戏剧语言“上口性”“显化”“功能对等”等。再结合梁实秋、朱生豪两种译本的先在差别，梁译的“‘信’‘达’见长”“保存莎

翁原貌”“紧扣原作”，朱译的“诗意浓厚”“可读性和可接受性放在首位”“读之琅琅上口”等，笔者决定把考察的视角确定为译本的音乐性、忠实再现原文程度以及关照译入语读者的理解和欣赏程度三个方面展开分析和讨论。《现代汉语词典》对“化”的定义是“加在名词或形容词之后构成动词，表示转换成某种性质或状态”①，如“绿化”“美化”“现代化”，因为翻译究其本身还是一种转换的过程，加之前文讨论过的现有研究也涉及“显化”“虚化”等概念，所以，笔者决定采用“音乐化”“欧化”“译语化”来定义和描述本书的更细致的研究分析视角。

第五节 小结

本章主要是对莎士比亚戏剧和莎士比亚戏剧在中国的译介及梁实秋和朱生豪两位译者的经历、翻译观、译本的流传及影响的综述。莎士比亚的戏剧创作分为早期抒情时期、历史剧和喜剧时期、“巅峰”的悲剧时期和传奇剧或悲喜剧时期四个阶段。莎士比亚戏剧在中国的译介始于1903年上海达文书社出版的文言体的故事集《澥外奇谭》。莎剧的汉译全本包括曹未风译本、朱生豪译本、梁实秋译本、虞尔昌译本和方平译本五种。其中，梁译本和朱译本的影响力较大。受胡适、余上沅的影响，在特定的历史背景下，梁实秋翻译莎剧是他理性选择的结果，翻译莎剧的过程也是他对“真”“善”“美”的追求与莎士比亚作品主题形成契合的过程。崇尚人本翻译观的梁实秋在他的翻译态度、翻译目的、翻译策略以及翻译审美取向方面分别具有“严重”“传真”“自由”“自然”等特点。作为“翻译史上的一座丰碑”的朱译本“译笔流畅，文辞华赡”“文句典雅，好像高山飞瀑，一泻千里，读之琅琅上口”是“本国文学发展史不可分割的重要部分”。通过对两译的基本定量考察笔者发现，朱译本书字总量、类符/形符比和平均句长均超出梁译本，这说明朱译本的文字密度较大而更富于变化；梁译本的特色词中起连接作用的连词和介词、副词等比重明显偏大，这说明梁译具有更接近英语原文的基本特点，从侧面也印证了他

---

① 中国社会科学院语言研究所词典编辑室：《现代汉语词典（汉英双语）》，外语教学与研究出版社2002年版，第835页。

“传真”的翻译态度和策略。

在本章，笔者还对本书的方法论基础语料库翻译学的概念作了界定，对语料库翻译学的研究内容、方法等进行了梳理。目前基于语料库的翻译学研究包括翻译语言特征研究、译者风格研究、口译研究、翻译教学与实践研究、语料库建设研究等。其中的译者风格研究主要涉及译者使用语言偏好、翻译选材和翻译策略等方面。

在本章，笔者还对国内现有的语料库莎剧翻译做了回顾，发现研究的对象涉及意象、语言形式、修辞、句式等各个方面，视角包括戏剧语言“上口性”“显化”“功能对等”等。综合现有的研究方法和两译本的先在特点，笔者确定了本书的细化研究视角：“音乐化”“欧化”“译语化”。

第三章

从“音乐化”视角考察两译作特征及风格

> 音乐的节奏和曲调可以模拟愠怒和文雅；可以模拟悲壮和温柔；也可以模拟与这些相反的感情；又可以模仿性格中其他的素质。可以说没有一种音乐是缺乏实际感情的，就我们自己的经验而言，在听到这类旋律时，我们的精神也随之抑扬顿挫……①

亚里士多德的这段对于音乐及其描摹人物性格特点的功能的论述与中国古代《乐记》中的“乐者，心之动也，声者，乐之象也。文采节奏，声之饰也”是一个道理，异曲同工。

> 经典的语言学认为语音与语义之间的关系是完全任意的，但是诗歌中的音韵和音色能产生特殊的诗效，这是诗的特殊功能。音色能够模仿其他的声音和意义形象，雪莱常常用 ph 或者 f 的音来模拟风声，体现声音的隐喻作用。声音还可以用作象征效果，开音节元音表达直抒胸臆的舒畅，闭音节元音则犹豫而委婉。声音的象征，基本上是在声音和感觉上形成暗示性的联系。②

莎士比亚在他的百科全书式的 37 部戏剧中“竭尽力之所及运用了一

---

① 参见［英］阿德勒（Adler，M. J.）、［英］范多伦（Van Doren，G.）《西方思想宝库·艺术与美学卷》，周汉林等主编，中国广播电视出版社 1991 年版，第 965 页。

② 刘云雁：《朱生豪莎剧翻译——影响与比较研究》，博士学位论文，浙江大学，2011 年，第 46 页。

切语言手段”①，语体包括口语体散文的对话、诗体散文、二音步至六音步的各种韵诗和素体诗（blank verse）。其中，早期作品中的韵诗含量较高，如在《爱的徒劳》中，押韵句与无韵句的比例接近2∶1。但韵诗并没有在文中占非常明显的主导地位，而是韵诗、诗体散文和口语体散文相互交杂，完全服务于剧情的发展和突出人物性格。莎氏后期的作品则以素体诗和散文为主，其中最典型的代表如《朱利阿斯·西撒》，整个剧本几乎全部用无韵诗写就。莎翁通过吸收在文法学校所学的拉丁语，提炼口语的文学性，使那时作为地区方言的伦敦方言分化出文学的英语语言，极大地丰富了英语的语汇和意境，使之具有了成为官方语言的可能性，而素体诗就是在这个时期产生、流行并成为英语戏剧的规范文体的。本书中涉及的四部剧作，属于莎士比亚的后期作品，素体诗在剧本中所占比例较高。这种介于马洛②与琼生③之间的英语表达式是莎士比亚对英语创造性的挖掘、开拓的结果，它使诗歌真正变成了戏剧语言，拉近了高尚文学和日常对话的距离，“他直接从生活本身吸取了语言，而且具有将对话的元素与高度的诗意的昂然糅合在一起的熟练的技巧。”④ 虽然素体诗没有韵脚，但是每行中的五个音步和音步中的一轻一重的两个音节，抑扬顿挫，可以充分表达人物的各种情感，或慷慨激昂，或低吟浅唱：

> 它能适应戏剧的各种要求，使戏剧更尽其妙，而它之所以能够做到这一点，是因为它的表达力强而伸缩性又大。表达力强在于它能担负各种任务：叙事，对话，独白；伸缩性大在于它能文能白，能庄能谐，既能单行作警策之言，又能联行抒大片之情。它是韵文，但能不过分诗化；它接近散文，又比散文有更强的节奏。⑤

素体诗的使用，其意义不仅是丰富了戏剧的表达形式，而且对英语的地位也形成了历史性的贡献：使当时作为通俗口语或者方言的英语“确

① ［德］歌德等：《莎剧解读》，张可、元化译，上海教育出版社1998年版，第316页。
② Christopher Marlowe，1564—1593。
③ Ben Jonson，1572—1637。
④ ［德］歌德等：《莎剧解读》，张可、元化译，上海教育出版社1998年版，第315页。
⑤ 王佐良：《英国诗史》，译林出版社2008年版，第87—88页。

立了其作为知识分子思想的值得尊重的媒介的地位”。①

对具有如此艺术和文学高度的语言形式的译介，显然是一个巨大的挑战。因为汉语是非重读文字，由语音的轻重产生的韵律和音乐感是很难在译文中再现的，在这点上梁实秋是这样认识的：“凡原文为‘押韵的排偶体’之处，译文即用白话韵语……凡原文为‘无韵体诗’，则亦译为散文。因为‘无韵诗’中文根本无此体裁；莎士比亚之运用‘无韵体诗’为甚自由，实已接近散文，不过节奏较散文稍为齐整；莎士比亚戏剧在舞台上，演员并不咿呀吟诵，无韵诗亦如散文一般。所以译文以散文为主，求其能达原意。”② 这段话表明了梁实秋对于原文素体诗的翻译策略，也表明了作为散文大家的他对原文节奏声调之美的态度：认为它们只是形式，重要的还是这些形式表达的意思。所以，他对文本的“音乐性”问题存有偏见，他曾经尖锐地指出：“诗，注重的是内容，其音乐成分已不重要……文字究竟是文字，不能变成乐谱上的符号。一首诗无论怎样音调铿锵，也不能成为音乐。”③ 对于梁实秋的素体诗翻译，严晓江是这样描述和评价的：

> 梁实秋采用的是一种自由体的译法，诗行长短不一，字数参差不齐，打破了原诗的节奏感。每一诗行不是按其顿数译出，每一行诗的顿数不是严格的五顿，也不讲求韵式。……梁实秋的多元韵式（间行韵）虽说也是一种风格，却不如一元韵式韵调铿锵，所以说其音美效果不太理想。④

与梁实秋的文本“音乐观”相比，朱生豪对音乐般语言的态度则是“音乐是最进化的言语，一切‘散文的’语言文字是第一级，诗是第二

---

① ［美］米歇尔·马庚：《外国文学名著导读　莎士比亚悲剧》，北京大学出版社 2005 年版，第 32 页。

② 梁实秋：《例言》，载［英］莎士比亚：《丹麦王子哈姆雷特之悲剧》，梁实秋译，上海商务印书馆 1938 年版，第 1 页。

③ 梁实秋：《诗的将来》，载《梁实秋文集》编辑委员会《梁实秋文集》（第 1 卷），鹭江出版社 2002 年版，第 441 页。

④ 严晓江：《梁实秋中庸翻译观研究》，上海译文出版社 2008 年版，第 172 页。

级，音乐是最高级，完全依凭感觉、脱离意象而独立了。凡越朦胧则越真切。”① 朱生豪的这种对于译文音乐性的重视态度，源于他自己对格律诗创作的热爱。他在之江大学读书期间，参加了“之江诗社”而且深受“词宗”夏承焘的影响，而夏承焘最重要的学术贡献有两点：①搜集和整理了大量几近失传的尺律学著作，为宋词音律的保存和研究做出了现、当代无人能及的巨大贡献；②通过研究诗和词的区别，描述长短句的音乐与语体特点。所以，在这种影响之下，朱生豪运用提高译文的音乐性来演绎人物情感，运用平仄、音调、长短句等宋词格律手段翻译莎士比亚戏剧也就不足为奇了。朱生豪对译文的音乐性是高度追求的，至少比梁实秋的程度要高；他对原文的忠实强调“脱离意象而独立了”；“凡越朦胧则越真切”，这实际上也解释了在朱译文中的为了实现译本的音乐化而牺牲了对原文的语义的忠实的现象，也就是我们常说的“取形舍义”。所以他的译文“不是一般意义上的散文，而是与原文素体诗形式比较相符的富有节奏和规范的散文体，同时又兼顾莎士比亚戏剧语言中的音乐性和诗意，是一种‘诗化散文体’。”②

朱生豪和梁实秋所处的20世纪三四十年代的中国，是白话文不断上升的阶段，胡适等人的白话诗为白话口语体的文学性提升，为庞大的莎剧翻译提供了所需的大量材料与元素，也为两译的“散文”主体而不是“文言”主体提供了坚实的语言基础。在朱译和梁译的莎士比亚戏剧中，我们看到的是语体的综合和交杂，口语体的白话文没有因为身份问题在译文中被排挤和遗弃，体现戏剧音乐性的诗体或类诗体也没有完全占据主要地位。梁译的“散文体”和朱译的“诗化散文体”实际上都是相对的概念。我们用“音乐性”中比较常见的韵、节奏、声调等元素作为视角来考察两译本，其原因有两个：一是“音乐性”是莎士比亚戏剧的显著特点；二是两译在“音乐性”上的表现存在较大差别。我们先通过一段译例了解两译音乐性方面的基本特点：

O! She doth teach the torches to burn bright.

---

① 朱生豪：《朱生豪情书》，上海社会科学院出版社2003年版，第18页。

② 吴笛：《浙籍作家翻译艺术研究》，浙江大学出版社2009年版，第157页。

It seems she hangs upon the cheek of night
Like a rich jewel in an Ethiop's ear;
Beauty too rich for use, for earth too dear!
So shows a snowy dove trooping with crows,
As yonder lady o'er her fellows shows.
The measure done, I'll watch her place of stand,
And, touching hers, make blessed my rude hand.
Did my heart love till now? Forswear it, sight!
For I ne'er saw true beauty till this night. (*Romeo and Juliet* Act I Scene V)

啊！她比满堂的火炬还要亮。
她好像是挂在黑夜的颊上，
有如黑人戴的宝石耳坠；
平时不宜戴，在尘世也嫌太宝贵！
那位小姐在她的伴侣中间，
像乌鸦队中的白鸽那么鲜艳。
等舞罢我要注意她站立的地方，
搀着她的玉手使我的粗手生光。
以前我可曾恋爱过？否认吧，我的眼！
真正的美人我今晚才初次看见。（梁译）

啊！火炬远不及她的明亮；
她皎然照耀在暮天颊上，
像黑奴耳边璀璨的珠环；
她是天上明珠降落人间！
瞧她随着女伴进退周旋，
像鸦群中一头白鸽蹁跹。
我要等舞阑后追随左右，
握一握她那纤纤的素手。
我从前的恋爱是假非真，

今晚才遇见绝世的佳人！（朱译）

朱译诗句唱词般的译文首先在视觉上就令读者印象深刻，10 个断句全部都是由 10 个汉字组成。相比较来说，梁译确实有些“散”，每句话的构成字数不一。从韵律上看，两译者都有关照：梁译的尾韵分别为“亮”“上”；“坠”“贵”；“间”“艳”；“方”“光”；“眼”“见”。朱译的尾韵则是：“亮”“上”；“环”“间”；“旋”“跹”；“右”“手”；“真”“人”。朱译中的美丽意象和符合汉语审美取向的元素较多：叠声词（纤纤、璀璨、翩跹）；习惯用法（佳人、女伴）；四字格（降落人间、进退周旋、追随左右、是假非真）等。但是朱译文紧凑和整齐特点的实现，有些地方是以省略或牺牲了原文的语义为代价的，如“Beauty too rich for use，make blessed my rude hand，Forswear it，sight!”等意思在朱译中都被省略掉了。而所有语义在梁译中均得到了较真实完整的再现。为了补充音节，朱译中也有语义添加的现象：“皎然”“翩跹”“素（手）”“绝世”等，不难发现，在这些语义添加中，起到修饰作用的成分占了多数。综合来看，朱译略显浓艳，但意境完整，较成功地完成人物情感的清晰、彻底的表达。而梁译则自然，淳朴，语义准确。孰优孰劣，不敢代论，不同风格的译文只是满足了不同读者的审美和阅读期待。但是如果用于舞台演出的话，观众在感受罗密欧在舞会上初见朱丽叶，对其美貌的赞许和向往的心情时，以朱译文作为台词，其感染力和呼唤力是要强于梁译的，更易于令观众产生共鸣。

> 朱生豪翻译莎士比亚作品的成功，在于他把握了莎士比亚作品的重要特性，尤其是把握了莎士比亚戏剧作品中将诗的因素和戏剧的因素巧妙结合在一起的特性和技巧。所以，他在翻译过程中，特别注意莎士比亚戏剧作品的强烈戏剧冲突和富有诗意的语言的结合。①

其中的原理，涉及两译文的押韵、节奏、平仄声调等的现象。关于讨论译文音乐性的上述分类也与萨丕尔的《语言论》中的关于多国语言的

① 吴笛：《浙籍作家翻译艺术研究》，浙江大学出版社 2009 年版，第 157 页。

音律问题的论述有重合：

> 英语能接受法语的暗示采用押韵，然而在节奏的安排上并不需要它。所以押韵的用处一直是远比不上音势，有点像装饰品，时常可以不用。押韵进入英语较法语为晚，现在又似乎要离开它了，这在心理上算不上偶然的事。汉语的诗沿着和法语差不多的道路发展。音节是比法语音节更完整、更响亮的单位；音量和音势不太固定，不足以成为韵律系统的基础。所以音节组——每一个节奏单位的音节数目——和押韵是汉语韵律里面的两个控制因素。第三个因素，平声音节和仄声（升或降）音节的交替，是汉语特有的。[①]

第一节 韵

韵是文本音乐性的主要特点，朱生豪认为“音乐是最进化的语言……音乐是最高级，完全依凭感觉，脱离意向而独立了”[②]，“rhythm（韵律）的贫乏乃是生命中的根本问题”，[③] 可见他对译文的韵律追求的决心。梁实秋对诗歌韵式的看法则为“一首诗的韵脚之有无，不能断定一首诗的优劣，但是于音韵的完备上大有关系……因韵脚而迁就诗意，固可不必，但无害于诗意时仍以有韵脚为宜，”[④] 押韵是一个复杂的文学现象，

① Sapir, E., *Language: an Introduction to the Study of Speech*, Beijing: Foreign Language Teaching and Research Press, 2002, p. 189. 原文：English was hospitable to the French suggestion of rhyme, but did not seriously need it in its rhythmic economy. Hence rhyme has always been strictly subordinated to stress as a somewhat decorative feature and has been frequently dispensed with. It is no psychologic accident that rhyme came later into English than in French and is leaving it sooner. Chinese verse has developed along very much the same lines as French verse. The syllable is an even more integral and sonorous unit than in French, while quantity and stress are too uncertain to form the basis of a metric system. Syllable-groups-so and so many syllable per rhythmic unit—and rhyme are therefore tow of the controlling factors in Chinese prosody. The third factor, the alternation of syllables with level tone and syllables with infected (rising or falling) tone, is peculiar to Chinese.

② 朱生豪：《朱生豪情书》，上海社会科学院出版社 2003 年版，第 18 页。

③ 朱生豪：《寄在信封里的灵魂——朱生豪书信集》，东方出版社 1995 年版，第 172 页。

④ 梁实秋：《诗的音韵》，载《梁实秋文集》编辑委员会《梁实秋文集》（第 6 卷），鹭江出版社 2002 年版，第 200 页。

具有除了重叠与平行之外的多方面功能，在服务于塑造人物性格、表达人物情感、发展剧情等方面都起着举足轻重的作用。为了更好地展开分析和研究，我们先来区别一下英汉双语的韵律形式。

在讨论英语韵律的形式时，我们不妨借用 Thornborrow[1] 在讨论英语声音模式（sound patterning）时采用马洛的两行诗句：

Come live with me and be my love

And we will all the pleasure prove. （*The Passionate Shepherd to his Love*）

诗句中包括的韵式有以下几种。

尾韵（end rhyme）：love—prove（本节前文译例中的 bright—night，ear—dear，crow—show，stand—hand，sight—night）

行内韵（internal rhyme）：me—be

头韵（alliteration）：me—my，pleasure—prove（本节前文译例中 teach—torches，burn—bright，shows—snowy）

元音韵（assonance）：live—with—will，come—love

辅音韵（consonance）：will—all

倒压韵（reverse rhyme）：with—will

可以看出，莎士比亚作品中较常见的韵式是尾韵和头韵两种。

再来了解汉语的韵式类型：

> 汉语主要有尾韵、双声和叠韵等。中国古人根据韵母发音特征的不同分出不同的尾韵韵式，共有 106 种，称作平水韵，比如，东钟、江阳、支思、齐微等韵式。另外，汉语的单音节词较多，双声叠韵正好弥补了这种音调上的单调，如双声词流连、拖沓等使声音绵延悠长，叠韵词如披靡、刚强等使语言铿锵有力。另外，单音节词的重复也会产生特殊的声韵效果，如岁月悠悠、疯疯癫癫、鬼鬼祟祟，等等。[2]

---

① Thornborrow, J. & Wareing, S., *Patterns in Language: Stylistics for Students of Language and Literature*, Beijing: Peking University Press, 2000, p. 19.

② 任晓霏：《登场的译者——英若诚戏剧翻译系统研究》，中国社会科学出版社 2008 年版，第 208—209 页。

汉语是一种非重音语言，因此在翻译原文音步抑扬构成的节奏的时候，没有办法在译文中以相对应的手段进行再现，在这种情况下，就必须另外创设独立的声音节奏来弥补原文的文字表现力。其中押韵就是一种构成行内行间独立音乐节奏的方法。因为韵母的重复或反复出现会起到强调韵脚的作用，押韵改变了语言的力量分布，使韵脚的声音和意义同时获得了强调。所以，在声音和意义需要强调的时候，两译者使用押尾韵的形式来突出表达效果。

表 3—1　两译押韵类型举例①

莎剧原文	朱译	梁译
More relative than this: the play's the thing Wherein I'll catch the conscience of the king (*Hamlet* Act Ⅱ Scene Ⅱ)	凭着这一本戏，我可以发掘国王内心的隐秘。	演戏是唯一的手段，把国王的内心来刺探。
Now old desire doth in his death-bed lie, And young affection gapes to be his heir: That fair for which love groan'd for and would die, With tender Juliet match'd, is now not fair. (*Romeo and Juliet* Act Ⅱ Prologue)	旧日的温情已尽付东流，新生的爱恋正如日初上；为了朱丽叶的绝世温柔，忘却了曾为谁魂思梦想。	现在的旧情已经登上了丧床，新爱匆匆的来继承她的地位；使我神魂颠倒的那位姑娘，和朱丽叶一比并不怎样娇媚。
'Tis here, but yet confuse'd: Knavery's plain face is never seen till use'd (*Othello* Act Ⅱ Scene Ⅰ)	方针已经决定，前途未可预料；阴谋的面目待到下手后才会揭晓。	主意有了，可是还不明显，在实行时才能露出狡诈的脸。
Fathers that wear rags Do make their child blind, But fathers that bear bags Shall see their children kind. Fortune, that arrant whore, Ne'er turns the key to the poor. (*King Lear* Act Ⅱ Scene Ⅳ)	老父衣百结， 儿女不相认； 老父满囊金， 儿女尽孝心。 命运如娼妓， 不纳贫贱人。	父亲穿着破衣裳，可使儿女瞎着眼；父亲佩着大钱囊，将见儿女生笑脸。 命运，那著名的娼妇，从不给穷人打开门户。

① 为了讨论方便，我们把译文中的不同韵律分别用字母代表：裳表示 a 韵；眼表示 b 韵；妇表示 c 韵；结表示头韵。

以上的句段分别选自四部作品，都是剧中人物用来表达非常强烈的内心思想感情的，对剧情的发展起着关键作用。四处译例分别是哈姆雷特是否趁机杀叔，以报父仇的极端矛盾的心理状态；罗密欧对朱丽叶的一见钟情的浓烈近乎疯狂的内心独白；伊阿古设计阴谋的意愿和决心以及李尔王对两个女儿对他的态度的巨变表现出的无奈和凄凉的感慨。我们在对照两家译文的时候，可以看出，对原文中的韵律，两译者都在译文中给予了关照，能够以起码的押尾韵的形式把原作者的意图再现出来。如果是两句单独押韵，如例 1 和例 3，一般出现在某人物独白的最后两句，有点十四行诗的意思，起到画龙点睛的作用。但是，如果是大段的韵诗，两译文的处理手段还是不尽相同的。相同的表现是，在例 2 中，原文是 abab 韵，两家译文也都是 abab 韵。可是在例 4 中，两家的策略明显不同：朱译采取了一韵到底（一元韵）的方法：“认”“心”“人”，而梁译却始终忠实原文，只是在最末两句，原文的韵脚变化了的时候（前四句 rag、blind、bag、kind 是 abab 韵，后两句的 whore、poor 是 c 韵），译文的韵脚也发生了改变（前四句的“裳”“眼”“囊”“脸”的 abab 韵，后两句的“妇”“户”也押了 c 韵）。还有，朱生豪在这段韵诗中使用了押头韵（“结”“金”“妓”）的方式来补偿效果，是非常好的尝试，可圈可点。值得注意的是，除了押韵，朱译还表现出了其他的符合汉语古律诗的特点，如对仗：“旧日的温情已尽付东流，新生的爱恋正如日初上”；五言绝句：“老父衣百结，儿女不相认；老父满囊金，儿女尽孝心。”等。总之，通过对这组译例的分析，我们不难得出这样的结论：朱译为实现译本音乐性的特点，采用了多样化的韵律手段，而且韵诗组成的字数有整齐统一的趋势，更多地观照了译文读者的鉴赏，体现了译者的诗人情怀和基本功底；而梁译更显灵活、自然流畅，在完整再现语义的基础上给译文添加了应有的诗化特征，相比较迎合译文读者来说，更多地尊重了原文作者。如果笔者敢在此评论的话，从个人角度出发，更倾向朱译，因为这种浓烈感情的抒发，应该是把原文作者“自诉衷肠”“疏放不羁”“叫嚣不堪”的情感译出，让读者“读的时候亦必为之气喘交迫”①。

为了能更清楚客观地了解两译韵句字数组成的差异，笔者通过手动统计了《罗密欧与朱丽叶》中梁译和朱译的韵句数量，发现梁译的韵句字数从5字到17字不等，集中分布在11字到14字这个范围，押韵的一对句子字数也不完全相等，而且句子同原文一样，有时用逗号、分号等隔开，如：

例1. 为了这桩罪行，(6字)
我把他立刻驱逐出境：(9字)
你们的仇恨牵连了我，(9字)
我的亲戚也在血泊中倒卧；(11字)
我要重重的惩罚你们，(9字)
让你们后悔不该令我受损。(11字)
(And for that offence
Immediately we do exile him hence:
I have a interest in your hate's proceeding,
My blood for your rude brawls doth lie a-bleeding;
But I'll amerce you with so strong a fine
That you shall all repent the lose of mine.)

例2. 再会，再会！愿我心上的舒适安详(13字)
同样的来到你的心上！(9字)
(Good-night, good-night! as sweet repose and rest
Come to thy heart as that within my breast!)

例3. 若非至高无上的欢乐招我前往，(13字)
这样匆匆和你告别可真令人神伤：(14字)
(But that a joy past joy calls out on me,
It were a grief so brief to part with thee:)

① 原句为“在抒情诗里，当然是笔者自诉衷肠，其表情的方法则多疏放不羁，写的时候，既是叫嚣不堪，读的时候亦必为之气喘交迫。”(梁实秋：《现代中国文学之浪漫的趋势》，载《梁实秋文集》编辑委员会《梁实秋文集》(第1卷)，鹭江出版社2002年版，第43页。)

例 4. 泥土之躯，回到泥土里去；就死去吧；(14 字)
你和罗密欧一同睡在一个沉重的棺架！(16 字)
(Vile earth, to earth resign; end motion here;
And thou and Romeo press one heavy bier!)

从译例中可以看出的是，上、下两个韵句的字数确实不相等。但是，对原文的韵，梁实秋是非常忠实的，他在完整传达原文语义的前提下，基本上做到了“有韵必译”，而且原文是几元韵式，译文中就是几元韵式。如例 1，对于原文的 abc 三韵（offence、hence，proceeding、bleeding，fine、mine），在译文中也用了 abc 三韵（行、境，我、卧，们、损）。梁实秋的这种在诗句内涵和音乐性两种因素之间的协调是他的中庸翻译观的真实体现：“梁实秋认为音乐在诗里只是一种附饰，不能牺牲诗的内涵而只求声调，否则会造成类型的混乱。因此，梁实秋在翻译莎士比亚的韵文诗体时，他以中西诗歌的深厚学养突破了当时新与旧、中与西、古与今二元对立思维的局限，融合了古今中外诗歌的有益因素，使译文音韵和谐。……虽然梁实秋注重原诗的音乐美，却并不拘泥于原诗的形式和传统的格律诗的束缚，他在束缚与自由的张力之中表现出一种理性。”①

以上的译例朱译对应的译文如下：

1. 为了这一个过失，我现在宣布把他立刻放逐处境。你们双方的憎恨已经牵涉到我的身上，在你们残暴的争斗中，已经流下了我的亲人的血；可是我要给你们一个重重的惩罚，儆戒儆戒你们的将来。

2. 晚安，晚安！但愿恬静的安息同样降临到你我两人的心头！

3. 倘不是一个超乎一切喜悦的喜悦在招呼着我，像这样匆匆的离别，一定会使我黯然神伤，……

4. 你这俗恶的泥土之躯，赶快停止了呼吸，复归于泥土，去和罗密欧同眠在一个圹穴里吧！

---

① 严晓江：《梁实秋中庸翻译观研究》，上海译文出版社 2008 年版，第 212 页。

不难看出，朱生豪的译文更加叙述化，句尾没有韵，也没用其他形式来体现原文的音乐性。但是，对于表现人物内心思想感情的独白等对戏剧的情节起关键作用的韵句，朱生豪用了一种个性特点非常鲜明的十字诗①的形式来再现（黎明笑向着含愠的残宵，金鳞浮上了东方的天梢，看赤轮驱走了片片乌云，像一群醉汉向四处狼奔。趁太阳还没有睁开火眼，晒干深夜里的涔涔露点，我待要采摘下满箧盈筐，毒草灵葩充实我的青囊）。这些诗句除了上下两句工整押韵之外，还具有字数相等、平仄交错、意义相对等中国古代格律诗的特点。根据统计，仅在《罗密欧与朱丽叶》一译本中，就有100句之多，在其他的译本中，如《哈姆雷特》98句、《奥赛罗》18句、《李尔王》17句，可见译者对剧本音乐性实现的匠心和卓越努力。

图3—1和图3—2是梁译和朱译的韵句在译文中出现的数量统计图，可以更直观地帮助我们了解两译对原文韵句所采用的翻译策略。

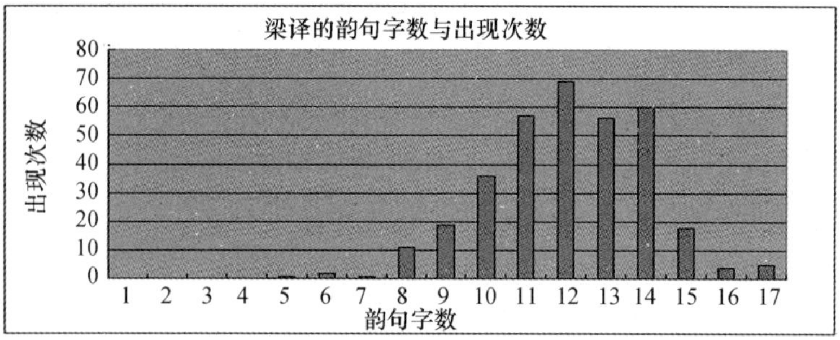

图3—1 梁译的韵句字数与出现次数分布图

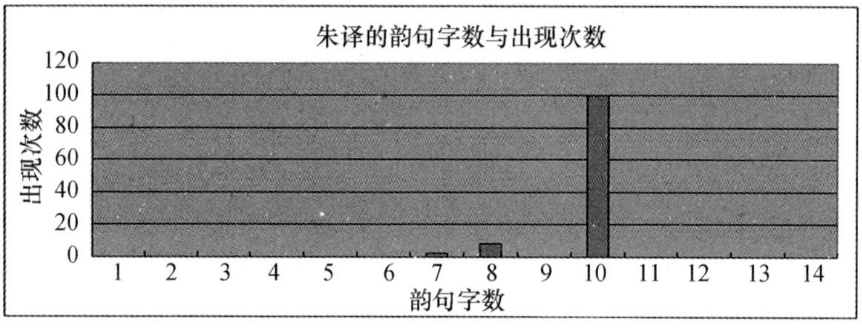

图3—2 朱译的韵句字数与出现次数分布图

① 朱译四译本中的全部十字韵诗见附录五。

第二节　节奏

节奏是诗歌的本质属性之一，是诗歌音乐性的来源。维谢洛夫斯基在所著《历史诗学》中解释了节奏的意义和原理：“我们受到的不均衡的打击迫使我们的肌肉保持过分的，有时不必要的紧张状态，因为我们无法预见重复的打击；而在均衡的打击之下，我们则可以节省精力。”[①] 匀称、有序的动作、节拍，是我们生理和心理系统的有机的条件和要求。在这一背景上便形成和发展了它后来的审美目的。

> 如月圆月缺、潮起潮落、日月交辉、季节交替、寒来暑往、谷岭相间、连绵起伏，以至于生命更迭、朝代兴替等。这种关键形式有规律的重复，使人如期看到了相同东西的出现，似曾相识，如亲友间的愉快的邂逅，使审美对象显得有规律、有秩序，使人们觉得稳定明朗，心里安宁。预期出现的果然出现了，人们感到了世界的可靠性，也增强了人本身的自信。于是心里愉悦，产生美感。[②]

郭沫若也对节奏有过类似的评述：

> 本来宇宙间的事物没有一样是没有节奏的，譬如寒往则暑来，暑往则寒来，寒暑相推，四时代序，这便是时令上的节奏；又譬如高而为山陵，低而为溪谷，陵谷相间，岭脉蜿蜒，这便是地壳上的节奏。宇宙内的东西没有一样是死的，就因为都有一种节奏（可以说就是生命）在里面流贯着。做艺术家的人就要在一切死的东西里面看出生命来，一切平板的东西里面看出节奏来。[③]

---

① ［俄］维谢洛夫斯基：《历史诗学》，刘宁译，百花文艺出版社 2003 年版，第 458—460 页。

② 俞驰、顾敏：《文学美学概论》，辽宁大学出版社 2006 年版，第 35—36 页。

③ 参见杨辛、甘霖《美学原理》，北京大学出版社 1992 年版，第 159—160 页。

莎士比亚戏剧中占主导地位的文体——素体诗就是典型的音步格律，具有独立的声音节奏，其主要特征为以五音步抑扬格为主，无韵脚和韵式。它独立于意义之外的声音节奏可以分布在行内和行间：行内以一个音步为一组，以重音为界标，形成了等时的声音节奏；而在行间，五音步等时出现，同样形成了整齐的声音节奏。素体诗多以五音步为主，这是因为“在所有的韵律形式中，这种形式——指五音步抑扬格——最接近英语口语的自然节奏”①。

黑格尔也曾有过一段关于借助节奏表达人物情感的论述：

> 在戏剧中使用的音律，最好是六音步与抒情诗之间。六音步格规则流畅，抒情诗崎岖突兀。抑扬格是比较好的，这是一种运动的节奏。如果要放慢步伐，就用抑抑扬格，要是显得沉重时就用扬扬格，适合于高尚的有节奏的情绪表达。西班牙诗人常用的是四音步的扬抑格，错综复杂的字首韵和脚韵，与不押韵结合，表现平静缓慢的气韵，也适合表达丰富的想象和微妙的思辨。②

但是汉语是非重读语言，在把以重音为标记而产生节奏的素体诗行的英语翻译成汉语时，如想保留原文的音乐感，突出其节奏产生的特殊舞台效果，则必须做相应的调整和改换：“既然要求译诗尽可能相似地再现原诗的节奏，那么，能不能亦步亦趋地模仿英诗音步的抑扬、扬抑、抑抑扬、扬抑抑等格式呢？答案是否定的，因为这些格式不符合汉语本身的规律和特点，勉强移植也无法成功。而‘顿’或‘拍’或‘意组’则是现代汉语口语的基本节奏单位……用汉语的顿（拍、音组）来代替英诗的音步，使译诗每行的顿数与原诗的音步数相等，并对二字顿和三字顿（以及少数场合下的一字顿、四字顿）做出适当的配置，就可以在符合现代汉语规律的条件下，在诗行节奏上获得与原诗尽

---

① ［美］艾布拉姆斯：《文学术语汇编》，外研社及汤姆森学习出版集团2004年版，第24页。

② ［德］黑格尔：《美学对广大美的领域的尖端叙述》，燕晓冬译，人民日报出版社2005年版，第285页。

可能相似的效果。”①

以《李尔王》第一幕为例，我们观察朱译用排比（整齐的顿数或意组数）、并列来实现节奏的译文。

例 1. **在这些疆界以内，从这条线到这条线，所有浓密的森林、膏腴的平原、富庶的河流、广大的牧场**，都要奉你为女主人；（Of all these bounds, even from this line to this, With shadowy forests and with champains rich'd, With plenteous rivers and wide-skirted meads, We make thee lady:）

例 2. 和戈纳瑞所得到的一份**同样的广大，同样的富庶，也是同样的佳美**。（No less in space, validity, and pleasure, Than that conferr'd on Goneril.）

例 3. 我爱您只是按照我的义务，一分不多，一分不少。（I love your majesty According to my bond; nor more nor less.）

例 4. **凭着太阳神圣的光辉，凭着黑夜的神秘，凭着主宰人类生死的星球的运行**，我在这里宣布和你断绝一切父女之情和血亲的关系，（For, by the sacred radiance of the sun, The mysteries of Hecate and the night, By all the operation of the orbs From whom we do exist and cease to be, Here I disclaim all my paternal care,）

例 5. 这太奇怪了，她刚才还是**您的眼中的珍宝、您的赞美的题目、您的老年的安慰、您的最心爱的人儿**，怎么转瞬间就会干下这么一件罪大恶极的行为，（This is most strange, That she, who even but now was your best object, The argument of your praise, balm of your age, The best, the dearest, should in this trice of time Commit a thing so monstrous,）

例 6. 并不是因为我有什么**丑恶的污点、淫邪的行动，或是不名誉的举止**；（It is no vicious blot nor other foulness, No unchaste action, or dishonour'd step, That hath depriv'd me of your grace and favour,）

---

① 杨德豫：《用什么形式翻译英语格律诗》，载杨自俭、刘学云《翻译新论（1983—1992）》，湖北教育出版社 2003 年版，第 95—96 页。

例 7. 最美丽的科迪利娅！**你因为贫穷，所以是最富有的；因为被遗弃，所以是最可贵的；因为遭轻视，所以最蒙我怜爱。**（Fairest Cordelia, that art most rich, being poor; Most choice, forsaken; and most lov'd, despis'd!）

例 8. 正是他在这信里所表示的意见！**可恶的浑蛋！违反天性的畜生！禽兽不如的东西！**（His very opinion in the letter! Abhorred villain! Unnatural, detested, brutish villain! worse than brutish!）

例 9. **爱情冷却，友谊疏远，兄弟分裂；城市发生暴动，国家发生内乱，宫廷发生叛逆，父子关系崩裂。**（Love cools, friendship falls off, brothers divide: in cities, mutinies; in countries, discord; in palaces, treason: and the bond cracked between son and father.）

例 10. **谁要是信任我，我愿意尽忠服侍他；谁要是居心正直，我愿意爱他；谁要是聪明而不爱多说话，我愿意跟他来往。**（to serve him truly that will put me in trust; to love him that is honest; to converse with him that is wise, and says little;）

例 11. 大爷，**说我年轻，我也不算年轻，我不会为了一个女人会唱几句歌而害相思；说我年老，我也不算年老，我不会糊里糊涂地溺爱一个女人。**（Not so young, sir, to love a woman for singing, nor so old to dote on her for any thing;）

例 12. 它像一具刑架，**扭曲了我的天性，抽干了我心里的慈爱，增加了苦胆，**（Which, like an engine, wrench'd my frame of nature From the fix'd place, drew from my heart all love, And added to the gall.）

梁译的对应译文如下。

1. **所有在这界线以内，由这一边到这一边，有的是成荫的森林，肥沃的原野，丰富的河流，广阔的牧场，**我完全给你领受：

2. 在区域价值和趣味方面，都不下于给刚乃绮的那一块。

3. 我按照我的义务爱陛下；不多亦不少。

4. 当着**太阳的圣光，海凯特的魔术，和昏黑的夜**；对着那握着

我们的生死之运的星斗；我如今发誓我脱离一切的为父的责任，

5. 这真奇怪极了，方才她还是你的最**宠爱的对象，赞不绝口的题材，老年的安慰**，你的最优美最亲爱的女儿，一霎间也不知犯了什么大罪，

6. 我所以失了你的宠爱，不是由于什么污点或是别种秽行，不是由于不贞或是有什么失足，

7. 最美丽的考地利亚，**你因为贫所以实在是最富，被人舍弃，实在最可贵：被人藐视，实在最可爱**！

8. 这正是他信里的意见！好怕人的恶棍！伤天害理卑鄙下流像禽兽一般的恶棍！

9. **爱情变冷淡，朋友变疏远，弟兄变成不睦：在城里，有兵变，在乡间，有争端，在宫中，有叛逆**；父子之间又要生出裂痕。

10. **我伺候信任我的人；爱诚实的人**；喜欢和聪明寡言的人来往；

11. 先生，我不是那样的年轻，以至于因为一个女人会唱便爱她，可也不是那样的年老，以至于随便为点什么便溺爱她；

12. 像是刑具一般，绞得我的本性都失了原位，从我的心里抽去了一切的爱，加增我的苦痛。

从以上的 12 组原文和朱译文的对照来看，朱译文中具有明显节奏感的并列、平行甚至排比的译文，有的是指向通过抑扬产生的节奏的素体诗行（如例 1：With sha \ dowy for \ ests and \ with cham \ pains rich'd，With plen \ teous riv \ ers and wide-skir \ ted meads，例 4：For，by \ the sa \ cred ra \ diance of \ the sun，The my \ steries \ of Hec \ ate and \ the night，By all \ the o \ pera \ tion of \ the orbs From whom \ we do \ exist \ and cease to be)，但有的指向的只是简单的并列结构（例 2：in space，validity，and pleasure，例 3：nor more nor less)，尤其是对比梁译，以上译例中针对同样的原文，朱译中表示节奏的黑体字的总数是 300 字，而梁译是 128 字，前者是后者的 2.3 倍。这样一来，我们有理由判断：朱译诗意特征实现的意图是比较明显的。按照霍普金斯所笃信的：“相似或者相反所构成的平

行就是诗意"① 的原理，我们来分析前面朱译的 12 个译例中的"相似或相反的平行"所构成的节奏及其形成原理。

汉语的节奏模式，往往通过意义组合的叠加或交替来实现，"中译文中的声音节奏，由强大的意义节奏所主导，这或许与中文语言的非表音特质有关。"② 所以，对于读起来朗朗上口有节奏的文字，我们先划分其意组，然后按照意组数量和对应关系来分析节奏形式。节奏的产生往往是"某些语音语义特征的'有规律的交替'，或者多种'交替'的组合与叠加。对称的意组结构具有强烈的节奏感；如果将这种意组向复杂的句群推广，可以获得同样的结果"③。按照意组分类，前面的译例分别是二二二二；二二二；二二；四三六；三三三三；二二三；三三/二三/二三；二三三；二二二/三三三三/；三四/三三/四三；二三十/二三六；三三二，确实是一目了然，相同数量的意组的有规律的重复出现形成了节奏。其中有的是行内单纯的意组叠加（例 1、例 2、例 3、例 5、例 9），有的是行间的意组的叠加和交错（例 10、例 11）。朱生豪译文优雅的节奏感，也不是单一节奏的结果。意组节奏本身就是一个综合体，结合了停顿的交替、意义的对应与等时规律。同时，意组节奏与音色的重叠也能通过叠加而形成共振，增加节奏的振幅。

这里提到的"停顿的交替""意义的对应与等时"等应是朱生豪译文形成节奏的特点和类型，下文中，我们来分类讨论。

1. 意义的对称与平行

朱生豪的"十字诗"应该是以汉语意合语言特点为基础，为再现原文的音乐性做出的努力。在附录五中罗列的 233 句十字诗中，我们看到译者对节奏的观照大概可以分为以下几种。

例 1. 旧日/的温情/已尽付/东流，新生/的爱恋/正如日/初上；

---

① 原文为"Hopkins neatly defines as 'comparison for likeness's sake' and comparison for unlikeness's sake…The meter-and-meaning process is the organic art of poetry，"参见 Jakobson，R.（ed.），*Language in Literature*，London：Cambridge，1987，p. 81。

② 刘云雁：《朱生豪莎剧翻译——影响与比较研究》，博士学位论文，浙江大学，2011 年，第 64 页。

③ 同上书，第 57 页。

例 2. 罗密欧/爱着她/媚人/容貌，把一片/痴心/呈献给/仇雠；朱丽叶/恋着他/风流/才调，甘愿被/香饵/钓上了/金钩。

例 3. 黎明/笑向着/含愠的/残宵，金鳞/浮上了/东方的/天梢，

例 4. 妇人/失节/大半/贪慕荣华，多情/女子/决不/另抱琵琶；

例 5. 失财势/的伟人/举目/无亲；走时运/的穷酸/仇敌/逢迎。

以上译例中的对句形式，类似中国古代的格律诗，具有完整的相互对应的关系：“旧日”对“新生”；“容貌”对“才调”；“失财势”对“走时运”；“贪慕荣华”对“另抱琵琶”，这种近乎对仗的对称结构，使上句和下句的意组从意义上一一对应，构成了精确的规律性反复；同时上、下句意组总数基本相等，并且相互对应的意组也具有等时性，加强了语言的意义节奏。

2. 以意组为单位的行间节奏

这种形式虽然不能实现第一种类型中的完整对仗，但在叙述中，时刻关注节奏，力求“形散而神聚”，有点类似宋词中的节奏形式，如李煜的《浪淘沙》：独自/莫/凭栏，无限/江山，别时/容易/见时/难，流水/落花/春去/也，天上/人间。（三二/四四二）再如李清照的《一剪梅》：红藕/香残/玉簟秋，轻解/罗裳，独上/兰舟。云中/谁寄/锦书来？雁字/回时，月满/西楼。（三二二/三二二）我们来看译例。

例 1. 你不必/疑虑；女人/的忧伤/像她的爱/一样，不是/太少，就是/超过/分量；

例 2. 黑心/快手，遇到/妙药/良机；趁着/没人/看见，事不/宜迟。

例 3. 眼看/希望/幻灭，恶运/临头，无可/挽回，何必/满腹/牢愁？

我们注意到以上三组译例，虽然不见格律诗工整的对仗形式，却有上文提到的长短句的影子与神韵，例 1 至例 3 中的对话的意组结构分别是二四/二三；二三/三二；三二/二三的形式，例 1 中的两音节意组的重复构成了节奏，例 2、例 3 的节奏是回环式的：两音节 + 三音节，然后是反过

来的三音节+两音节，构成一个相对自足的封闭整体，节奏非常紧凑而自然。在朱译中，意组节奏的表现形式非常丰富，既不像原文素体诗构成的五音步抑扬格节奏那样几乎以统一的格式贯穿全文，也不同于某些迷恋于音组的莎剧译者那样追求以一种节奏走到底，朱生豪的意组从一个音节到四个音节不等，一般不考虑音节数对节奏的影响。沿着这个思路，我们可以分析更多的朱译中的以意组为节奏单位的译例，篇幅关系，这里不再赘举。

3. 用叠词以及“着”“的”“了”“啊”等虚词构成的语音重叠与停顿来调节音节和节奏。

> 可是在这**整整**七年时光，耗子是汤姆唯一的食粮。我负疚的灵魂**惴惴**惊惶，**琐琐**细事也像预兆灾殃；那**茫茫**海水和**滚滚**地球，累世**的**宿怨激起了新争，他们**的**悲惨凄凉**的**殒灭，**还**有那两家父母**的**嫌隙，亵渎**了**你的神圣**的**庙宇。

叠词能产生重复的音频，从而更有力地冲击读者的听觉，进而产生更加强大的节奏力量。根据对朱生豪、梁实秋两译的高频词表的手动挑选，除去了表示称呼的“姐姐”“太太”“娘娘”“妈妈”“伯伯”等，我们得到了两译的叠词内容，分别列举如下：

> 朱译叠声词：29 谢谢；27 常常；14 谈谈；13 慢慢；12 种种 明明；10 瞧瞧；7 星星　老老实实；6 堂堂　紧紧；5 哈哈　悄悄 想想　疯疯癫癫　试试　青青；4 偷偷　听听　单单　快快　早早 活活　清清楚楚　重重；3 乖乖　刚刚　时时刻刻　白白　走走　远远　问问；2 一个个　个个　偏偏　光秃秃　匆匆　句句　哇哇　哼哼　堂堂男子　处处　娃娃　学学　急急忙忙　整整　无所事事　气喘吁吁　滚滚　热腾腾　牢牢　痛痛快快　直挺挺　纷纷　翩翩　许许多多　静静地　高高　高高兴兴　高高的；1 乱哄哄　亲亲热热 人心惶惶　介介于怀　偷偷摸摸　匆匆忙忙　原原本本　双双　口口声声　呵呵　和和气气　咿咿呀呀　哭哭啼啼　唧唧　喃喃　嗖嗖 嗡嗡　团团转　喜气洋洋　圈圈　嘎嘎　坐坐　堂堂正正　声声　多

多 天天 头头是道 奄奄 威风凛凛 婆婆妈妈 孤单单 孤零零 安安 安安静静 小小 小心翼翼 庸庸碌碌 彬彬有礼 心心相印 快快乐乐 念念不忘 急忙忙 急急 恋恋不舍 悄悄地 悄悄话 惴惴不安 惴惴惊惶 慌慌张张 慢吞吞 扭扭捏捏 换换 摇摇摆摆 断断 断断续续 明明白白 明晃晃 曲曲 杀气腾腾 模模糊糊 次次 欣欣 死死的 气势汹汹 汪汪 汹汹 沉沉 沸沸扬扬 泛泛 洋洋得意 滚滚地球 滚滚江流 漫漫 满满 灼灼 炎炎 热热 狠狠 申申毒詈 的的确确 盈盈 眼巴巴 短短 短短的 确确实实 空空如也 简简单单 缓缓 缕缕 茫茫海水 见见 蹦蹦跳跳 软塌塌 轻轻地 迢迢 郁郁 郁郁不快 郁郁寡欢 重重地 重重诡计 长长的 闹哄哄 阴森森 阵阵 静悄悄 非非 饥肠辘辘 黄茸茸 默默

梁译叠声词：12 想想；9 试试 谢谢；8 往往；7 仅仅 刚刚；6 偷偷 小小的；5 乖乖 人人 慢慢 等等 问问；3 大大 紧紧 足足 偏偏 安安稳稳 时时刻刻 短短的 老老实实 雄心勃勃 高高兴兴；2 匆匆 喃喃 婆婆妈妈 学学 小心翼翼 尝尝 形形色色 彬彬有礼 恶狠狠 救救 清清楚楚 爽爽快快 生生世世 痛痛快快 的的确确 笑笑 血淋淋 见见 郁郁 随随便便 高高 高高的；1 万万 事事 人心惶惶 人心汹汹 偷偷摸摸 区区 千千万万 原原本本 双双 吞吞吐吐 呜呜 呱呱 哭哭啼啼 哼哼 啾啾哀鸣 喜气洋洋 嘶嘶 圈圈 堂堂 大名鼎鼎 天天 威风凛凛 娇滴滴 实实在在 小小 干干脆脆 弯弯 心心相印 念念不忘 息息相通 恰恰相反 悄悄的 懒洋洋 拉拉扯扯 摇摇 整整 无所事事 早早 时时 明明白白 来来往往 步步 气冲冲 水汪汪 沉沉 泛泛 满满 潺潺 熊熊 牢牢 生气勃勃 眼巴巴 端端正正 簌簌 红红 细细 结结巴巴 衣冠楚楚 许许多多 读读 赤条条 跃跃欲试 轻飘飘 远远 迟迟 逃之夭夭 静悄悄 飕飕 飘飘然 黑茫茫

在朱译中，叠声词的出现总次数是387次，而在梁译中，叠词出现了共232次，其数目悬殊的差别显而易见。虽然叠词的使用还可以说明译者的其他语言习惯，但是朱译相对于梁译，强调音乐感的倾向在1.6倍的差距中不应不被注意到。

朱译的另一个加强译文的节奏感的手段是用虚词来填补节拍，先来看一个译例。

> Why then，O brawling love！O loving hate！O any thing，of nothing first create. O heavy lightness！serious vanity！Mis-shapen chaos of well-seeming forms！Feather of lead，bright smoke，cold fire，sick health！Still-waking sleep，that is not what it is！
>
> 啊，吵吵闹闹的相爱，亲亲热热的怨恨！啊，无中生有的一切！啊，沉重的轻浮，严肃的狂妄，整齐的混乱，铅铸的羽毛，光明的烟雾，寒冷的火焰，憔悴的健康，永远觉醒的睡眠，否定的存在！（朱译）
>
> 所以吵闹的爱呀！亲爱的仇！啊任何事物！真是无中生有。啊沉重的轻浮！严肃的虚妄！匀称的体形之歪曲的混乱！铅铁铸成的羽毛，亮的烟，冷的火，病的健康！永远醒着的睡眠，名实全然不符！（梁译）

在这段译例中，朱生豪除了连用12个“＊＊的＊＊”结构营造气势，形成强烈的节奏之外，还连用了三个“啊＋逗号”的形式来通过停顿调节节拍，产生音乐效果。用语气的相似停顿来产生节奏在歌曲中也是非常常见的，如Diana Ross和West Life共同演绎的*When You Tell Me That You Love Me*中的高潮部分：“e—very time you touch me，I—become a hero，I’ll make you safe no matter where you are，and bring you e—very thing you ask for，nothing is above me，I am shining like a candle in the dark，when you tell me that you love me”。其中的“every time”和“every thing”中的第一个元音音节被拉长停顿，是对“每一次”意思的强调，也是节拍的需求，是音乐特性的基本元素。对比梁译，我们就看出这种“语气助词＋逗号”的形式确实是朱译的独特特点，虽然梁译中也多见“啊”，但是译者没有用逗号来暂停语气调节节拍，完全地尊重了原文的形式。

通过使用 AntConc，我们得到了“语气助词＋逗号”在四种戏剧两个译本中的总出现次数，截图和数据如图 3—3 所示。

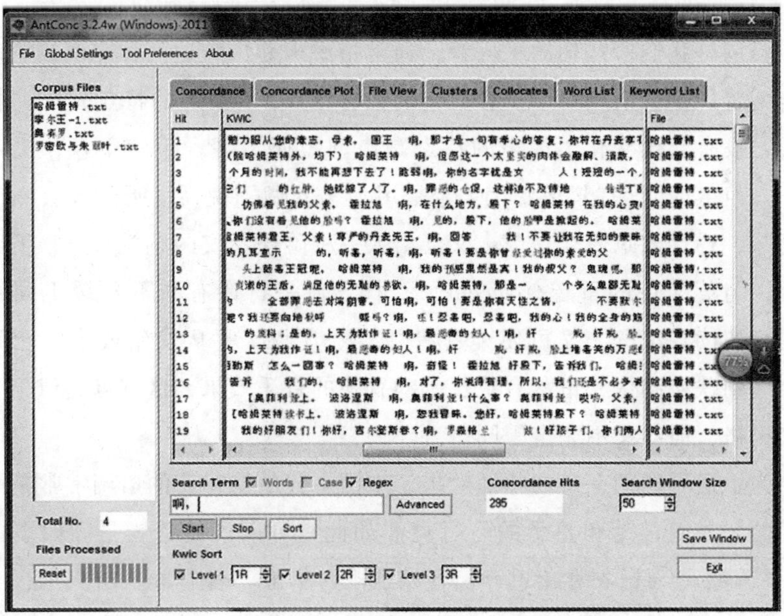

图 3—3　朱译中“啊＋，”形式检索结果截图

朱译：“啊，”295；“喂，”51；“瞧，”37；“哼，”22；“咦，”4；“哎，”3。梁译：“啊，”135；“喂，”30；“瞧，”0；“哼，”30；“咦，”0；“哎，”15。

朱译的总例数为 412 次，梁译为 210 次，相差了近一倍。对于这个现象，刘云雁也有评价：“在朱生豪的译文中，音组之间通过意义的终止感或者停顿等声音特征的反复出现构成节拍，节拍之间的等时/等级特征加强了节奏感。这种通过增加虚词反复似乎是比押韵更为方便的韵律手段，朱生豪用得非常娴熟。”①

① 刘云雁：《朱生豪莎剧翻译——影响与比较研究》，博士学位论文，浙江大学，2011 年，第 59—63 页。

第三节 语调

语调是我们所熟知的平仄音，通常指平声和仄声这两种声调或它们的组合配置，是汉语相对于拼音文字的独特特点。“平声的特点是声调长而平缓，没有起伏变化，仄声的特点是声调短而不平（上声上扬，去声下降，入声急促），有起伏变化。老是用平缓的调子说话，听的人会觉得沉闷乏味，昏昏欲睡而全是仄声又会给人一种险怪不安的感觉。”① “平仄的效用，与英文诗的重音（accent）一样，使一行诗有高下急缓不同的声调，可使读者沉醉，又可使读者清醒。”② 所以，平仄交错或平仄相间往往会起到跌宕起伏、错落有致、生动有趣的音乐效果，这有点类似于英语的抑扬格，但却又不完全等同。

为了达到朗朗上口的咏诵效果，中国古代的格律诗的语调常常是平仄相间的，我们喜爱和熟悉的诗行莫非如此，可以说俯首皆是。如李白的《清平调》：“云想衣裳花想容，春风佛槛露华浓。若非群玉山头见，会向瑶台月下逢。”（平仄平平平仄平，平平平仄仄平平。仄平平仄平平仄，仄仄平平仄仄平。）孟浩然的《宿建德江》：“移舟泊烟渚，日暮客愁新。野旷天低树，江清月近人。”（平平平平仄，仄仄仄平平。仄仄平平平，平平仄仄平。）都是平仄交错或相间的，读起来高低错落而不呆板，表达了复杂的思想情感。在朱译和梁译中，我们分别找了几个类似于格律诗的译例（在朱译中，这些内容用不同的字体以示其文体跟正文有所不同）。这些类诗的文字有的是歌词，有的是弄人的诘语，还有的是剧目的开场白，区别于剧本叙述或独白、旁白成分。我们先来看朱译诗句的平仄特点。

例 1. 他有一个独生娇女，爱她胜过掌上明珠。（平仄平仄平平平仄，仄平仄仄仄平平平。）

① 陈卓生、刘桂眉：《唐诗宋词平仄浅说》，中国国际广播出版社 2001 年版，第 3 页。

② 梁实秋：《诗的音韵》，载《梁实秋文集》编辑委员会《梁实秋文集》（第 6 卷），鹭江出版社 2002 年版，第 200 页。

例 2. 为寻真爱满街走，谁是知心郎？毡帽在头杖在手，草鞋穿一双。（仄平平仄仄平仄，平仄平平平？平仄仄平仄仄仄，仄平平仄平。）

例 3. 他们高兴得眼泪盈眶，我只好唱歌自遣忧伤，可怜你堂堂一国之主，却跟傻瓜们玩捉迷藏。（平平平仄平仄仄平仄，平仄仄仄平仄仄平平，仄平仄平平仄平平仄，仄平仄平平平平平平。）

大致看上去，基本上是平仄相间的，而且无论是平声还是仄声，连续使用超过四次的很少，只有一处，使用了连续六个平声，语调设有起伏的变化。还有一点值得注意的是，每两句的尾字都是平仄交错使用的，这种特点是汉语对句的严格要求。中国传统文化的重要载体之一——春联就是其典型的代表，如向阳花木三春秀（仄）得意马蹄一路风（平）；山舞银蛇梅吐艳金蛇喜舞九州富（仄）原驰骏马草含春骏马欢腾四海春（平）。所以，从这些译例中，我们推断朱生豪在翻译诗文时有用平仄的使用来加强诗性的意图，这种推测不应该是牵强和武断的。我们再看梁译。

例 1. 今天悲剧上演，谬承诸位赏脸，还求海量包涵，耐性把戏听完。（平平平仄仄仄，仄平仄仄仄仄，平平仄仄平平，仄仄仄仄平平。）

例 2. 我将怎样去辨别，谁是你的真情郎？记取他的海扇帽，拐杖，和草鞋一双。（仄平仄仄仄仄平，平仄仄仄平平平？仄仄平平仄仄仄，仄仄平仄平仄平。）

例 3. 她们喜欢得要哭泣，我便悲伤得要歌唱，如此的国王竟儿戏，在傻子队中去徜徉。（平平仄平平仄平仄，仄仄平平平仄平仄，平仄仄平平仄平仄，仄仄平仄平仄仄仄。）

相比较来说，梁译用连续同样声调的次数较多（三处），而且对句的尾字没有显示出平仄交错的特点。以上的例句是偶取的。为了得到更有说服力的结论，在下文中，我们把《罗密欧与朱丽叶》中的朱译十字诗和梁译的韵句尾词及它们的平仄特点进行了罗列和标注，观察两译本在语调的使用上是否存在着非常明显的差别。

表 3—2 梁译韵句的尾字平仄

	尾字	声调数量及特征
1	那，望，发，脏。里，人；局，纷。历，争，息。情，听，充。(14 字)	10 平 4 仄 平仄相叠
2	兆，苗。(2 字)	1 平 1 仄 平仄相间
3	晓，疗。处；露。话。吧。(6 字)	2 平 4 仄 平仄相叠
4	起，(标) 的。(2 字)	1 平 1 仄 平仄相叠
5	仇！有。符！足。(4 字)	2 平 2 仄 平仄相间
6	爱，哀。雾；露；海：癫，饯。(7 字)	2 平 5 仄 平仄相叠
7	嘱，苦 (2 字)	0 平 2 仄 平仄相叠
8	箭，干；身，心。贫，尽。嫁？塌；毙，继。明，痛言，般。(14 字)	7 平 7 仄 平仄相叠
9	黄，娘。(2 字)	2 平 0 仄 平仄相叠
10	葬，望：心，肯；的，议。宾，人；个，色。降，亮：至，适，兴，中；饱，倒：一，奇。(20 字)	8 平 12 仄 平仄相叠
11	焰；轻；转；痛：染。(消) 散。(6 字)	2 平 4 仄 平仄相叠
12	下，鸦。(2 字)	1 平 1 仄 平仄相间
13	误，吧！徒，话！地，比。(6 字)	2 平 4 仄 平仄相叠
14	看，边，会，位，量，样 (6 字)	1 平 5 仄 平仄相叠
15	看，艳。(2 字)	1 平 1 仄 平仄相叠
16	貌，(协) 调，(晦涩之) 处，注。人，帧：好，表：签，叹：面，点。(12 字)	4 平 8 仄 平仄相叠
17	看。弹。(2 字)	1 平 1 仄 平仄相间
18	亮。上，坠；贵！间，艳。方，光。眼！见。(10 字)	3 平 7 仄 平仄相叠
19	说，过。(2 字)	1 平 1 仄 平仄相间
20	火 嗦。人，苦。(4 字)	1 平 3 仄 平仄相叠
21	苛，心；摸，吻。唇？场。任；望。(有求必) 应。领 (10 字)	3 平 7 仄 平仄相叠
22	人？心。(2 字)	1 平 1 仄 平仄相叠
23	倒！了！利，敌。(4 字)	1 平 3 仄 平仄相叠

续表

	尾字	声调数量及特征
24	床，位；艰，媚。暴，痴，苦，贵：般　媚，难，会：面，甜。（12 字）	7 平 5 仄　平仄相间
25	光，唱。俏：套，（4 字）	1 平 3 仄　平仄相叠
26	详　上！（2 字）	1 平 1 仄　平仄相间
27	见！暗。样；堂。（4 字）	3 平 1 仄　平仄相叠
28	伤，光。膛！方！去，遇。（6 字）	4 平 2 仄　平仄相叠
29	笑，条，汉，散：眼　干，觅，里。墓；处，孩，奶，穷，同。（得）当，量：贱　献。善，端：恶，果。性，病：身；心。样，（互争雄）长；风，空。（30 字）	11 平 19 仄　平仄相叠
30	礼？早，恼；眼，眠；（牵）累，睡：起，你；错，过。息。起？不；苦。了？道。会，害，疗　药：意！敌。赘；罪。钟，（看）中；我；合：见，言，你，礼。变；兰，情　睛。兰　脸；掉，道！（晒）干，间；存　痕。情，痛：温：心。怪。爱。埋。来。个　我；样。道　调。走，手；缘，嫌。了。倒。（64 字）	22 平 42 仄　平仄相叠
31	鸡，味；完，霉。（4 字）	3 平 1 仄　平仄相叠
32	前，面。（2 字）	1 平 1 仄　平仄相间
33	去；局。（2 字）	1 平 1 仄　平仄相间
34	戚，的：争，命。道；掉。（6 字）	1 平 5 仄　平仄相叠
35	修；酬？（2 字）	2 平 0 仄　平仄相叠
36	己，序，（2 字）	0 平 2 仄　平仄相叠
37	行，境：我，卧；们，损。听；情；走，侯。令：命。（12 字）	5 平 7 仄　平仄相叠
38	吧；架！（2 字）	1 平 1 仄　平仄相间
39	路，妇。床；郎！（4 字）	2 平 2 仄　平仄相叠
40	往，伤：（2 字）	1 平 1 仄　平仄相间
41	醒，程。亮。伤。（4 字）	2 平 2 仄　平仄相间
42	弃　意。（2 字）	0 平 2 仄　平仄相叠
43	法：杀。（2 字）	1 平 1 仄　平仄相间
44	满；缘。悼，笑。脸，天。（6 字）	2 平 4 仄　平仄相叠

续表

	尾字	声调数量及特征
45	上，土；床，补：礼　泣。(6字)	1平5仄　平仄相叠
46	说，脱。(2字)	2平0仄　平仄相叠
47	平；脸：形；办：神　人。(6字)	4平2仄　平仄相叠
合计	329字	135平（41%） 194仄（59%）

表3—3　　朱译（十字）诗的尾字平仄

	尾字	声调数量及特征
1	城，族，争，渎。敌，人，灭，亲。爱，隙，害，剧。纲，详。(14字)	9平5仄　平仄相叠
2	亮；上，环；间！旋，跹。右，手。真，人！(10字)	6平4仄　平仄相叠
3	污　字，徒，恕。辱，敬；触，吻。处？明，许，唇。准。领。孽。间。(16字)	5平11仄　平仄相间 平仄相叠
4	融，逢！人，根。(4字)	4平0仄　平仄相叠
5	流，上；柔，想。貌，调，沟。怨，诉？面，去。艰，甜。(13字)	5平8仄　平仄相叠
6	霄，梢，云，奔。眼，点，筐，囊。母，墓，怀，孩！掷，色，知，机。蔓，献；禾，躯。过，果。苞，疗；病，醒。同，雄；风，中。(30字)	17平13仄　平仄相叠
7	鸡，鸡，去；鸡，骑。(5字)	4平1仄　平仄相叠
8	灵，中，声　声，开。(5字)	5平0仄　平仄相叠
9	床；尘！浪，坟；泣，歇！(6字)	4平2仄　平仄相叠
10	解，闪，慨，判。欢。酸！(6字)	2平4仄　平仄相叠
合计	109字	61平（55%）48仄（45%）

从所举的译例来看，两译平仄相间的现象并不突出。因为无论是梁译的韵句还是朱译的“十字诗”，都不再是严格意义的格律诗，它们多以叙述为主。虽然如萨丕尔所言：“汉诗的韵律极大地依靠音节组押韵（音色）和平仄（音调）”，但是白话诗文中因为虚词的增加而使音调构成的平仄节奏失去了往日的重要性，所以，通过以上方法量化的两译本中类诗

的文字中用平仄声调来加强音乐性的意图并不明显。但是，在朱译中，用特别的文字格式表现的诗体内容的平仄交替的特点还是比较突出的。所以，声调的高低错落在两译本的诗体文字中并不多见，相比较而言，朱译中的平仄交替现象略多于梁译。

从表3—2和表3—3的平仄用法统计数据我们还可以看出，梁实秋的韵句尾字的平仄声调的比例是41∶59，而朱生豪的十字诗的尾字平仄比例则是55∶45，可以说明梁实秋更偏向使用仄声，而朱生豪更喜欢平声。为了进一步证明这个现象，笔者又对两译的词频表中的前100个名词的平仄声调做了统计，得到的结果是梁译：平声38，仄声59，轻声3；朱译：平声50，仄声46，轻声4，与前面得出的结论基本一致。我们有理由假定因为平声是舒缓开放的，而仄声听起来曲折含蓄，所以，朱生豪倾向使用平声词来尽量使得译文具有铿锵、豪放和激昂的特点，相比较来说，更多使用仄声的梁译，呈现自然、温婉、利落等特点。

第四节　小结

笔者从“音乐化”的视角在本章对两译进行了定量考察和定性分析。

朱译在四个译本中出现的总计233句的“十字诗”是其非常鲜明的特点，这些诗句结构整齐，韵律工整。在韵律上，朱译的表现是形式比较多样和灵活，除了尾韵之外，还有头韵、行内韵和隔行押韵等，有时还用其他的修辞手段来补偿在译文中不能实现的原文韵律。但是，朱译由于刻意追求诗体的形式，有些原文的语义在译文中的流失便不可避免了。在研究中我们还发现，朱译对原文中的韵句没有全部在译文中给予实现，表现为要么是较严格意义上的诗体，要么是连韵律也没有的散文体。而梁译在译文中基本上全部体现了原文有韵律的地方，但是只有押尾韵的特点，不见诗体的其他特征（字数一致、对仗等）。从“诗歌的本质属性”节奏特点来考察两译，我们发现朱译采用意义的对称与平行；以意组为单位的行间节奏；用叠词以及“着”“的”“了”“啊”等虚词构成的语音的重叠与停顿来调节音节和节奏等手段来加强译文的节奏特点，凸显音乐性。语调方面，朱译的“十字诗”和梁译韵句的尾字的平仄数量的比较，以及两译词频的前100个名词的平仄声调比较的结果显示两译用平仄交替的错落起伏来强化译文的音乐化的意图都不是特别明显，朱译的平仄交替现象略多于梁译；朱生豪的平声词使用较多，这一倾向大致可以说明译者尽量使得译文具有铿锵、豪放和激昂的特点，而更多使用仄声的梁译，呈现自然、温婉、利落等特点。综合以上三个方面，朱译本的音乐性更高，凸显译本音乐性的手段更丰富、多样。这些表象与译者对文本音乐性的认识："音乐是最进化的言语，一切'散文的'语言文字是第一级，诗是第二级，音乐是最高级，完全依凭感觉，脱离意象而独立了。凡越朦胧则越真切"（朱生豪）和"诗歌要求'音乐的美'何不去听交响乐""至于原文节奏声调之美，则译者力有未逮，未能传达其万一，唯读者谅之。"（梁实秋）基本印合。

第四章

从“欧化”的视角考察两译作特征及风格

“欧化原指模仿西欧的语言习惯或文化风俗，可以指具体的行为，也可以泛指这种现象。中国人常以欧美指代西方，又以英语为西方语言的代表，故‘欧化’也称‘西化’或‘英化’，常见的对应译文有 Europeanization、Westernization、Englishization 等。”① 欧化语法现象指现代汉语在印欧语言特别是英语的影响和刺激下产生或发展起来的语法现象。这一概念“既指汉语在印欧语言影响下通过模仿而产生的新兴语法成分和句法格式，亦指汉语中罕用的语法形式由于印欧语言影响的推动和刺激而得到迅速发展的现象。”② 这里指的“印欧语言的影响”大部分都是经由翻译作品来实现的。

> 翻译在汉语现代化进程中发挥了重要的作用，其影响渗透了汉语词汇、语法、篇章和文学表现力等多个方面，给汉语带来了巨大的变化：1. 翻译新词填补了汉语的词汇空缺，引发了汉语词汇化方式的变化；2. 翻译带来的新语法范畴填补了汉语原来的语法空缺；3. 翻译带来的新结构丰富了汉语的表达；4. 欧化的句法使汉语的句法结构更为精密，更能满足对复杂思想表述的需要；5. 欧化的衔接手段丰富了汉语的篇章衔接手段；6. 欧化汉语使细致、复杂婉曲的描写成为可能，增强了汉语的叙事功能和表现力。③

---

① 李颖玉：《基于语料库的欧化翻译研究》，复旦大学出版社 2012 年版，第 2—3 页。

② 贺阳：《现代汉语欧化语法现象研究》，商务印书馆 2008 年版，第 1 页。

③ 朱一凡：《翻译与现代汉语的变迁（1905—1936）》，博士学位论文，华东师范大学，2009 年，第 13 页。

梁实秋对汉语的欧化有如下论述："我并不一概的反对外国影响。实在讲，外国影响之来是不可抵御的，因为外国影响未入之先，必其本国文学有令人可乘之机。况且，外国影响的本身也未必尽属不善。不过，承受外国影响，须要有选择的，然后才能得到外国影响的好处。"① 这段话是对积极欧化的高度概括：不可抵御的趋势，缘由是表达完整的需求，但不要全盘盲目地欧化。

第一节 汉语"欧化"现象概述

一 导致汉语"欧化"的因素

包括汉语在内的所有的语言形式都是开放的系统，是不断发展、变化的，是动态的。在其经历历时演变（language evolution）和共时变异（language variation）的过程中，语言不断地受内部和外部因素影响。汉语的"欧化"现象是语言受外部因素影响而产生变化的典型表现，其原因主要有以下三方面。

（一）文化交流

语言作为文化组成的重要部分，在文化交流的过程中，受到强势文化的影响进而产生变化是自然和必然的。也就是说，在世界逐渐变成"地球村"的过程中，各种文化交织、叠加、相互影响的趋势日益明显：各种名目的"洋节"（复活节、情人节、感恩节）是我们的祖辈根本没有听说过的；肯德基、麦当劳、必胜客、星巴克等西式餐肆遍布城市的主要街巷；越来越多的年轻人选择到教堂举行婚礼；可以下载英美影视作品的网站层出不穷；大牌明星争先恐后到中国的巡演；等等。中西文化交流确实已经达到一个历史没有过的高度和密度。作为交流载体主要形式的语言，在这样浩荡的文化交流态势下，独"善"其身，不受任何影响，没有丝毫变化是完全不可能的。

---

① 梁实秋：《现代中国文学之浪漫的趋势》，载《梁实秋文集》编辑委员会《梁实秋文集》（第1卷），鹭江出版社2002年版，第36页。

（二）语言发展规律

语言的发展规律错综复杂，很难简单概括，下面提到的几点是笔者认为与汉语欧化现象的关联程度比较大的。

（1）恒变性。"世间唯一永远不变的就是变化"，就是说"变化"是世间万物发展的永恒规律，这句话同样适用于描述语言的发展规律。索绪尔（Saussure）认为"绝对静止的语言是不存在的"[①]；萨丕尔的"语言沿流"（language drift）理论把语言比喻成一条缓慢流淌的河流，它需要流动，并在不断的流动中获得发展，一潭死水的语言最终只有走向消亡。

（2）必要性。"必要性是就被引入的词语本身而言，考察它是否能够起到补缺作用，这一点可以用是否具有区别力和表现力两个标准来衡量。"[②] 早在1921年，陈望道就在发表于《民国日报》副刊《觉醒》上的《语体文欧化的我观》一文中阐述了欧化的必要性："中国原有的语体文，太模糊而不精密。又有许多处所，说法很不方便，文法需要改进之处也很多。所以凡是思想精密、知道修辞、了解文法的人，一定不会反对语体文底欧化，而且认为必要。"[③] 如今，近百年后，世界的发展突飞猛进，日新月异，新事物不断产生，科学文化领域的新概念层出不穷，有些名词、称谓是无法或较难用现有的汉语表达方式来指代的，我们所熟知的如艾滋病（AIDS），克隆（clone），试管婴儿（test-tube baby），基因（gene），飞毛腿导弹（Scud missile），磁悬浮列车（meglev），酸雨（acid rain），微波（microwave），蓝牙（bluetooth），跳槽（job-hop），回扣（kickback），嬉皮士（hippie），博客（blog），呼啦圈（hula hoop），跳蚤市场（flea market），正能量（positive energy），等等，这些词汇分别从区别力（艾滋病、磁悬浮、基因等）和表现力（试管婴儿、跳蚤市场、跳槽）两方面满足了丰富汉语语言表达形式的需求，所以，汉语词汇中的外来词（主要是英语）是时代发展和人们对更有效率的表达沟通的选择的必然产物。

---

① Saussure, F., *Course in General Linguistics*, Trans, R. Harris, Beijing: Foreign Language Teaching and Research Press, 2003, p. 139.

② 李颖玉：《基于语料库的欧化翻译研究》，复旦大学出版社2012年版，第56页。

③ 陈望道：《陈望道语文论集》，复旦大学语言研究室编，上海教育出版社1997年版，第64页。

（3）经济性。最早关于语言应简洁并具备经济性的特点的提法是不是“brevity is the soul of wit，And tediousness the limbs and outward flourishes（*Hamlet* ACT II SCENE II）呢？语言学中的经济学观点，即经济原则（Principle of Economical）或省力原则（Principle of Least Effort）。从词汇层面上看，音译词和字母词（特别是缩略语）就是语言经济性最突出的典型代表：GDP（gross domestic product 国内生产总值）、CPU（central processing unit 中央处理器）、CAD（computer aided design 计算机辅助设计）、CT（computed tomography 计算机断层）、MBA（master of business administration 工商管理硕士）、EQ（emotional quotient 情商）、SARS（severe acute respiratory syndromes 非典型性肺炎）、DNA（deoxyribonucleic acid 脱氧核糖核酸）等，完全就是生活中具有独立描写和指称作用的词汇。所以，语言的发展趋势不是哪些语言学家能规定和制约的，它是在一定规律的作用下，所有使用者的不断反复实践的过程和历史。

（4）求异性。从人类认知规律来看，“求异”是人们在选择使用语言的过程中表现出的突出特点。语言使用者往往不喜欢老套、惯用的词汇和用法，在遣词造句和表达上有“脱俗”“标新立异”的心理诉求，实际上是对理想的或更好的表达效果的追求。如近年流行的“神马”“被过年”“很 man”“小美眉”“辣妈”等，都是从前所没有的汉语表达手段。所以，语言使用者在不断地“求异”“推陈出新”的过程中，创造了大量新的表达手段和方法。除了创造之外，借用也是常见的策略之一。

（三）语言接触

语言接触（language contact）是指语言之间的相互接触及这种接触对各种语言产生的语音、词汇、句法等方面的影响。“接触就会产生影响”，这一判断的最生动的汉语概况形式当属“近朱者赤，近墨者黑”了。语言接触的主要表现形式应该是翻译。翻译对语言产生的重大变化从马丁·路德翻译《圣经》对统一书面德语的开拓和奠基①，到约翰·威克里夫借

---

① 参见朱一凡《翻译与现代汉语的变迁（1905—1936）》，博士学位论文，华东师范大学，2009 年，第 17 页。随着路德德语《圣经》的出版，以萨克森官方语言为基础，广纳各地方言、再加上路德创新的大众化的统一的德语产生了，尤其是在古腾堡印刷术推行之后，更加快了路德德语的普及速度，使其迅速成为通行全德的共同语。

助把《圣经》从拉丁文译成英语的过程中，引进的一千多个拉丁词汇[①]，再到从明治时代到昭和二十年的大量的外来词（以汉语和英语为主）在日语中的出现[②]，等等现象都是各国语言在接触过程中因相互作用产生变化的典型例证。所以，汉语被欧化的事实和趋势是汉英语言接触的必然产物。

二　汉语“欧化”的历程

汉语欧化的历史最早可以追溯到唐宋时期的佛经翻译。之后的明末清初的科技翻译，鸦片战争以后的西学翻译，都对汉语现在的面貌产生了深远影响。郭沫若在谈到翻译的责任时感叹：“翻译的文体对于一国国语或文学的铸造也决不是无足轻重的因素，让我们想到佛经的翻译对于隋唐以来的我们中国的语言文学上的影响吧，更让我们想到《新旧约全书》和近代西方文学作品的翻译对于现行的中国的语言文学上的影响吧。”[③] 这也从侧面印证了英汉翻译对汉语产生的深远影响。所以，汉语欧化的历程大致可以按照中国的翻译史来观察。以五四运动为标志的新文化运动，开始了大规模的白话文由旧体到新体的转变，这一时期的汉语欧化过程按照朱一凡的分类经历了三个阶段。

> 1. 1905—1917 年自发的欧化。这一时期翻译还往往只是以译介新鲜事物、概念和风俗为己任，少有译者清楚认识到文学翻译对汉语的现代化及本国的文学实践的巨大意义，这一时期的翻译语言以浅近文言和白话为主，已经出现了相当数量的直译文法，但这种直译的现象和由此产生的语言欧化多数并非译者有意为之。

---

① 参见费尔南德·莫塞《英语简史》，水天同等译，外语教学与研究出版社 1990 年版，第 85 页：如 allegory，conspiracy，frustrate，genius，history，include，infinite，legal，magnify，mechanical，necessary，picture，rational，seripture，testimony，ulcer 等都是中古英语时期直接由拉丁语引进英语的。

② 参见李视岐《日语外来语精义》，北京邮电学院出版社 1993 年版，第 42—59 页：“银行”、“保险”、“自由”、“演说”、シヘツ（shirt，衬衫）、バツ（bucket，水桶）、クラブ（club，俱乐部）、マシソ（machine，机器）、スイシチ（switch，开关）、サソプル（sample，样品）、シグナル（signal，信号）等。

③ 参见罗新璋、陈应《翻译论集》，商务印书馆 2009 年版，第 406 页。

> 2. 1918—1928年自觉的欧化。以胡适的《建设的文学革命论》（1918年4月）、傅斯年的《怎样做白话文》（1918年12月）等关于翻译和现代汉语建立的关系的讨论以及《新青年》从1918年1月15日刊发第四卷第一号起，译文和创作全面采用白话文并使用西文标点为标志。1920年，当时的教育部正式通令全国，从秋季开始，所有的国民小学中第一、第二年级的教材，必须完全改用白话文。现代白话文运动的兴起把白话推上了正统翻译语言的地位，忠于原著的'直译'渐成风气。代表人物有周作人、傅斯年、鲁迅、刘半农、茅盾等，他们明确提出向西文学习，做白话文的方法，更有大批新文学运动的支持者在翻译中实践着直译的方法，在创作中尝试着从翻译中学来的新表达。这一时期还出现了黎锦熙的《新著国文语法》，该语法书是以英文语法体系为参照写成的汉语语法书，从某种意义上讲，该书赋予了欧化语法合法化的身份。
>
> 3. 1929—1936年对欧化的反思。在即将进入30年代之际，对于欧化语言批评的声音越来越大，先有梁实秋通过批评鲁迅的硬译，对欧化提出了异议，后有瞿秋白倡导的大众语运动，称欧化文为'不人不鬼的新文言'。这一时期对'硬译'和欧化的讨论有太多政治因素牵涉其中，缺少从语言层面的认真考虑。对于欧化汉语的现象直到十年后王力在《中国现代语法》（1943）中才第一次系统地进行了描述。"①

在经历了上面三个时期以后，绝大部分的欧化语法现象已经产生并流行开来，"现代汉语书面语的面貌在五四到40年代这短短的几十年间已基本形成"②。所以，朱生豪和梁实秋翻译莎士比亚戏剧的时代可以说是现代汉语经历欧化过程的关键时期，他们的译作，从历史的角度来看，也影响了现代汉语的面貌，这样一来，考察他们翻译作品中的欧化现象不仅对于研究译者的风格有贡献意义，同时还对现代汉语的历时发展过程有着

---

① 朱一凡：《翻译与现代汉语的变迁（1905—1936）》，博士学位论文，华东师范大学，2009年，第12—13页。

② 贺阳：《现代汉语欧化语法现象研究》，商务印书馆2008年版，第23页。

积极的借鉴意义。

对于汉语欧化现象的表现形式的研究，主要有王力的复音词的创造，主语和系词的增加，句子的延长，可能式、被动式及记号的欧化，连接成分的欧化，新替代法和新称数法；郭鸿杰的词法平面的语素化、词缀化、字母化，句法层面的词汇转类、词类内部的小类专用、语序变化、介词连词频用；贺阳的词类欧化，共用格式欧化，“被”字句的发展，语序的欧化现象等。在本章，我们主要以语料库为基础，观察两译本中表现突出的欧化现象，并试图梳理这些现象背后的成因。

第二节　两译本与特殊结构相关的“欧化”现象

一　“被”字句

谢耀基提出“至于句式运用，最明显的是表示被动的‘被’字句普遍使用起来。”① 所以我们这里首先用“被”字句为代表来考察两译的欧化程度。

汉语被动式最常见的分类是根据有无被动标记，如下图：

被动式
- 有标记被动（形式被动或句法被动：syntactic passives）如简直被逼得要发疯了
- 无标记被动（意念被动：notional passives）如此乃玄机不可预泄者

*表示被动的标志除了“被”字外还有“让”“叫”“把”“给”等

图 4—1　汉语被动式的分类

另外一种分类是根据施事（agent）出现与否的标准，可分为带施事（如“家产已被奸人瓜分了”）与不带施事（如“门开了”）两种。被动式具有三种不同的语义韵（semantic prosody），即肯定、中性和否定三种语用含义。无标记被动和半语法化、未语法化被动标记对语料库

① 谢耀基：《汉语语法欧化综述》，《语文研究》2001 年第 1 期，第 18 页。

研究造成了困难，因为语料库语言学主要是通过形式来分析语言现象的。因此，本书的研究对象暂限于带被动标记（“被”字）的被动式，简称“被”字句。现代汉语中“被”字句的迅速发展可以追溯到20世纪初。如今，“被”字已被中国网民票选为“2009年汉语第一字”，近年来“被过节”“被高铁”“被小康”“被吵架”等表达方式已经完全被大众接受，生活中的“被”字可以说是不绝于耳。这其中的变化与翻译文学作品（尤其是译自印欧语系的翻译文学作品）的影响是密不可分的。而在翻译过程中，如果译文中“被”字句使用的少，表明译者有可能更注重目标语原创的写作规范，尽量与目标语原创的写作规范一致；反之，则表明译者有可能更注重英语原创的规范，更倾向忠实于原文，注重忠实翻译。

对于两译的“被”字句用法，胡开宝曾有过这样的评论：

> 就“被”字句的应用而言，在不同的主观认知因素作用下，梁实秋倾向于在目的语译本中保留源语的结构，常常采用异化策略和直译方法，选用汉语受事结构翻译英语被动结构；朱生豪则要避免汉语“被”字句这种具有“悲观思维”以及反映汉族“谦逊原则”的句式，而更多地采用归化策略，将许多英语被动句译作表示施事主语居于显著位置的汉语主动句，从而使译文贴合汉语表达方式，便于普通群众接受。①

下面，我们分别从语用特征和用法类型对两译加以分析和辨别。通过使用AntConc检索，我们发现，关键词“被”在《哈姆雷特》《李尔王》《奥赛罗》和《罗密欧与朱丽叶》四部作品中的朱译和梁译中出现的次数分别为147处和315处。

梁译的“被”字句用法的频率高出了朱译用法一倍之多，应该说不是偶然。梁译接近英语原文的意图非常明显。实际上，“英语母语中被动式的使用频率大约为汉语母语中的被动使用频率的十倍”②。所以，从这

---

① 胡开宝：《语料库翻译学概论》，上海交通大学出版社2011年版，第120页。

② 肖忠华：《英汉翻译中的汉语译文语料库研究》，上海交通大学出版社2012年版，第117页。

个意义上说，梁译的欧化特征，相比较朱译来说，确实是很鲜明的。

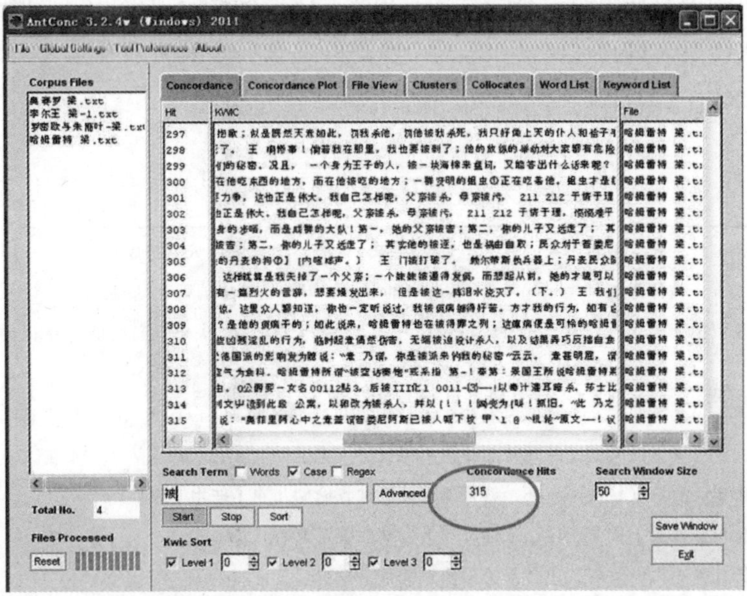

图 4—2　梁译中的“被”字用法检索截图

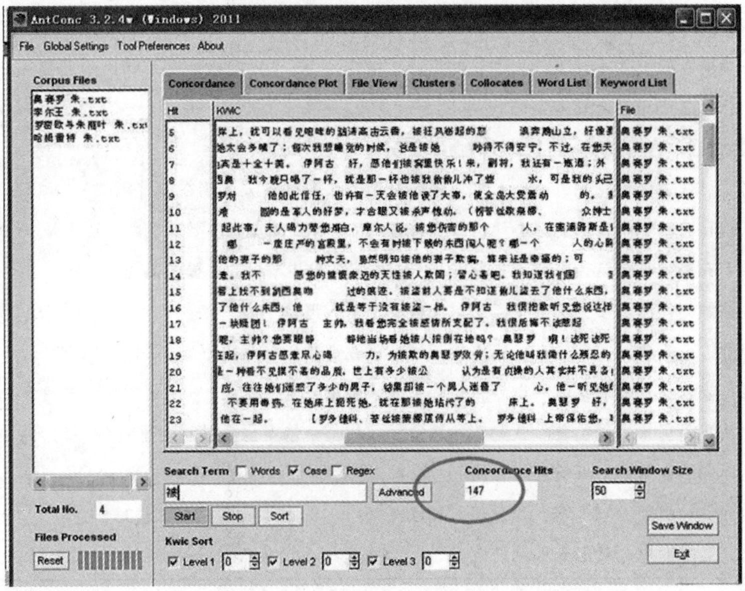

图 4—3　朱译中的“被”字用法检索截图

篇幅关系，我们选取了四个剧本中的一个（《奥赛罗》）把通过以上方法得到的数据中的“被”字的其他含义（“被褥”、“被单”）和重复的用法去除后，得到在梁译和朱译中出现的“被”字具有被动意义的语句，列表如表 4—1 和表 4—2 所示。

表 4—1　　朱译中的“被”字句举例①

1	勃拉班修　嗯，她对于我是死了。她已经**被人污辱**（消、1），人家把她从……
2	敌人手中**被俘为奴**（消、4）和遇赎脱身的经过，以及旅途中的种种见闻；
3	你宁可因为追求你的快乐而**被人吊死**（消、3），总不要在没有一亲她的香泽以前投水自杀。
4	军官乙　土耳其舰队一定**被风浪冲散了**（中、9）。你只要站在白沫飞溅的海岸上，
5	每次我想睡觉的时候，总是**被她吵得不得安宁**（消、3）。不过，在您夫人的面前，
6	凯西奥　我今晚只喝了一杯，就是那一杯也**被我偷偷儿冲了些水**（消、8），
7	我怕奥瑟罗对他如此信任，也许有一天会**被他误了大事**（消、7），
8	难圆的是军人的好梦，才合眼又**被杀声惊动**（中、1）。
9	摩尔人说，**被您伤害**（消、1）的那个人，在塞浦路斯是很有名誉很有势力的，
10	哪一座庄严的宫殿里，不会有时**被下贱的东西闯入**（消、1）呢？
11	我不愿您的慷慨豪迈的天性**被人欺罔**（消、1）；留心着吧。
12	在她的嘴唇上找不到凯西奥吻过的痕迹。**被盗**（消、1）前人要是不知道偷儿盗去了他什么东西，就是等于没有被盗一样。
13	伊阿古　主帅，我看您完全**被感情所支配了**（中、2）。
14	可是怎样去知道它呢，主帅？您要眼睁睁地当场看她**被人按倒在地**（消、3）吗？
15	从现在起，伊阿古愿意尽心竭力，为**被欺**（消、1）的奥瑟罗效劳；
16	世上有多少**被公认为是有贞操**（中、5）的人其实并不具备贞操的品质，
17	往往她们迷惑了多少的男子，结果却**被一个男人迷昏了心**（消、10）。
18	伊阿古　不要用毒药，在她床上扼死她，就在那**被她玷污了**（消、2）的床上。
19	可是唉！在这尖酸刻薄的世上，做一个**被人戟指笑骂**（消、1）的目标！就连这个，
20	你从我手里拿去送给苔丝狄蒙娜的珠宝，即使一个修女也会**被它诱惑**（消、1）的；
21	让淫邪的血溅洒你那**被淫邪玷污了**（消、2）的枕席。（下）
22	凯西奥　伊阿古吗？啊，我**被恶人算计**（消、1），害得我不能做人啦！
23	这儿是凯西奥，**被恶人们刺伤**（消、1），倒在地　葛莱西安诺……

① 译例后面括号内的“中”“消”“积”分别代表语义的中性、消极和积极用法；数字是后文论证用法类型的标号。

续表

24	伊阿古　凯西奥在这儿黑暗之中，**被罗德利哥和几个在逃的同党袭击**（消、1）；
25	苔丝狄蒙娜　为了爱而**被杀**（消、1），那样的死是违反人情的。
26	我本来想把你作为献祭的牺牲，现在却**被你激起**（中、1）我的屠夫的恶念来了。
27	苔丝狄蒙娜　唉！他**被人陷害**（消、1），我的一生也从此断送了！
28	奥瑟罗　罗德利哥被杀了！凯西奥也**被杀**（消、1）了吗？
29	啊！她怎么会**被人杀死**（消、1）的？爱米利娅　唉！谁知道？
30	那边躺着您的侄女，她的呼吸刚才**被我这双手扼断**（消、1）；
31	我就是为了那一回事情而**被撤职**（消、1）的。
32	一个不容易发生嫉妒，可是一旦**被人煽动**（消、1）以后，就会感到极度烦恼的人；
33	一个虽然不惯于流妇人之泪，可是当他**被感情征服**（中、1）的时候，

表4—2　　梁译中的“被”字句举例

1	——倒要**被这账房先生占了上风**（中、7）；这打算盘的，他，反倒要做他的副官，而我——
2	像是主人的驴子一般，只赢得一把草料，等到老时，**被开革了**（消、2）；这样的忠仆该用鞭子……
3	不得了！先生，你**被抢了**（消、2）；好难看，穿上衣服吧；你的心碎了，你的魂灵已失了半只；
4	那么你的女儿可就要**被一匹巴巴里的马给奸了**（消、2），你的外孙就快要向你嘶嘶的叫了
5	你看，那边来的是什么光亮？依那就是**被喊起来**（中、3）的父亲和他的朋友们；你最好
6	唉，对我算是死了；她受骗了，**被劫去了**（消、2），**被那江湖医生贩卖的毒药给迷蒙了**（消、2）；
7	什么邪术，什么魔法，才赢得了他的女儿，因为我是**被控告**（消、1）曾用这种手段的。
8	城破人亡时之间不容发的逃生，**被强敌虏去贩卖为奴**（消、5），然后又赎身远走的故事；
9	忍耐能使她的伤害徒劳无功。**被夺**（消、1）者的微笑反倒偷了贼人，
10	宁可在寻到快乐的时候**被绞**（消、1），也别在没弄她到手时便先淹死。
11	乙绅　　土耳其舰队必定要**被吹散**（中、1）；因为仅仅立在这喷沫的海岸，号叫的骇浪
12	因为他们是在激烈的风暴中**被隔离**（中、1）的。蒙天保佑他；我在他手下做过事，
13	然而都好像**被美人所感动**（积、1），转然把原有的危险性一齐停止，放那神圣的……
14	厨房的山猫，害人的时候装做圣人，**被侵犯**（1）的时候是恶魔，对于理家一道是儿戏，
15	现在，我那情痴的洛德里高，被**爱情所颠倒**（中、1），今晚已经倾杯痛饮，

续表

16	这正是这尚武的岛上的特殊风气，今晚都**被我用大杯灌得醺醉**（中、3），
17	有些灵魂是必要**被救**（积、1）的，有些是必不可被救的。
18	使我参入这争斗的这两条腿，我真愿当初在战争中**被人砍了去**（消、8）!
19	我亲自给你敷治。领他走。〔蒙台诺**被领去**（中、3）。〕
20	依阿高，你小心照护这全城，**被这次吵闹惊动**（中、1）的人要加以抚慰。
21	纵然是要他背弃他的宗教信仰，他也要因为**被她的情爱所奴隶**（消、1）的原故，
22	你去休息吧；到你**被指定**（中、1）的地方去：去吧；以后自有好消息报告你：
23	虚伪的呢；因为天下那有不**被丑陋东西偶然闯入**（消、1）的宫殿？谁的心胸是如此的纯洁，
24	我宁愿做一只癞蛤膜，吸地窖里的湿气，我也不愿在我爱的东西里占一隅而**被他人享用**（消，1）。
25	在她的嘴唇上我也找不到卡希欧的亲吻；**被抢夺**（消、1）的人，如其他不觉得丢了什么，
26	如其他不觉得丢了什么，就不要教他知道，他就和没有**被抢**（消、1）一样。
27	将军？你可愿做个旁观者，呆呆的看着她**被奸**（消、1）？奥　该死的孽畜!
28	依阿高如今把他的头脑心手一齐交付了**被欺侮**（消、1）的奥赛罗，
29	若说一个军人说谎，那是要**被刺杀**（消、1）的。
30	就在他身旁的亲兄弟也**被轰得飞散**（3），而他却魔鬼一般的屹立不动；
31	现在我晓得我是贿买了假证，而他是**被诬了**（消、2）。
32	我的本性绝不会无缘无故的**被这样的情感所蒙蔽**（消、1）。
33	她对卡希欧非常钟情；欺骗众人终**被一人欺骗**（消、1），这正是妓娼的晦气哩。
34	摩尔必是**被一个顶奸诈下流的奴才给骗了**（消、2）。天哟! 愿你把这样的小人暴露出来，
35	在这期间当然没有什么意外事比卡希欧之**被铲除**（消、1）为更有效。
36	我且试试你的。〔拔剑，刺伤洛德里高。〕洛　啊! 我**被杀了**（消、2）。
37	贱妇，我来了! 你的媚眼的魔力已从我心里涂去；你的**被淫欲玷污**（消、1）的床，将要点……
38	啊，我是毁了，**被小人暗算**（消、1)! 救救我吧。依　啊哟，是副官么!
39	依　我请原谅。卡希欧在这里**被匪徒刺伤了**（2）。
40	卡希欧在黑暗中**被洛德里高和在逃的几个人攻击**（1）；他差不多是送了命，
41	德　为爱而**被杀**（消、1），那未免死得不近情理。嗳呀! 你为什么这样咬你的下唇？
42	德　哎呀! 他是被骗我也是**被毁了**（消、2）。奥　倒下去，淫妇! 你当着我的面前哭他么？
43	奥　洛德里高被杀（消、1)! 卡希欧也**被杀了**（消、2)？
44	我的夫人在她床上**被杀死了**（消、9）。众　啊上天不准!

续表

45	果然不幸早**被我猜中**（积、1）；我真痛不欲生了。
46	我恐怕你是还不知道。在**被害**（消、1）的洛德里高的衣袋里寻到了这一封信，
47	我之所以**被免职**（消、1）也就是由此而来；他就是在方才已经像是死了半晌之后还说呢，
48	本不容易猜疑，而疑心一**被逗起**（中、3），却又极度昏迷；

（1）我们先从语用特征来分析两译。汉语的被动句式常常被称为"不幸语态"（inflictive voice）[①]。最早见于战国末期的"被"字句在汉语中的语义一直比较局限，王力曾指出：汉语的"被"字句所叙述的基本上是不如意或不企望的事情，其中的被动标记"被"是从表示"蒙受""遭受"意义的动词"被"虚化演变而来的。[②] 所以从"信而见疑，忠而被谤"（《史记》）到"当时我父曾被水贼伤生，我母被水贼欺占"（《西游记》）大都表达消极的负面意义。根据贺阳（2008）的统计，明清白话小说中的"被"字句消极语义色彩大于90%。

表4—3　　明清白话小说"被"字句的语义分析

语料	语料年代	消极义/百分比（%）	中性义/百分比（%）	积极义/百分比（%）	总计
《西游记》	16世纪	586/95.4	19/3.1	9/1.5	614
《儒林外史》	18世纪	98/98	2/2.0	0/0	100
《红楼梦》	18世纪	209/88.2	24/10.1	4/1.7	237
《儿女英雄传》	19世纪	156/89.1	16/9.1	3/1.7	175
《二十年目睹之怪现状》	1902年	301/91.2	20/6.1	9/2.7	330
总计		1350/92.7	81/5.6	25/1.7	1456

---

① 肖忠华：《英汉翻译中的汉语译文语料库研究》，上海交通大学出版社2012年版，第116页。

② 王力：《王力文集》（第1卷），山东教育出版社1984年版，第125—128页。

由表4—4可见，“被”字句的语义色彩分布逐渐广泛化，也就是中性意义和积极意义用法的百分比呈现上升的趋势（老舍《骆驼祥子》：“河水被晚霞照得有些微红”；赵树理《传家宝》：“金桂被村里选成劳动英雄……李成又被上级提拔到区上工作”；鲁彦《我们的太平洋》：“后湖便被我喜欢了”）①。根据上文中两个表格中列举的译例，我们发现，梁译中的“被”字句的消极、中性和积极的语义出现次数分别是31（63%）、15（31%）和3（6%），消极意义占主要部分，而且有“被”字表示积极意义的用法（“被猜中”“被救”“被感动”）。而朱译对应的数据分别是27（82%）、6（8%）和0，消极意义几乎占了用法的绝大多数，而且没有积极意义的用法。梁译中的语义分布已经接近表4—4中的现当代文学作品中的数据，而朱译应该是介于明清小说和现当代文学作品之间。这个结果基本证实了我们前文的假设：由于梁实秋译文的出现年代和译者忠实原文的翻译策略，从“被”字句的语义特点的角度观察，梁译更接近现当代汉语，欧化的程度更高。

表4—4　　现代汉语“被”字句语义色彩分布

语料	语料年代	消极义/百分比（%）	中性义/百分比（%）	积极义/百分比（%）	总计
现代文学作品	1923—1936	129/61.7	63/30.1	17/8.1	209
当代文学作品	1956—1995	218/60.2	109/30.1	35/9.7	362
当代文学著作	1994—1996	168/43	197/50.4	26/6.7	391
总计		515/53.5	369/38.4	78/8.1	962

（2）我们从用法类型上再对两译做对比研究。按照耿直的被字句动词组研究中的分类，我们分别考察两译中“被”字句使用的类型。

A. 单个光杆动词（1）

如：我们这群老兵不断被一群群新兵取代。

B. V+着，了，过（2）

① 参见谢耀基《汉语语法欧化综述》，《语文研究》2001年第1期，第18页。

如：这点早被科学家证明了。

C. 动词词组，这里的动词词组是指简单的动词词组

a. 动补结构（结果补语、趋向补语、带"得"的补语、介词补语等）（3）

如：那个苹果被虫子吃得一干二净。

b：动宾结构（包括数量宾语）（4）

如：小王被选为班长。

他的那篇文章被引用多次。

c：连谓结构（5）

如：那个苹果被摘下扔在路边。

D. 复杂的动词词组这是指由动态助词、补语、宾语结构组合而成的动词词组

a：V+补语+宾语（6）

如：他被妈妈送回老家。

b：V+了+宾语（7）

如：他的考试成绩被老师扣了一分。

c：V+了+补语（8）

如：那个苹果被小王送了回去。

d：V+补语+了（9）

如：出去的路被汽车堵死了。

e：V+补语+了+宾语（10）

如：他被妈妈送回了老家。

根据这个分类标准，我们把前文中的朱译和梁译的"被"字句的用法编号归类，得到表4—5。

表4—5　　两译"被"字句的语用结构

"被"字句语义结构	朱译	梁译
单个光杆动词（1）	20（63%）	29（58%）
V+着，了，过（2）	3（9%）	12（24%）

续表

"被"字句语义结构		朱译	梁译
动词词组	动补结构（3）	3（9%）	5（10%）
	动宾结构（4）	1	0
	连谓结构（5）	1	1
复杂的动词词组	V+补语+宾语（6）	0	0
	V+了+宾语（7）	1	1
	V+了+补语（8）	1	1
	V+补语+了（9）	1	1
	V+补语+了+宾语（10）	1	0

可以看出，两译的被动式用法都集中在前三种类型上，相比较来说，梁译的用法分布较分散些，说明使用得灵活而不拘一格。

尽管朱译与梁译比较而言，在"被"字句的用法数量，语义分布和用法类型上均显弱势，但是，朱译的 154 句"被"字词频仍然高出以下所选汉语原创作品语料①：根据杨国文（2002）所做的研究，在 153.3 万字的现代汉语语料中，"被"字句共 479 个，"被"字句每千字使用频率只 0.37。接下来，我们尝试对照原文，观察两译"被"字句的由来。

"被"字句常用于再现原文所承载的受事前景化位移图式，如在表 4—2 中梁译的前三个译例的英语原文分别是…must be-lee'd and calm'd by debitor and creditor; … and when he's old, cashier'd; … you're robbed，而其他被动句的使用频率较低。在梁译本和朱译本中，一些"被"字句并非译自承载以上位移图式的语句或结构。为了保持话题的连续，梁实秋和朱生豪分别将一些主动句译作"被"字句。

例 1. My husband lives, that Tybalt would have slain,

我的丈夫活着，他没有被提伯尔特杀死，（梁译）

我的丈夫还活着，可能被提伯尔特杀死的，（朱译）

① 这些语料包括《金光大道》（浩然著，45.5 万字），《晋阳秋》（慕湘著，41.5 万字），《高山下的花环》（李存葆著，10.3 万字），《红镜头》（顾保孜著，31 万字）等。

例 2. sleeping in mine orchard, a serpent stung me,

我在果园里面睡觉时，被毒蛇，（梁译）

我在果园睡觉时，一条毒蛇把我，（朱译）

例 3. That unmatched form and feature of blown youth blasted with ecstasy:

有世间无比的姿态，竟被一阵疯狂给凋残了：（梁译）

无比的青春美貌，在疯狂中凋谢：（朱译）

例 1、例 2 中的原文都是主动形式，却被梁实秋译成被动句，可见他对“被”字用法的青睐，这也是他的语言习惯的明显表现。在以下的两组译例中，梁实秋译文的“被”字使用的倾向表现得更为集中。

巴　被欺骗了，被拆散了，被侮辱了，被轻蔑了，被杀害了！被你这最卑鄙的死神给欺骗了，被你这残忍的残忍的东西给打倒了！啊爱人！啊生命！不是生命了，是死了的爱人！

卡　被轻蔑了，被伤害了，被忌恨了，被牺牲了，被宰割了！惨澹的时间啊，你为什么现在来毁坏我们的盛礼？啊孩子！啊孩子！是我的灵魂，……

（PARIS　Beguil'd, divorced, wronged, spited, slain! Most detestable death, by thee beguil'd, By cruel cruel thee quite overthrown! O love! O life! not life, but love in death!

CAPULET　Despis'd, distressed, hated, martyr'd, kill'd! Uncomfortable time, why cam'st thou now To murder, murder our solemnity?)

这一连串的“被”字，无论是读起来，还是听起来，确实都有点不太顺畅而直接影响欣赏效果了：“被”字句本属于欧式句法，再加上连续使用，是不符合汉语读者的语言审美习惯的。这一现象，可以试图用图瑞（Gideon Toury）的“源语干扰律”来解释：

在翻译过程中，原文的某些文本结构会转移到译文中。这条规律虽然与异化法相对应，不过异化法是译者主动译介并保留外来文化差

> 异性的翻译策略，而源语干扰规律从客观描述的角度指出原文对译文的影响。如果译文偏离了目标语的惯常用法，这种移译就是负面的。源语对译作的干扰是一种常规现象，完全不受源语干扰的译作，或者退一步讲把源语干扰降低到最低程度的译作，只能在特殊情况下出现或者需要译者付出特别的努力。①

我们可以理解为，源语的陌生性是有必要适当地糅杂在译文中，让目的语读者慢慢适应、接受并欣赏的，但是，如果完全受源语的操纵，而完全不顾及目的语读者的接受程度的话，确实就是所谓的“负面”的了。而相比之下，朱译（巴里斯　最可恨的死，你欺骗了我，杀害了她，拆散了我们的良缘，一切都被残酷的、残酷的你破坏了！啊，爱人！啊，我的生命！没有生命，只有被死亡吞噬了的爱情！凯普莱特　悲痛的命运，为什么你要来打破，打破了我们的盛礼?）确实更流畅、自然。在译文中，译者把被动用法和主动用法交织在一起，试图达到最佳的表达效果。可见，原语文本中的陌生性被目的语文化的读者所接受、认同不是一种单向的直线运动。只有在一定程度上被本土化了的陌生性才有可能被植入目的语的文化体系。

从以上的分析我们可以得出这样的结论：梁实秋的译文中“被”字句的总例数量是朱译的2倍多，消极、中性和积极的语义分布较朱译灵活且更接近现当代汉语，用法结构分布也较分散，说明使用灵活。梁译中的“被”字句多译自原文的被动结构，但是也有原文为主动结构的“被”字句译法。必须指出的是，梁实秋在把原文的被动结构译成汉语中的“被”字句的过程中，略显生硬和机械，尤其在被动结构重复出现的地方，应更多地照顾到译文读者的接受能力和审美习惯。总之，在“被”字句使用的视角观察下，梁译表现出了更明显的“欧化”特点。

---

① Toury, G., *Descriptive Translation Studies and Beyond*, Shanghai: Shanghai Foreign Education Press, 2001, pp. 259 - 281.

二　“N 的 V”结构

在欧化结构中，“N 的 V”结构是比较典型而常见的。

> 在现代汉语中，以谓词为中心语的定中结构主要有“N 的 V”“NV”“PP 的 V”三种类型，而其中最为常见、对谓词的选择较为自由的是“N 的 V”结构。在“N 的 V”结构中，动词和形容词之前的定语可以由名词带上“的”字构成，也可以由名词性词组带上“的”字构成，整个偏正结构是名词性的，在句子中不能充当谓语，而常常充当主语或宾语，做定语的“N”跟充当中心语的“V”之间常常隐含着主谓关系。①

“N 的 V 结构”如我们经常说的：“公司的建立”“水库的修建”“雷峰塔的倒掉”“目标的实现”“价值的跌落”，等等。在英语等印欧语言中，有大量的“行为名词”（action noun），即表示行为动作的名词，这些行为名词有的是由动词加上“－ment”“－tion”等后缀构成（agreement、banishment、employment、addition、preparation、capitalization），还有的动词在词形上不需要任何变化，便可以转化为表示自指意义的行为名词（cure、fall、love、research、study）。在翻译这些行为名词时，由于汉语缺乏表示名词意义的后缀，所以往往需要用汉语中的动词直接进行对译。在通过用 AntConc 软件的搭配检索后，我们找到了朱译和梁译中的“N 的 V”结构，分别为 63 处和 56 处。

表 4—6　　朱译中的“N 的 V”结构

1. （受一个）市侩的指挥（be ne-lee'd and calm'd by debitor and creditor）
2. 主人的鞭策（doting on his own obsequious bondage）
3. 内心的自然流露（the native act and figure of my heart）
4. 蚊蝇的滋扰（plague him with flies）
5. 烦恼的缠绕（throw such changes of vexation on't）

---

① 贺阳：《现代汉语欧化语法现象研究》，商务印书馆 2008 年版，第 44 页。

续表

6. <u>血肉的叛逆</u>（treason of the blood）
7. 家室的羁缚（unhoused free condition put into circumscription and confine）
8. 魔法的蛊惑（sans witchcraft）
9. <u>肉体的刺激</u>（carnal stings）
10. <u>意志的默许</u>（permission of the will）
11. 感情的破裂（answerable sequestration）
12. 人事的变化（many events…be delivered）
13. （遭受这场）暴风浪的突击（The desperate tempest hath so bang'd）
14. 笔墨的赞美（the quirks of blazoning pens）
15. <u>（受）众人的宠爱</u>（be well desir'd）
16. 肉体的结合（incorporate conclusion）
17. 星光的刺激（some planet had unwitted men）
18. 摩尔人的猜疑（undo her credit with the Moor）
19. 福丁布拉斯的挑战（by Fortinbras of Norway，thereto pricked on）
20. 肌肉和体格的成长（grow alone in thews and bulk）
21. 身体的发展（temple waxes）
22. 谗口的中伤（calumnious strokes）
23. （会受到）罡风的吹打（contagious blastments are most imminent）
24. 每一个人的批评（each man's censure）
25. （受到）世人的歧视（in the general censure）
26. 火焰的烧灼（confine'd to fast in fires）
27. 荆棘的刺戳（those thorns…to prick and sting）
28. 眼睛的帮助（their help）
29. 父亲的死（his father's death）
30. 时势的变化（the means of late innovation）
31. （不受）大众的欢迎（pleased not the million）
32. （不听他）手臂的指挥（rebellious to his arms）
33. 巨力的锤击（hammers fall）
34. 国土的划分（the division of the kingdom）
35. 星球的运行（the operation of the orbs）
36. 大小事务的处理（execution of the rest）
37. （没有）亲友的照顾（unfriended）
38. 命运的施舍（fortune's alms）
39. 习俗的欺凌（the plague of custom）

续表

40. 世人的挑剔（the curiosity of nations）
41. （受）儿子的监护（as ward to the son）
42. （长久）友谊的破灭（dissolutions of ancient amities）
43. 国家的分裂（divisions in state）
44. 朋友的放逐（banishment of friends）
45. 支持者的叛离（dissipation of cohorts）
46. 婚姻的破裂（nuptial breaches）
47. 人间和上帝的审判（judgment）
48. （受）赤日的煎熬（to the warm sun）
49. 风雨的侵凌（the winds and persecutions of the sky）
50. 饥寒的煎熬（necessity's sharp pinch）
51. 风雨的冲突（the to-and-fro-confronting wind and rain）
52. 两个公爵的明争暗斗（snuffs and packings of the dukes）
53. 风雨的咆哮（groans of roaring wind and rain）
54. 君王的判决（the sentence of your moved prince）
55. 市民的械斗（civil brawls）
56. 这一案的宣判（future pleasure in this case）
57. 真情的吐露（true shrift）
58. 掌心的密合（palm to palm）
59. （不怕你）家里人的干涉（thy kinsmen are no stop to me）
60. 真情的表白（true love's passion）
61. 暖风的吹嘘（summer's ripening breath）
62. 美德的误用（ virtue itself turns vice, being misapplied）
63. 火和火药的亲吻（fire and powder, which, as they kiss consume）

表 4—7　　梁译中的“N 的 V”结构

1. 外表的行动（outward action）
2. 魔术的束缚（chains of magic）
3. 命运的夺取（fortune takes）
4. 骨肉的叛逆（treason of the blood）
5. 欲望的享乐（to please the palate of my appetite）

续表

6. 私事的摒挡（worldly matters and direction）
7. 肉欲的刺激（carnal stings）
8. 意志的放肆（permission of the will）
9. （受）大家的爱戴（be well desire'd）
10. 情爱的急喘（love's quick pants）
11. 上帝的吩咐（God's will）
12. 卡希欧的亲吻（Cassio's kisses）
13. 法律的约束（bands of law）
14. 头和心的亲近（the head is not more native to the heart）
15. 手和口的相助（the hand more instrumental to the mouth）
16. 父亲的允许（father's leave）
17. 舆论的限制（be circumscrib'd unto the voice and yielding of that body）
18. 情欲的攻击（the shot and danger of desire）
19. 心灵的呵护（watchman to my heart）
20. 缺憾的连累祸害（take corruption from that particular fault）
21. 脾气的偶然暴发（outbreak of a fiery mind）
22. （停止）浮廷布拉斯的活动（sends out arrests on Fortinbras）
23. （受）文人笔下的讥嘲（afraid of goose-quills）
24. （不听他的）胳臂的使唤（rebellious to his arm）
25. （受了）天地的鼓励（prompted to my revenge by heaven and hell）
26. 时代的鞭挞讥嘲（the whips and scorns of time）
27. 法律的延宕（the law's delay）
28. 官吏的骄纵（the insolence of office）
29. 善人的欺凌（the spurns that patient merit of the unworthy takes）
30. 明眼人的判断（…the judicious grieve, the censure of which one）
31. 顾客的批评（a whole theatre of others）
32. 命运的打击（fortune's buffets）
33. 财产的考虑（respects of fortune）
34. 习惯的束缚（the plague of custom）
35. （受）儿子的保护（as ward to the son）
36. 星宿的支配（enforced obedience of planetary influence）
37. 父子间的失和（unnaturalness between the child and the parent）
38. 国家的崩析（divisions in state）
39. 国王与贵族（所遭受）的威胁与诽谤（menaces and maledictions against king and nobles）

续表

40. 朋友间（之不必要）的猜疑倾轧（needless diffidences, banishment of friends）
41. 军队的解散（dissipation of cohorts）
42. 婚偶的仳离（nuptial breaches）
43. 律师的谈话（the breath of an unfee'd lawyer）
44. 父亲的诅咒（father's curse）
45. 耻辱的惩罚（low correction … are punished with）
46. 傻子的劝告（a fool gives it）
47. 部下的骚扰（the roits of your followers）
48. （对于）国王的苛待（the hard rein … against the old king）
49. 自然界的铸型（the thick rotundity o' the world）
50. 狂风急雨的怒号（groans of roaring wind and rain）
51. （未受）公理的惩罚（unwhipped of justice）
52. （不要受旋风煞星）妖巫的侵害（bless thee from whirlwinds, starblasting, and taking）
53. 公爵的裁判（the sentence of your moved prince）
54. 甜言蜜语的包围（the siege of loving terms）
55. 新病的感染（new infection to thy eye）
56. 情人们的伪誓（lover's perjuries）

按照梁译总字数（212589）和朱译总字数（222430）的数据来计算百分比的话，“N 的 V”结构在梁译和朱译中的使用频率分别是每万字 2.63 例和 3 例，差别并不特别明显。这组数据如果按照贺阳（2008）抽取的《鲁迅文集》《王蒙小说精选》《毛泽东选集》《胡绳文集》等现当代汉语的样本平均值（45.6）[1] 来比较的话，应该说是比较低的，从侧面反映出两译在“N 的 V”结构的使用上表现出的欧化现象并不明显。但是这其中的原因也有可能是戏剧语言的口语化倾向，因为“口语样本中这类定中结构的万字出现频率只有 0.3 例”[2]。还有一点值得注意的是，表 4—6 和表 4—7 中用下划线标出的译例是两译相同的译法，只有 7 例。这说明两译的“N 的 V”结构的出现受原文的影响不大。“N 的 V”结构从

① 贺阳：《现代汉语欧化语法现象研究》，商务印书馆 2008 年版，第 42—43 页。
② 同上书，第 43 页。

"N"和"V"的关系上分，可以分为"N"是"V"的受事（国土的划分、大小事务的处理）和"N"是"V"的施事或当事（意志的放肆、父亲的允许）两种，两译中多见的是施事或当事关系。

按照一个简单的假设，就是结构中的"的"是译自原文的"of"和"'s"，我们统计到了朱译和梁译定中结构中的原文"of""'s"和的出现频率分别是 19 + 6 = 25（37%）例和 27 + 8 = 35（61%）例，这组数据不难说明梁译更加倾向忠于原文的事实。那么余下的 63% 和 39% 的译例都出自原文的什么结构呢？主要有两种：其他介词（with、against、to、in 等），如朱译中的例 4、例 7、例 18、例 20、例 25、例 43、例 56 和梁译中的例 14、例 20、例 24、例 25、例 37、例 38、例 48、例 52 等；主谓结构如朱译中的例 2、例 7、例 12、例 13、例 17 和例 21 等，梁译中的例 3、例 14、例 20、例 25、例 42 等。这么多种用法都指向了译文的"N 的 V"结构，可以说明这种结构在当时的使用应该是比较普遍的了。"20 世纪 40 年代，这种'N 的 V'结构在汉语书面语中已很常见。"① 而且在梳理这一现象产生的原因时，大部分学者将其与欧化现象联系起来：王力认为，从使用上说，"五四"以后西洋语言的影响对"N 的 V"等结构的广泛使用的确有很大的推动作用②；吕叔湘、朱德熙也认为，"现代汉语的'N 的 V'结构与其说是古代格式的复活，毋宁说是外国语法的输入。"③

三　表示判断意义的"是……的"结构

学界对"是……的"句式的讨论和研究由来已久，其中较早的包括赵淑华、吕叔湘等。之后，还有杨石泉、朱德熙、胡裕树、谢永玲、刘月华、潘文娱、金立鑫、石毓智等，讨论的内容基本集中于此种句式的界定；此种句式的用法、语义分类等。

表示判断意义是"是……的"句式的两种语用功能之一，另一种是"是"在句式中充当焦点标记词，表示强调意义。甄别两种意义的方法有多种，其中常用而简单的是能否同时去掉"是"和"的"。能，则表强

---

① 贺阳：《现代汉语欧化语法现象研究》，商务印书馆 2008 年版，第 49 页。

② 王力：《汉语史稿》，中华书局 1980 年版，第 478—483 页。

③ 吕叔湘、朱德熙：《语法修辞讲话》，辽宁教育出版社 2002 年版，第 152 页。

调；不能，则表判断。如：办法是大家想的。→办法大家想（不成立，表判断）；是小王昨天在门口用钳子把自行车修好的。→小王昨天在门口用钳子把自行车修好（成立，表强调）。“是……的”句式表示判断意义的语法基础为判断词“是”的使用条件：“判断词‘是’联系两个而且只能是两个变项……该两个变项的数量特征都必须是离散的……如果‘是’后的变项是动词或者形容词，因为它们自身不具有离散性质，要表示判断时，就必须用‘的’把它们转化成离散性质的成分……从语法角度看，动词或者形容词加上‘的’以后就转化为名词性成分。”① 被“的”转化过的名词性成分放在判断词“是”后，其性质与“老王是模范”“小说是一种文学体裁”中的名词或名词短语“模范”“一种文学体裁”没有差别。而焦点标记“是”往往焦点化施事、时间、地点、工具、受事等。因此，虽然形式相同，“是……的”句式在表达判断意义和强调意义时的语义、语用的差别明显，在讨论和研究的时候应该区别开来。本节的研究对象是两译表示判断意义的句例。

表示判断意义的“是……的”句式，有的译自英语“be＋形容词”结构，因为英语里形容词不能单独作谓语，前面需要有系词。一般来讲，这种结构在译成汉语的时候要变成描写句，而不是判断句，如摘自徐志摩的《我所知道的康桥》中的以下几个例句：“英国人是不轻易开口笑人的，但是小心他们不出声的皱眉”；“就只那一春，我的生活是自然的，是真愉快的！”；“但是不满意的生活大多是由于自取的”；“英国的天时与气候是走极端的”。这些话，我们更习惯这样说：“英国人不轻易开口笑人”；“我的生活自然、愉快”；“英国的天与气候走极端”。所以在汉语译文中，“是……的”结构会被对译入语观照的译者转成描写句，而更倾向于英语原文的译者会对这种句式在原文中进行保留。沿着这个思路，我们用 AntConc 软件里的类别搜索功能，在“search term”栏内键入“＊是＊＊＊＊的”得到的结果分别截图如图 4—4 和图 4—5 所示。

① 石毓智：《汉语语法》，商务印书馆 2010 年版，第 459 页。

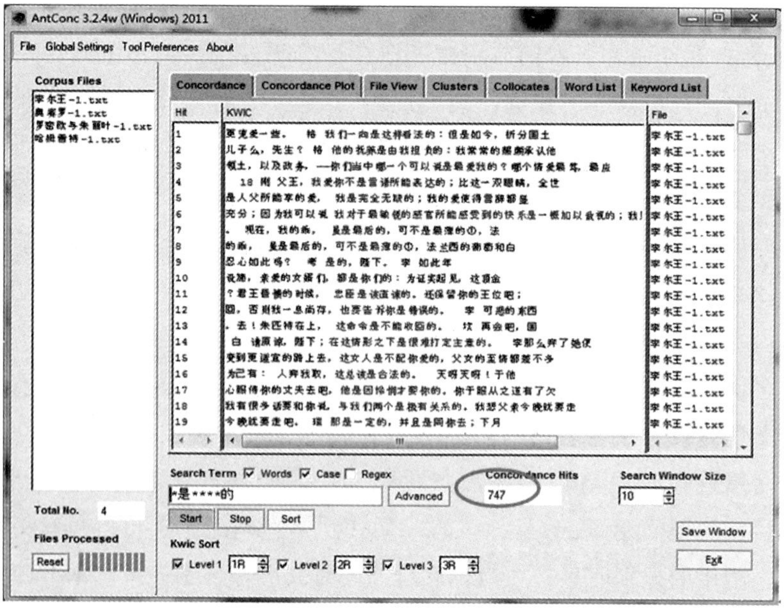

图 4—4 梁译“是……的”结构检索结果截图

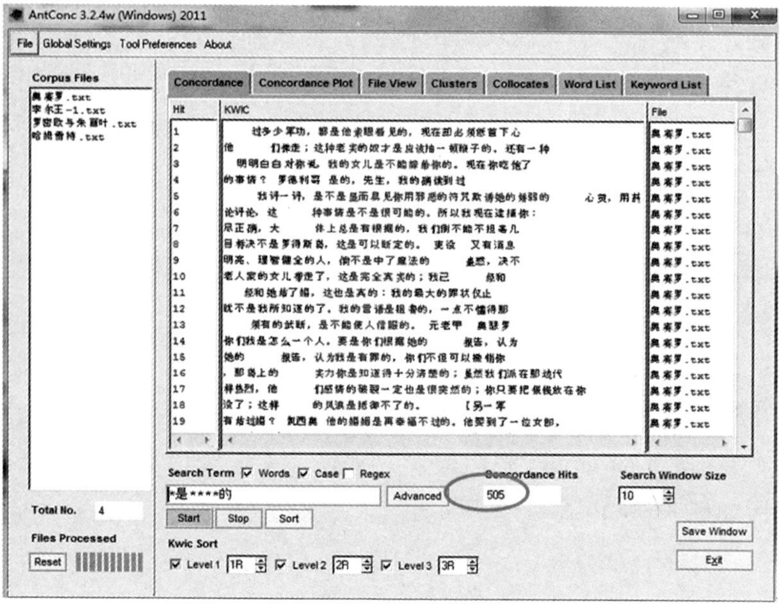

图 4—5 朱译“是……的”结构检索结果截图

从初步搜索结果的747例和505例的数据来看，两译的差别还是很大的。在去掉“是的”“真是的”“都是你们的”“要是根据她的”等不属于这种判断用法的句例之后，我们最后得到的两译此类用法的相对精确的语料（见附录六、附录七）。两译的译例数量分别是209例和159例，每十万词98例和71例，相差1.31倍，可谓悬殊。

在把梁译中的译例对照原文的过程中，我们发现，有些“是……的”结构译自原文的“be+形容词”（介词+名词）的结构。

例1. 原是揣测之辞，是难免出入的（as in these cases, where the aim reports, 'Tis oft with difference）

例2. 我是感激不尽的（I am bound to thee forever.）

例3. 这是万万不可的（it must no be）

但也有的是译自原文的动词结构：

例4. 他的人品是很可敬的（his worthiness does challenge much respect）

例5. 这样的人是有心计的（these fellows have some soul）

例6. 她说的是很充分的（she says enough）

例7. 你的事也是同样的有理的（thine hath no less reason）

这样的译例不在少数，说明了梁实秋使用具有“欧化”特征的“是……的”结构的明显意图和倾向。实际上，以上例句比较符合汉语表达习惯的应该是“原是揣测之辞，难免出入”“我感激不尽”“这万万不可”“他的人品很可敬”等。对应的朱译分别是“因为根据统计所得结果，难免多少有些出入”“我永远感激你的好意”“这可断断不能”“他的才能非常叫人钦佩”“这种人还有几分头脑”“她的话说的很动听”“你也对他抱着深刻的仇恨”。七个例句，无论原文的“be+形容词”结构还是动词词组，无一采用“是……的”结构译出，可以看出译者对译入语读者的观照程度。肖忠华[①]分别检索了兰卡斯特汉语母语语料库 LCMC（The Lancaster Corpus of Mandarin Chinese）和浙大译文语料库 ZCTC（The ZJU Corpus of Translational Chinese）中的“是 +（副词）+形容词 + 的 + 标点”后发现，该结构在两个语料库中的频率分别为 456 次和 578 次，平均每十万个词 43 次和 53 次，表明了翻译语体中的“是”字句的使用频率比原创汉语中高得多。张威在对比了 20 世纪汉语原创语料和 21 世纪汉语原创语料，并参照译文语料后也得出了“翻译文学作品对‘是……的’句式的发展演化存在影响作用”[②]的结论。这些结论充分说明了表示判断意义的“是……的”结构的欧化倾向比较明显的特点。两译相较，梁译的这种结构出现的频率高的事实也完全可以说明其译本的欧化程度高的事实。

第三节　两译本与词类相关的“欧化”现象

一　介词

英语介词的种类比汉语多，其使用量更是大得惊人。例如，“COCA 中出现介词 41157484 次，BNC 中出现 10960130 次，每百万词词频分别高达 10.69 和 10.96。一般情况下，汉语的使用量只有其 1/3 左右。”[③]以表示时间和地点的介词“在”为例：“在上古汉语里，时间的表示可以用介词带宾语的结构……但是，在更多的情况下是不用介词，只用关系语。从上古到今天都是这样。”[④]

> 七月流火，九月授衣。（《诗经・豳风・七月》）
> 朝闻道，夕死可矣。（《论语・里仁》）
> 一日方凝想间，忽有搴帘入者，则莲香也。（《聊斋志异・莲

① 肖忠华：《英汉翻译中的汉语译文语料库研究》，上海交通大学出版社 2012 年版，第 132 页。

② 张威：《基于语料库的现代汉语表示判断意义“是……的”句式发展及动因探究》，《外语与外语教学》2016 年第 5 期，第 30 页。

③ 李颖玉：《基于语料库的欧化翻译研究》，复旦大学出版社 2012 年版，第 111 页。

④ 王力：《汉语语法史》，商务印书馆 1989 年版，第 224 页。

香》)

今日大远的特来请安。当日太太是常会的。(《红楼梦》第六回)

我来的时候，棺材还没有呢。(《儿女英雄传》第三回)

我到美国入大学后，第一次去看我们大学和别的大学的足球竞争。(胡适，《我对于运动会的感想》，1922 年)

不能够前进的时候，就愿意退后几步，替自己恢复已经走过的前途。(瞿秋白，《“儿时”》，1933 年)

昨夜我又见到你那慈祥的笑颜了。(巴金，《梦》，1941 年)

一九一一年秋，我们从山东烟台回到福州老家去。(冰心，《祖父和灯火管制》，1982 年)

晚上，我们从中国大使馆会旅馆的时候，天已经完全黑了。(季羡林，《加德满都的狗》，1986 年)

以上例句出现的时间跨越了近 3000 年，这些例句可以从侧面说明，在汉语中，尤其是在古汉语中，不常用“在”放在句首表达时间。根据贺阳的统计，在《水浒全传》《西游记》《红楼梦》和《儿女英雄传》4 部明清白话小说的全文共计 300 万字中，仅发现 3 例句首时间词语用介词“在”的句子①。而根据李颖玉的统计，在国家语委的语料库中“在”字的每百万字的出现频次已达 10768.94 次②。所以，从汉语的发展趋势来看，介词的使用频率已经在增加，也就是说，从介词使用频率的角度考察，汉语的欧化程度也是趋于增强的。梁实秋和朱生豪的莎士比亚戏剧译作产生于现代汉语成型关键时期的 20 世纪三四十年代，“在”字的使用频率值得观察。通过文本处理软件，我们得到表示时间的放在句首或分句句首的“在”字的使用实例，表 4—8 中的前半部分出自梁译，后部分则为朱译。

---

① 贺阳：《现代汉语欧化语法现象研究》，商务印书馆 2008 年版，第 129 页。

② 李颖玉：《基于语料库的欧化翻译研究》，复旦大学出版社 2012 年版，第 112 页。

表 4—8　　两译“在”置于表示时间的句首用法

美丽的女儿，**在**这静悄悄的夜半**之后**， 公爵开会！**在**这夜深**的时候**！ 侍从等下。**在**她未到**之前**，我可以 完全剥削，**在**他去**后**我只得度苦的日子 妻来陪伴她：**在**最适宜**的时候**你随后就 是还不明显：**在**实行**时**才能露出狡 公开私斗，**在**夜间，并且值班 还听你说，**在**卡希欧和我的妻分手**的时候**， 一般贞洁。**在**产卵**的时候**还会受孕。 此多耽搁几天；**在**这期间当然没有什么意外 个更好的武器：**在**当年，就凭这区区的胳臂 一样的惨白！**在**最后裁判那天我们遇到**的时候** 已经有两次了，**在**这深更半夜**的时候**，耀武 国全盛时代，**在**伟大的西撒殁亡**之前**不久， 就消灭。还有人说，**在**庆祝救主诞辰的**节候**， 有什么事呢？**在**你走**前**我们可以教你纵酒。 上帝慈悲，**在**你们顶疑难的**时候**帮助你们。 的，诚然是。普　**在**这**时候**我把小女放出来 你说得不错，先生；**在**礼拜一早晨；诚然 捐弃尘世之后，**在**死睡当中会做些什么梦， 但是不动刀；**在**这**时候**我是不能心口如一 恕我的善意，**在**这肥喘的年头，善行还得向 定要给我诊治；**在**你为我诊治好了**以前**， **在**想要做**的时候**便应该做；因为这 不久就要来到；　**在**那**以前**，我们要少安	据我听说，**在**昨天晚上他们原无意他 哀德蒙上。康　**在**我离去**之前**我一定要报复。 帮助了上天降雨。**在**这狂暴**的时候**，就是 疯子。格　**在**这倒霉的年头，疯子正好 死了；**在**要挖取格劳斯特的第二只眼**的时候**我 不知道，**在**自愿求死**的时候**，这神经 而遭恶报的事，**在**我们**之前**也有过。 不是，朋友？**在**当年我用一把 我不知道，**在**自愿求死**的时候**， 有一点贫，　**在**死**的时候**她的富 就是这仙姑，**在**夜间把马鬃编成辫结； 就是这妖婆，**在**大姑娘仰着睡**的时候**， 觉得很适宜，**在**这样的一个坏人来作客**的时候** 朱　有的，香客，**在**祈祷**时**才有用场。 灿烂的星，因公外出，**在**归位**之前**央求她的 和我交换呢。　朱　**在**你还没有要求**的时候**我 喊叫我的名字：**在**夜间情人的声音像银铃儿 里的那种野鸡，**在**未吃完**之前**就有一点 软梯似的绳索；**在**今天秘密的夜晚，我将靠 会有突然的结局，**在**最得意**的时候**突然消灭， 快办事；因为，**在**救会把你们结合起来**之前**， 一般打斗起来，**在**我没能排解**之前**，那强壮 已上床了。巴　**在**这悲伤**的时候**也不便求婚。 我毫不怀疑。夫人，你**在**睡**前**就先去看看她； 在星期四吧：**在**星期四，告诉她，她要和这

续表

自讨苦吃。在两方拼命苦斗刀来剑去的时候， 雷特失了本性，在不由自主的时候得罪了 她的肚子凸了，在她的床上未有丈夫之前， 摒挡一切，在第六天，作速离开我的国土： 哼！阴谋！“在我惊醒他之前一直的睡着， 赶入狗洞的；在牝狗立在炉前发臭气的时候， 到的一段预言，在这晦蚀之后将要发生什么 李　什么！在十几天之内，一下子减去 先到那里了。在送到你的信之前，我连	孩子。朱　在这愁苦的时候有好消息，那太 叫喊的傀儡，在走鸿运的时候，偏偏要说“我 巴利斯上。劳　在星期四，先生？时间很仓 古坟里去。同时，在你将醒之前，我写信给 女人的恐惧，在实行时勇往直前。朱　给 坟墓里面，在罗密欧尚未来救我之前 腐烂；大家都说，在夜间几小时内， 返了。啊贤婿！在你新婚的前一夜，死神 来到的时候，——在她苏醒的前几分钟， 最严厉的法律，在我寿终之前，把我的这条
举行会议！在这样夜深的时候！把他带去。 血的思想，在复仇的目的没有充分达到以前， 刻履行你的诺言：在这三天以内，让我听见 奥瑟罗　且慢，在你们来去以前，再听我说 征时的神武雄姿，在这样深夜的时分出现？ 西勒斯和勃那多，在万籁俱寂的午夜守望的 午后的惯例，在花园里睡觉的时候，你的叔 你说得不错，在星期一早上，正是正是。 兀立不动。在一场暴风雨未来以前， 很好，殿下，在这本戏表演的时候， 和海浪一样。在他野性发作的时候， 只好勉力迎敌；在彼此相持的时候， 不动声色地自己拿了，在比赛之际，看准 有什么感觉，在掘坟的时候还会唱歌吗？ 很好，殿下，在这本戏表演的时候，要是 在我即将放弃我的统治权、领土和国事的重任的时候 尘世的困苦；在第六天上，你那可憎的	毫无欢趣的老婆，在半睡半醒之间制造出 在没有得到更好的证据证明哥哥确有这种意思以前 再哭泣了。在这样的夜里把我关在门外！ 我都可以忍受。在这样的一个夜里！啊，里 狗男女的邪恶使者。在适当的时候，我要让 （同下）　埃德加　在您作战以前，先把这封信 在尊严的太阳开始从东方的黄金窗里揉出头来的前一个时辰 朱丽叶　在你没有要求以前，我已经 了新衣服的小孩，在节日的前夜焦躁地等 星期四吧。对她说，在这个星期四，她就要 好消息。朱丽叶　在这样不愉快的时候， 伯爵上。劳伦斯　在星期四吗，伯爵？时间 有什么乐趣呢？在年轻时候结了婚而死去， 独自到墓地里去；在这三小时之内，朱丽叶

表 4—8 显示的两译在使用“在”字表示时间的次数的差别还是比较大的：梁译中共见 70 处，朱译中共见 33 处，相差 2.12 倍。梁译中“在……的时（节）候”“在……时”28 处，“之前”“之后”21 处，其他（夜间，星期四，十几天之内等）见 21 处；朱译“在……的时候（分）”12 处，“在……以前”6 处，其他（星期一早上，这三小时之内等）11 处。这些数据不难说明：在以“在”为代表的介词用法的使用频率上，梁译以很大的比例高于朱译，“欧化”特征明显。

二　数量词

在讨论汉语的欧化现象的时候，数量词“一”“一个”“一种”等的使用往往屡被提及：“根据汉语习惯，汉语在不强调数量的时候，一般是不用数量词或量词的；而且在中古以后，量词前面的数词如果是‘一’，这‘一’字往往可以不用。但是现在‘一个’‘个’用的很广，不强调数量时也用‘一个’‘个’这样的数量词或量词……这相信是受了西洋语法冠词的影响”①。

> 英文名词的前面，在多数情形之下，须有一个“冠词”（the article）……咱们翻译英文的时候，至于遇到“a”或“an”的时候，咱们却处处可以用“一”字翻译。又依现代中国语法，“一”字后面往往带着单位名词，“一个”“一种”之类。由于西文的影响，现代中国的书报，多数是不知不觉地运用着无定冠词，凡是西文里该用无定冠词的地方，一般人就用“一个”，“一种”之类……尤其是对于无形之物，更显得欧化语法和中国原有的语法的分别……关于单位名词的运用，如果中国本来有单位名词的，就依照本来的说法，如“石头”称“块”，“椅子”称“把”等；如果中国本来对于那些事物不大用或永远不用单位名称，在欧化文章里，咱们是大致依照下面的两个原则：（1）对于有形的东西，称为“个”；（2）对于无形的

① 谢耀基：《现代汉语欧化语法概论》，光明图书公司 1990 年版，第 55 页。

东西，称为“种”。①

“‘一+量词’名词性标记用法的发展具有积极的意义，对现代汉语向表达精密化和明确化这一总的发展方向演进起到了促进作用……顺应了‘五四’以来人们改造白话以适应现代社会发展需要的要求，因此才能够在印欧语摹本的影响下得到迅速发展。”② 以上各家的说法基本上涵盖了现代汉语中的“一+量词”用法的起因、用法类别和意义。所以，我们在统计、观察两译的数量词用法的时候，其结果除了指向对原文的忠实程度，也就是欧化程度之外，还应指向译文的表达精密化和明确化程度。

我们先了解下原文中不定冠词“a/an”的出现次数。

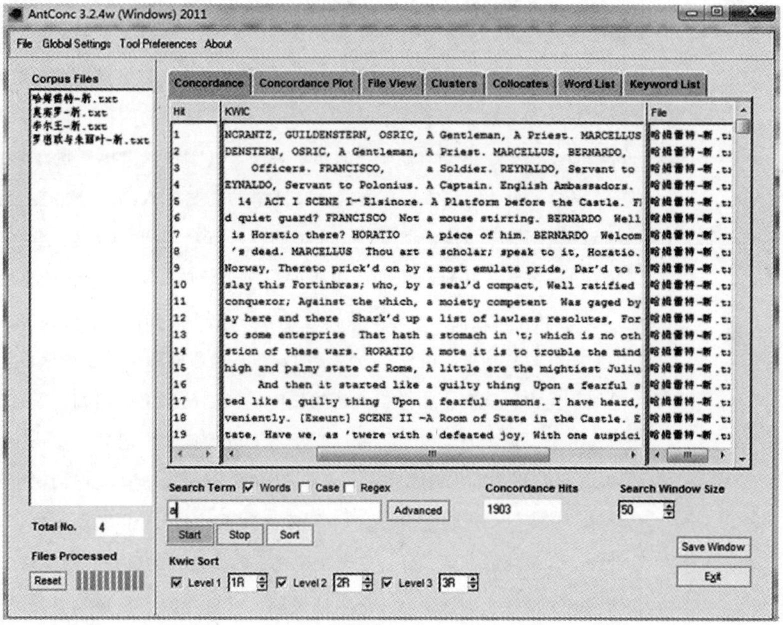

图 4—6　原文不定冠词“a”用法检索截图

原文中的不定冠词“a”出现 1903 次，“an”出现 244 次，共计 2147 次。我们再看两译。

① 王力：《王力文集》（第 2 卷），山东教育出版社 1985 年版，第 514—515 页。

② 贺阳：《现代汉语欧化语法（现象）研究》，商务印书馆 2008 年版，第 101 页。

表4—9　　梁译数词“一”搭配主要量词用法①

量词	用法总量	译例
一个	521	（翡冷翠、知道自爱的、最好胡说八道的、丹麦、求情的、正直的、诚实、漂亮、下地狱的说谎的、世界上最纯洁可爱的、粗鲁的印度、恶劣的缠头的土耳其、威尼斯、做生意的、忠实正直的、相当的纯洁的、明眼、不做情感的奴隶的、身为王子的、诺曼底、不知高低的、陌生的、和人通奸的、很诚心的、已经失势的、吃剩菜的、设若否认这些名义的一个字我便要打得乱叫的、不认识你的并且你所不认识的、诚实直爽的、忍辱自重的、有身份的、聪明、无偏袒的、顶穷的、不知姓名的、卡帕莱特家的、卖药的、好好的）人、（漂亮、真值得称赞的、古帕赛、好、美的、可爱的、快活的、没有教养的乖戾的）女人、（下流的、怎样没价值的、没有用的、愈没有愈好的）东西、元老、普通受雇的船夫、流浪漂泊的生人、温柔美丽幸福的少女、（轻信人言的、细心体贴的、惟命是听的）父亲、社会的蟊贼、从不放肆的女子、适宜的时间、最亲爱的丈夫、朋友、忘恩负义的孩子、官员、钟头、（刻薄、忠厚、很好的）傻子、长官、好人、懦夫、坏蛋、忠实诚挚的高贵的人品、公平交易、好军人、流氓、罩草网的酒瓶、（驻军的、人口众多的）城里、军官、缺点、道德家、（奸险绝伦的、胆小的、好告状的）小人、稳当的机会、（得以尽情声诉衷曲的、陛下认为适宜的、有火有吃的、安身的、最幽静的、安息的）地方、时候、青眼睛的妖怪、确凿的理由、多情鬼、女巫、巫婆、怪物、星期、花样、僭越的接吻、安稳的床上、娼妇、皇帝、幸福的男子、狡诈的淫妇、乞丐、顶奸诈下流的奴才、尼姑、女仆、好榜样、（名叫洛德里高的威尼斯、端正谨饬的）青年、整体完好的绿宝石的世界、坏人、（令人深恶痛绝的、阴险的）谎、夫人、雷霆、魔鬼、名誉的凶手、该死的混蛋、月、鬼影、顶规矩的姑娘、放纵轻狂的荒唐少年、幼稚的小姑娘、小孩子、（令人讪笑的、讲道德的大）傻瓜、死尸、庸人、美貌的女儿、鱼贩子、监牢、拥有广土的帝王、剧团、耳朵、唾骂的墓铭、恶棍、迟钝糊涂的蠢汉、身披五彩斑衣的国王、懦者、什么样的怪物、好演员、问题、股东、母亲、恶汉、鸡蛋壳、（好、嫡出的）儿子、妹妹、江湖医生、政客、黄土坑、皮匠、髑髅、杂种疯子、绅士、非同小可的人物、何等罪过的名声、双关语、旁证、记事簿、新的国、

① 表中的用法用量的数据是根据 AntConc 统计出的，而译例中删掉了重复的用法。所以，两栏内的数据和内容并不是完全等同的。

续表

量词	用法总量	译例
一个	521	信仰、更好的所在、名辞、正直的哥哥、蛋、壳、地痞、何等厚颜的奴才、成衣匠、雕刻匠、画匠、树窟窿、流汗的使者疖、凸痈、条件、（可怜的、贫穷孱弱被人鄙视的、慈祥的）老人、美妇人、钓人、小民、细工精制的凳子、敌人、穷人、可怜的不幸的乞丐、贵胄、挨耳光的脸、受辱的头、傻瓜、恶魔、仆人、浮标、惊鸟的村夫、巨人、泪人儿、通缉的叛徒、茅棚、很糊涂的老头子、火把、好人、走狗、柔弱的奴才、人工的黑夜、蓓蕾、最好的、大包、美丽的外表、蒙上眼睛的邱彼德、面具、更肥的牧师、端盘换碗的、擦盘洗碗的、（狂傲无知的、冒失）鬼、可恨的仇敌、小精灵、姓、苍白女人的黑眼睛、厨房里的丫头、更会作诗的、一把鼻涕一把眼泪的情人、邋遢婆娘、大傻瓜、洞、穿衬衫的、穿裙子的、比较更坏的名字、鸨母、爱多嘴的小东西、字母、胡涂的选择、男人、梯子、鸟巢、裁缝匠、坏蛋、说大话的、流氓、驭者、焦急的孩子、节日的前夜、沉重的棺架、该下地狱的圣徒、体面的小人、恶魔、较温和的判决、开掘的墓穴、朱丽叶、无情的凶手、畜类、守财奴、笨拙的兵、指环、死人、亲人、急促的快乐的日子、快乐的新娘、星期、流泪的家庭、死尸的殓衣、贞洁无瑕的妻子、修道士、愚蠢顽强的女孩子、可怜的又可爱的孩子、穷人、本派的赤脚师弟、患传染病疫的人家、亡命之徒、疯子、辉煌的坟墓、窗塔、诚实无欺的卖乐人、贫苦的卖药人
一只	78	大黑羊、母鸡、大船、海盗船、苍蝇、狮子、羊、鹰、癞蛤蟆、好手、臭鼬、野熊上锁的箱子、联锁指环、天鹅、老鼠、媚眼、畜类、手、牛犊、狗、曲、空豆荚、狐狸、蚂蚁、鼻子、大轮、狼、眼睛、小舢板、乌鸦、蜡烛台、灰色小蚊虫、空榛子壳、大青梨、手套、鸟、寻常的猫、很酸的苹果、名闻遐迩的大笨鹅、老野鸡、癞虾蟆、球、坏蛋、大龟、杯子
一位	56	大算学家、处女、（夙称干练的、出身高贵的、可爱的）绅士、女郎、从顺的夫人、将军、漂亮太太、国王、王子、王后、诺曼底人、廷臣、英俊少年、公爵、大人、先生、贵妇、英主、公主、亲戚、绝代的美人、市参议员、军人、家人、剑客、汉子、很好的杂种、贵族、诚实的君子、亲戚、修道士、有道之士

续表

量词	用法总量	译例
一件	43	开罪岛民的、正直的行为、平常、不可挽救的事、罪大恶极的事件、仅仅于你自身有利的事情、艰难紧要而你所不敢轻于允诺的事、损失、好、看不见的东西、旧礼物、武器、十分完美的喜事、天工、貂皮袍、惊人的本事、本事、祸事、大事、最可宝贵的珍品、善事、小事、憾事、绝望的悲哀
一条	38	街道、行猎的狗、直捷的路、命、剥制的鳄鱼、鞭子、被单、峻险荆棘的途径、蠢驴、活泼的生命、鲸鱼、线、妙计、缎带、灯心、牲畜、河水、舌、巨熊、毡子、直路、船、干咸鱼、心、去了鱼卵的干瘪的咸鱼
一句	33	（似是而非的、很巧妙的、使我高兴的）话、结论、俗话、古老的谚语、韵语、老话、法国的应酬话
一种	31	能迷人心窍的药品、香草、本性、理智所不能治疗的嫉妒、手段、过错、惯技、私衷愤懑的表示、坏毛病、淫荡的情欲、人、坏蛋、优美的风度、泛泛的爱、献祭的牺牲、传说、常绿树、不祥之兆、缺憾的标记、疑惧、无聊的束缚、策略、可称赞的、慰安、病、预感、考虑、非常的剧毒、冷稀稀的恐惧之感、不习见的精神、睡药

……

段 28	块 34	封 19	桩 15 把 15 根 15	群 13 颗 13	场 11	片 10	声 9 套 9 对 9 朵 9	双 8 座 8	副 7 团 7 层 7 张 7
顿 5 名 5	杯 4 次 4 派 4 顶 4 面 4 队 4	出 3 口 3 本 3 班 3 篇 3	匹 2 员 2 回 2 头 2 粒 2 盘 2 股 2 腔 2 袭 2 对 2 处 2 株 2	手 1 桶 1 窝 1 纸 1 艘 1 首 1 支 1 道 1 间 1 滴 1 瓶 1 枚 1 注 1					

表 4—10　　朱译数词“一”搭配主要量词用法

量词	用法总量	译例
一个	775	副将、算学大家、（几乎因为娶了娇妻而误了终身的、荒唐的、满嘴胡说八道的、很好的、很会讲话的、狡猾阴险的、鬼一样的、十足害人的、非常诚实的、爱管闲事鬼讨好的、卑鄙的、不可宽恕的、很好的、糊涂颟顸的、会开玩笑、非常富于想象力的）家伙、（老守空闺的、狡猾的、威尼斯、三贞九烈的、美貌的、温柔的、埃及、下流、白）女人、市侩、（叫作迈克尔·凯西奥的佛罗伦萨、好说话的、特意来告诉您一个消息的、她瞧着都害怕的、公认为很有能力的坦白爽直的、很有经验的、染上这种恶癖的、清清楚楚的、贪淫的摩尔、真心爱您的、忠爱正直的、秉性多疑的、清白无罪的、嫉妒的、老实的、聪明、比他更能干的、有骨气的、很漂亮的、世间最温柔纯洁的、在恋爱上不智而过于深情的、裹着头巾、怀着敌意的土耳其、威尼斯、偷闲躲懒的、忠心正直的、顶坏的、不为感情所奴役的、不能忏悔的、在你上面的、暴躁易怒的、才德优异的、病重的、她媲美的、蒙太古家里的、陪我跳舞的、恋爱中的、忠贞不二的、愿意带毒药去的、柔弱的、公正、卖药的、不顾死活的、死了的、跟您熟识的、能力最薄弱的、道行高尚的、拿着火把的）人、消息、公爵、下贱的船夫、明白、重任、（最慈爱的、高贵的）父亲、晚上、（年青貌美娇生惯养的、标致）姑娘、从船上来的使者、变动、广大的世界、（素来胆小的、曾经历过这种危险的、不懂事的、被惯坏的）女孩子、适当的时间、（年轻的、俊美的、有家室的须眉、堂堂）男子、好朋友、暗示、贤良贞洁的妻子、义子、虐待儿女的暴君、适当的安置、将佐、很适当的人物、靠着出卖风情维持生活的雌儿、荒唐的结局、（正直的、很勇敢的、光明磊落的）汉子、（比投水巧妙一点、干脆的）死法、鲁莽的蛮子、呆子、大将之才、放肆的见面礼、军人、文士、小小的网、神圣的吻、充分的理由、最多情的丈夫、目的、捷音、非常风流的人儿、（娇艳可爱的、自爱的）女郎、狂欢的良夜、下流的大浑蛋、回答、新遭战乱的城市、榜样、酗酒放荡的不肖将校、不雅的名字、仇敌、酒棍、明白的答复、很好的伙伴、办法、凯西奥、法子、好人、权宜之计、恩惠、疑惑、可怕的思想、奸诈的小人、正人君子、绿眼的妖魔、荒唐的意志、职位、愚蠢的老婆、（狡猾的、买）淫妇、有益的教训、梦、事情、对她不利的证据、（避风的、适当）的地方、（年少风流的、黑）魔鬼、能够洞察人心的女巫、二百岁的神巫、指头、

续表

量词	用法总量	译例
一个	775	凭空而来、自生自长的怪物、小小的过失、大丈夫、幸福的男人、（贱、贪懒）丫头、（比她更可爱的、更迷人的）东西、皇帝、出色的音乐家、失节之妇、王八、大快人心的处置、身、污点、誓、明白你的用意的天使、被人戟指笑骂的目标、娼妇、基督徒、清白的身子、（娇养惯了的、小）孩子、称呼、喝醉了酒的叫花子、万劫不复的恶人、说假话骗人的奴才、老实人、修女、侍女、女郎、翠环、时候、医生、教训、很阴沉的黑夜、呼声、暴徒、杀人的凶徒、火、原因、名叫罗德利哥的威尼斯青年、魔鬼、世界、恶人、可憎的、万恶不赦的、罪恶的谎、说话的机会、中年妇人、蠢才、奸贼、凶徒、预兆、战士、万恶的奸人、（正直的、杀人的）凶手、不容易发生嫉妒、恶魔般的奸徒、他、可怕的怪象、缘故、主要的角色、没有起色的病人、尊严的亡魂、罪犯、鬼魂、神仙、尚武之国、请求、时期、不肯安于天命的意志、经不起艰难痛苦的心、简单愚昧的理性、太坚实的肉体、荒芜不治的花园、身着斑斓彩衣的下流国王、月、自顶至踵全身甲胄、像您父亲一样的人形、字、缺点、善良的灵魂、僻远的所在、鬼、虚构的死状、天赋的才德、贞洁的女子、盛着毒草汁的小瓶、兄弟、忏罪的机会、奸贼、十足的坏人、幽灵、卑微的要求、颠倒混乱的时代、血气方刚的一时胡闹、结果、女儿、卖鱼的贩子、鱼贩一样的老实人、果壳、拥有着无限空间的君王、梦的影子、不毛的荒岬、点缀着金黄色的火球的庄严的屋宇、天神、泥土塑成的生命、班子、老年人、（独生、掌珠的）娇女、霹雳、时代的缩影、应得的名分、多么不中用的蠢才、伶人、懦夫、没有心肝、逆来顺受的怯汉、美好的形状、值得考虑的问题、缘故、诅咒、傻瓜、卓识者、判断、很好的演员、大人物、哑谜、情节、象征的名字、荒凉破碎的国土、好好的回答、母亲、逆子、很大的威胁、漩涡、矗立在最高山峰上的巨轮、第三者、元始以来最初的诅咒、鼠贼、烙印、没有灵魂的躯壳、完善卓越的仪表、感官、杀人犯、恶徒、不及你前夫二百分之一的庸奴、冒充国王的丑角、疯人、贞节妇人、杀人的过咎、（适当的、惩凶的）方策、执法原情的处置、（堂堂、娇养的少年）王子、桌子、空虚的名声、面包师的女儿、孝顺的儿子、事实、少女、善终、权利、心腹的友人、重要的顾虑、父亲、计策、诺曼第的绅士、穷苦的卖药人、万全之计、行为、问题、政客的头颅、朝臣、律师、殴打罪、硝皮匠、骷髅、笑话、很高贵的青年、式样、戕害天性的蟊贼、很大的赌注、消息、冷酷的人间、景象、国内、权利、军人似的、贤明的君主、杀人不眨眼的魔王、时辰、人工的黑夜、病人、每发必中的射手、姿容绝代的美人、不懂事

续表

量词	用法总量	详例
		的孩子、够、饱、最好的、新的迷惑、凯普莱特家里按照旧例举行的宴会、包、最可爱的小宝贝、奶妈、火炬、恋人、面具、梦、棒子、牧师、兵士、春梦婆、贼子、小怪物、尘世的凡人、生着翅膀的天使、你、姓名、身外的空名、谎、信、放学归来的儿童、囚犯、理由、决斗专家、风流婊子、会作诗的爱人、多大的玩笑、傻蛋、脑袋的野鹅、更坏的、拉皮条的、钱、重担、裁缝、恶贼、姓氏、过失、重重的惩罚、做好了新衣服的小孩、"是"字、(可怜的、可怜的流血的)尸体、圹穴、万恶的圣人、庄严的奸徒、恶魔的灵魂、独守空闺的怨女、广大的世界、放逐的流徒、教士、替人忏罪的神父、朱丽叶、城市、亲王的判决、小时、葬身的墓穴、笨拙的军士、倔强乖僻的女孩、戒指、超乎一切喜悦的喜悦、失去的亲人、痛心的损失、体贴你的好爸爸、大喜的日子、冤孽、好好的人家、星期、万全的计策、光荣解决的难题、补救的办法、纯洁无瑕的妻子、药瓶、弟兄、二把刀、星期、凄惨情景、顶悲惨的时辰、可怜的疼爱的孩子、好女儿、美满的前途、狗血喷头、问题、死人、君王、绝望者、可怜的奴才、思想、同伴、同门的师弟、唿哨、宝贵的指环、很重要的用途、疯子、罪犯、胜利的坟墓、灯塔、墓窟合法的吻、永久的契约、教士、被杀的罗密欧的仆人、悲惨的晚上
一种	97	人、引诱青年少女失去贞操的魔术、诡计、草术、东西、媚惑妇人的魔力、又丑又笨的女人、福分、思想、理智的药饵、端庄贞静的神气、方法、(酗酒的、寒酸的)样子、恶癖、处分、意思、毒药、看不见摸不着的品质、手段、饮血的欲念、大致的感觉、悲喜交集的情绪、逆天悖理的愚行、自动的顺从、酗酒纵乐的风俗、令人侧目的怪癖、永恒的神秘、使人麻痹的药水、病态、为我们大家所悲痛的疯狂、幸福、抑郁的心境、老老实实的写法、睡眠、考虑、节制、弊病、恼人的飞来横逆、礼貌、顾虑、公然的威协、祈祷、行为、形状、自制的功夫、(改变气质的神奇的、冥冥中的、超自然的)力量、适宜的策略、能力、无意识的话、特长的本领、致命的药油、战争、天气、傻气的心理、药、情形、天生的口齿的迟钝、愚蠢的束缚、尊敬老年人的政策、什么东西、羞辱的刑罚、举动、计谋、压倒一切的羞耻之心、安慰、怪脾气、爱情、不可知的命运、花、家伙、稀有的毒药、(非常的、出自天意的)变故、和死差不多的办法、向来所没有的精神、幻想、我们所不能反抗的力量

续表

量词	用法总量	译例
一件	89	重大的逆行、（荣耀的、等闲小、丢脸的、难、令人抱憾的、令人懊恼的、非常棘手而难以应允的、危险的、对你自己有利益的、错、大大不该的、伤心的、好玩的、有失体面的、丢脸的、我自己已经感觉到的、难办的、比这更好的、不愉快的、体面的、幸运的、悲哀的、不幸的、很明智的、小、奇、幸）事、合法的战利品、无聊的骗人的东西、过失、（您自己有益的、很普通的、多么危险的、比这更严重的、重要的）事情、不智之举、（好、不值钱的、很大的、小小的、略有污损的、虚无的、温柔的）东西、无可推辞的行动、小小的坏事、事实、古老的纪念品、谋杀的惨案、多么了不得的杰作、怎样的宝贝、蔽体的衣服、谋杀案、流血的暴行、意外的变故、意外的灾祸、航海的宽衣、（罪恶的、罪大恶极的、顶坏的）行为、重要的消息、案子、了不得的苦事、违反我的本性的好事、荣誉
一句	54	（没有忖度过的、真、什么、并不过分的、闲、下流的、老实、发自衷心的真心的、不怕你见怪的、道歉的、不客气的、冒犯您的、可以使我快乐的）话、适当的言语、有孝心的答复、恶劣的句子、谣言、口头上的空言、温情的慰藉、不幸的消息
一只	37	猴子、酒瓶、蛤蟆、（很慷慨的、慷慨的、可诅咒的、已经由你证明和罗密欧结盟的、好）手、胃、小老鼠、蟹、蝙蝠、老雄猫、雀子、眼睛、耗子、乌鸦、小小的灰色的蚊虫、桃子、裂了口的蜜桃、秃头老母鸡、老野鸡、猫、狗、乌龟、杯子
一位	36	元老、年尊的长者、（年轻的、圣洁的）女郎、很有才能的总督、俊郎君、（真正值得赞美的、品质优异、连十足的恶棍都不得不称赞的）女人、人间无比的佳人、（美貌的、好人家的）姑娘、顺从的夫人、（完善的、高贵的出身高贵的）绅士、（很好的、崇高卓越的、老病衰弱的）君王、王子、（如意、十全十美的好）郎君、仁慈的老人家、大臣、贵家女子、老师、夫人、亲戚、好官人、族人、正人君子、叫作巴里斯的贵人、小姐

……

条 42	头 36	次 30	场 29	颗 25	段 24	座 23	根 22	封 21	块 18
支 17	副 16	张 15 双 15	片 14	13 声	本 12 扇 12 桩 12	朵 11 群 11	处 10	顿 9	份 8
杯 6	班 5 口 5 艘 5 股 5	幅 4 顶 4 把 4	面 3 道 3 队 3 间 3 派 3 株 3 滴 3 层 3	首 2 篇 2 批 2 瓶 2 枚 2 对 2 棵 2	团 1 注 1 手 1				

从上面两译数量词的用法列举中我们可以做如下判断。

（1）从数量词的用法总量上看，梁译为涉及 69 个量词的 1139 例用法，朱译为涉及 56 个量词的 1612 例用法，前者是后者的 0.72 倍。朱译中的数量词用法很大，是原文的 75%。也就是说，四分之三的原文不定冠词用法在朱译中都得到了用“一 + 量词”的形式再现。梁译的词汇变化度更高，比朱译多出的量词包括“套”“名”“出”“匹”“员”“回”“粒”“盘”“腔”“袭”“桶”“窝”“纸”等，可以看出译者在尽量使用与名词搭配的量词来提高译文的精密度和明确度方面做出的辛苦努力。仅就“一个”而言，两译均超出了李颖玉基于语委语料库和译文语料库①的每万字数据。

（2）从用法的分布情况看，梁译和朱译中的量词“个”在总用量中均占绝对的大比例（46%、48%），且朱译中的“个”所占比例较大。排在梁译第二位的是“只”和“位”（6%、4%），分别指代动物或无生命的物品（大黑羊、母鸡、大船）和有身份地位的人（贵族、诚实的君子）

① 语委语料库为国家语委现代汉语语料库，库容 2000 万字；译文语料库为李颖玉自建多文体的英汉口笔译译文语料库，库容 524326 字。参见李颖玉《基于语料库的欧化翻译研究》，复旦大学出版社 2012 年版，第 95 页。

等，朱译中的第二位量词用法是“种”和“件”（各6%）分别指代抽象概念（样子、力量、变故等）和“事情”“东西”。这说明两译家对量词的使用偏好有所不同。图4—7、图4—8和图4—9也说明了朱译使用量词的特点比较集中，前三种量词占了总用量的60%，而梁译的对应数据是56%。

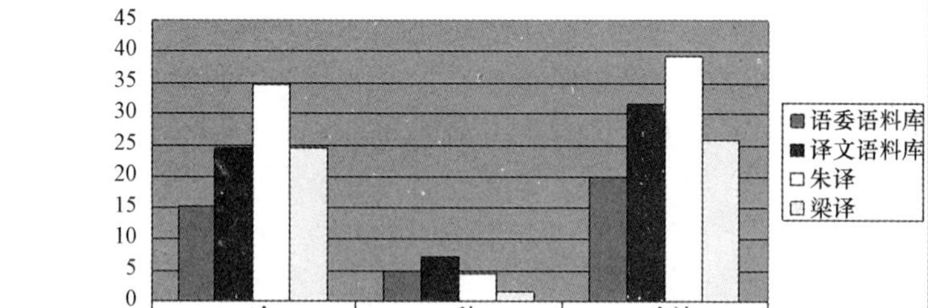

	一个	一种	合计
语委语料库	15.17	4.97	20.14
译文语料库	24.5	7.15	31.65
朱译	34.84	4.36	39.2
梁译	24.5	1.45	25.95

图4—7　两译数量词“一个”“一种”用例（与其他语料库对比）

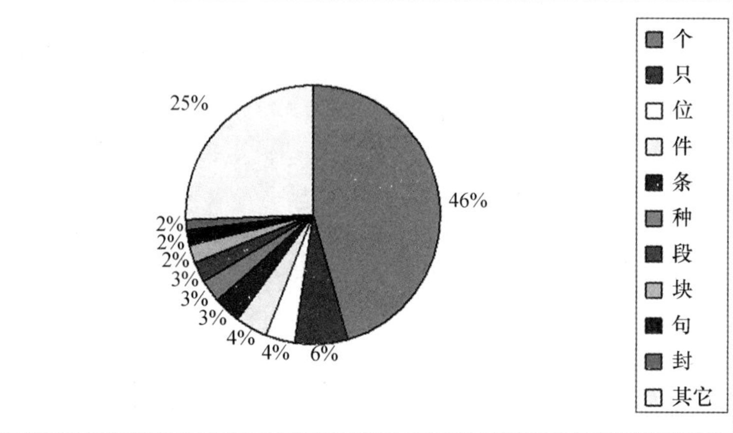

图4—8　梁译数词“一”与量词搭配分布图

（3）从用词偏好的角度看，梁译的“位”（4%）的用法比例是朱译的（2%）2倍，多用于褒义的人称指称（大算学家、出身高贵的绅士、从顺的夫人、漂亮太太、绝代的美人、有道之士等），表明译者对人称指

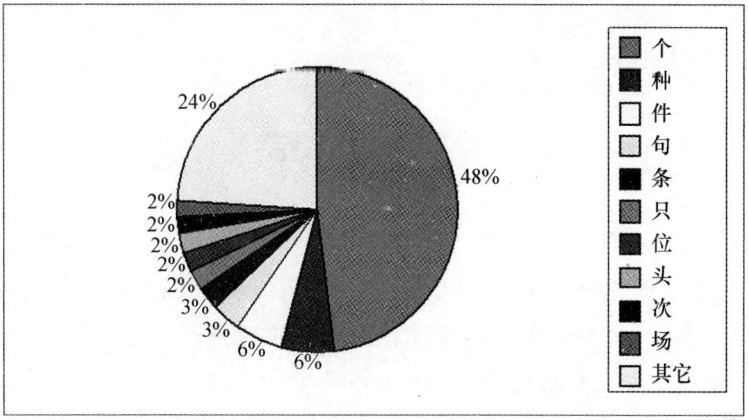

图4—9　朱译数词“一”与量词搭配分布图

称的重视。反过来，朱译中的“种”（6%）的用法比例是梁译的（3%）2倍，多用来搭配虚词（引诱青年少女失去贞操的魔术、诡计、思想、理智的药饵、端庄贞静的神气、寒酸的样子、改变气质的神奇的力量、天生的口齿的迟钝等），是译者的特色词。梁译的另一个特色的量词是“只”。从译例来看，两译区别在于梁译中的“只”除了常搭配动物外，还有物品（大船、联锁指环、大轮、很酸的苹果、蜡烛台、大青梨、小舢板等），而朱译中主要是指动物，这说明梁译中量词“只”的使用更加广泛和灵活。

（4）名词复杂的修饰成分在两译中都有所见，如梁译中“下地狱的说谎的人、恶劣的缠头的土耳其人、设若否认这些名义的一个字我便要打得乱叫的人、不认识你的并且你所不认识的人、没有教养的乖戾的女人、忠实诚挚的高贵的人品、整体完好的绿宝石的世界、贫穷孱弱被人鄙视的老人、可怜的又可爱的孩子、艰难紧要而你所不敢轻于允诺的事、去了鱼卵的干瘪的咸鱼；朱译中爱管闲事鬼讨好的家伙、公认为很有能力的坦白爽直的人、在恋爱上不智而过于深情的人、裹着头巾、怀着敌意的土耳其人、小小的灰色的蚊虫、年青貌美娇生惯养的姑娘、点缀着金黄色的火球的庄严的屋宇、可怜的流血的尸体、非常棘手而难以应允的事、改变气质的神奇的力量”。以上的译例全都使用了两个以上的修饰成分，并列成分之间用“的”来连接，梁译的11组译例中用了20处“的”；朱译9例中用了16处“的”，频率相似，且朱译中常见用“而”“、”等来代替“的”的用法现象。

第四节 小结

笔者从“欧化”的视角，在本章对两译本做了比较。在对导致汉语“欧化”的因素和现代汉语“欧化”历程做了论述和回顾之后，笔者分别用“被”字句、“N的V”结构、表示判断的“是……的”结构、介词、数量词等词类作为考察标准，对两译进行了比对后发现：四部作品中的“被”字句在梁译和朱译中出现的次数分别为315处和147处，前者是后者的2.14倍，而且梁译中的“被”字句语义色彩（表示积极、消极、中性意义）分布更分散，用法（与光杆动词，动词词组、V+着、了、过等搭配使用）更灵活；从“N的V”结构来看，梁译和朱译的用法分别有57例和67例，前者是后者的0.85倍，两译中的此类结构受原文的影响不大；判断句式“是……的”的结构在梁实秋和朱生豪译本中分别有209例和159例，前者是后者的1.31倍；介词“在”放在句首表示时间的用法，梁译和朱译的译例数量分别是70例和33例，相差2.12倍；数词“一”与“个”“种”“位”等量词搭配的用法统计结果是梁译涉及69个量词的1172例用法，朱译为涉及56个量词的1612例用法，前者是后者的0.72倍。如果不考虑以上四个指标的权重系数，笔者尝试量化了两译的“欧化”数值，用倍数表现为（2.14+0.85+1.31+0.75）÷4=5.05÷4=1.26。也就是说，梁译的欧化程度为朱译的1.26倍。我们可以凭数值推断，梁译本比朱译本表现出更明显的“欧化”特征。这一事实与译者留学美国的背景和崇尚“自然”“存真”的翻译观无不相关。

第五章

从“译语化”视角考察两译作特征及风格

“译语化”是相对于前文的“欧化”的语言现象而言的，在本书中实际上是特指“汉语化”的意思。但是“汉语化”的范畴太宏大了，涉及字形、字音以及修辞等很多方面。而且，英汉两种语言一种是表音的拼读文字，一种是表意的方块字，形态上的差别就很大，所以，从这个角度上说，“汉语化”的提法有点怪异了。笔者也试图用学界认可的而非常成熟的“归化”来表达，但是“归化”又过于宽泛，也可以涉及服装、饮食甚至宗教等文化概念。因为本书是针对译者在翻译实践过程中对译入语读者的理解和鉴赏的观照，重点体现在语言形式上，所以选择用“译语化”来表达，更显贴切。而这个提法跟“发挥译入语优势”或“原文跟译文的竞赛”还有所不同，顾名思义，它考察的只是对译入语语言习惯的最大靠近，而不是强势的“发挥优势”或“竞赛”。

“译语化”与前文讨论过的影响译者风格的外部因素中的主流诗学有某种程度的重叠，“译者往往试图用自己文化的诗学重铸原文，结果迎合了新的读者，并且保证了译文可以读懂（Accordingly，translators often try to recast the original in terms of the poetics of their own culture，simply to make it pleasing to the new audience and，in doing so，to ensure that the translation will actually be read）”。[1] 在讨论译入语文化诗学的时候，勒弗菲尔引用的法国翻译家、诗人艾蒂安·多莱（Etienne Dolet）的对译者的要求的一句话高度概括了译文应该对译入语读者的观照：“译者应该试图巧用匠心来

① Lefevere，A.，*Translation*，*Rewriting and the Manipulation of Literary Fame*，Shanghai Foreign Language Education Press，2004，p. 26.

连接和组织词句，使得译文读者的耳朵愉悦而心灵满足。译者不应该排斥任何的和谐。”（he should link and arrange words with such sweetness that the soul is satisfied and the ears are pleased. He should never object to harmony.）①也就是说，译者不要陷入字字对译的限制和禁锢，最高境界是用译入语来满足和愉悦译入语读者的耳朵和心灵。其中所言的“和谐”，指汉语语言中的“流畅”和“美”。在英汉翻译实践过程中，译者应该始终坚持顺应汉语表达习惯的原则，因为“语言是文化的载体，而审美心理也是文化的一部分。不同民族独特的审美观念也必然体现在对语言的接受欣赏上，翻译作品虽是外国文字的转译，却也必须符合汉语的特色，适应汉民族的审美心理。”②

对于两译的“译语化”程度，学界早有评价：“朱生豪翻译莎士比亚作品的宗旨是用明白晓畅的字句传达原文意趣，把译文的可读性和可接受性摆在首要位置，积极迎合读者的先在视域”③；“朱生豪在翻译莎剧时，兼顾了当时普通读者的需要与表演的要求。朱生豪着眼于教化普通群众，增强中国文化实力。因而，为了让源语文本贴近普通人，便于戏剧表演，朱生豪着力使译文符合中文行文习惯”④；“梁译本不以文词华美为尚，而以‘传真’为宗旨，紧扣原作，不轻易改动原文，不回避种种困难，尽最大努力传达莎翁原意。他的译文忠实、细致、委婉、明晰、能更多地保存莎剧的本来面貌。总的说，这是一部信实可靠的本子，语言也流利可诵。对于不懂英文而又渴望确切地了解欣赏莎剧的读者，从这个译本里可以窥见莎翁原作的更多的真实的面目”⑤；“梁先生笔下的中文，一向是文白交融，却力戒西化，简直看不出笔者原是一位‘吃英文饭、卖翻译稿’的外文系教授……梁先生笔下一面力排西化，另一面也坚拒‘大白话’的俚腔，行文庶几中庸之道。”⑥ 从这些评论中，我们可以假定在“译语

---

① Lefevere, A., *Translation, Rewriting and the Manipulation of Literary Fame*, Shanghai Foreign Language Education Press, 2004, p. 29.

② 严晓江：《梁实秋中庸翻译观研究》，上海译文出版社 2008 年版，第 169 页。

③ 同上书，第 129 页。

④ 胡开宝：《语料库翻译学概论》，上海交通大学出版社 2011 年版，第 120 页。

⑤ 刘炳善：《译事随笔》，中国电影出版社 2000 年版，第 243—244 页。

⑥ 余光中：《尺牍虽短寸心长》，载梁实秋《雅舍轶文》，中国友谊出版公司 1999 年版，第 301—302 页。

化"指标表现上，朱译应该是高于梁译的。

汉英两种从属于不同语系的语言之间的差别，学界已经有太多的论说和甄别。篇幅的关系，这里不再赘述。但其中在英译汉的作品中表现比较明显的差别涉及文化意象连接成分、人称代词以及四字格的用法等项。所以，下面我们分别从这四个方面来考察梁实秋、朱生豪的莎士比亚戏剧汉译本中的语言现象及这些现象折射出的译者风格。

第一节　文化意象

"意象是融入了主观情意的客观物象，或者是借助客观物象表现出来的主观情意。"[①] 如"梧桐更兼细雨""寂寞梧桐深院锁清秋""教人立尽梧桐影"中的梧桐；"嫁与东风春不管""东风有意揭帘栊""凭栏人向东风泣"中的东风；"大漠孤烟直""日照香炉升紫烟""风烟望五津"中的烟；等等，都已完全不是普通的物象了。谢天振认为：

> 一般说来，文化意象大多凝聚着各个民族的智慧和历史文化的结晶，其中相当一部分文化意象还与各个民族的传说、以及各个民族初民时期的图腾崇拜有密切关系。在各个民族漫长的岁月里，它们不断出现在人们的语言里，出现在一代又一代文艺作品（包括民间艺人的口头作品和文人的书面作品）里，它们慢慢成为一种文化符号，具有相对固定的、独特的文化含义，有的还带有丰富的深远的联想，只要一提到它们，彼此间立刻心领神会，很容易达到思想的沟通。[②]

所以，从这个意义上说，经典的文学作品是不可能没有意象这个重要的文学元素的，而且它的"联想"功能还符合文学作品的审美需要过程的原理。莎士比亚剧本中的意象丰富、繁多，它们"能提高、发展、延续、重复悲剧中表达的感情，其作用颇像音乐中的赋格曲、奏鸣曲或瓦格

---

① 袁行霈：《中国古代诗歌意象》，人民文学出版社1987年版，第63页。

② 谢天振：《译介学》，上海外语教育出版社1999年版，第180页。

纳的一出歌剧中重复出现的主题一样”①。而且根据斯珀津的研究，不同的莎剧中会反复出现同一类别的意象，以此来烘托主题，强化悲剧效果，把几个传统的、明显的、价值不高的明喻变成瑰丽非凡的连接的、协调的、连贯的意象，构成了一幅一瞬间光彩夺目的鲜明图画，有力地影响着读者的想象。如在《罗密欧与朱丽叶》中，莎士比亚把青年的美丽与炽热的爱情看成黑暗世界里耀眼的太阳光和星光。主导的意象是光，表现为各种形式，“太阳、月亮、繁星、火、电、火药爆发的闪光和美与爱的折光”。与此对照的是“夜、黑暗、云、雨、迷雾和烟尘”，可见莎士比亚的良苦用心。实际上这也从侧面反映了意象在莎剧中的重要地位。但是中西文化毕竟经历了不同的发展历程，其沉淀下来的文化和审美意象也不可避免地存在着很大的差异，所以，两译在处理这些西方文化意象的时候，表现出了比较明显的差别。表 5—1 列举的 91 处意象主要是按照仇蓓玲著《美的变迁——论莎士比亚戏剧文本中意象的汉译》② 中罗列的《哈姆雷特》一部作品中的意象举例来编排的。除了原文及两译之外，译者的翻译手段（直译、直译加注、隐化、显化）也在表中加以标识。

表 5—1　　　　两译意象翻译及手段举例

	原文意象	译文（每栏内上格为朱译，下格为梁译）	翻译手段
1	I am too much **in the sun**	我已经在太阳里晒得太久了	直译
		我受的阳光太多了。（约翰孙引证俗语：“出天堂，晒太阳”［Out of heaven’s blessing into the warm sun］云云，谓由良好境遇踏入较劣之环境，哈姆雷特此处所谓“受阳光太多”或即指此。sun 与 son 音相似，或亦有双关意，译文但求通顺，其内蕴之意义须于言外求之，因原文即晦涩难解也）	直译加注

① ［英］斯珀津（C. Spurgeon）：《在莎士比亚悲剧的意象里所见到的主导性的主题》，殷宝书译，载杨周翰《莎士比亚评论汇编（下）》，中国社会科学出版社 1981 年版，第 331 页。

② 仇蓓玲：《美的变迁——论莎士比亚戏剧文本中意象的汉译》，上海译文出版社 2006 年版，第 199—334 页。

续表

	原义意象	译文（每栏内上格为朱译，下格为梁译）	翻译手段
2	The **fruitful river** in thee eye,	……像滚滚江流一样的流泪……	直译
		……眼里不断地流泪……	隐化
3	So excellent a king; that was, to this, **Hyperion** to a **satyr**;	这样好的一个国王，比起当前这个来，简直是天神和丑怪；	隐化
		那样贤明的一位国王；比起现在这个，恰似太阳神和羊怪之比；	隐化
4	Like **Niobe**, all tears; why she, even she, —O **God**!	她哭得像个泪人儿似的，……她就，她就——上帝啊！	隐化；直译
		像是奈欧璧一般哭得成个泪人儿，……何以她，竟至于，——啊上帝呀！（Niobe 乃希腊神话 Tantalus 之女，尝自夸所生子女多于 Leto。Apollo 与 Artemis 乃杀其子女。Zeus 并使 Niobe 变为岩石，至夏季则流泪不止）	直译加注；直译
5	Than I to **Hercules**;	正像我一点不像赫刺克勒斯一样。	直译
		如我之不与赫鸠里斯相像一般。（Hercules 男性美之代表）	直译加注
6	Almost to **jelly** with the act of fear,	他们吓得几乎浑身都瘫痪了，	隐化
		他们吓得像是化成了一块软冻子，	直译
7	A **violet** in the youth of primy nature,	一朵初春的紫罗兰早熟而易雕，	直译
		这只是早春时节的一朵紫罗兰，	直译
8	Himself the **primrose path** of dalliance treads,	自己却在花街柳巷流连忘返，	显化
		而他自己……踏上五光十色的蔷薇之路，	直译
9	Affection? Pooh! You speak like a **green** girl,	爱情！呸！你讲的话完全……不懂事的女孩子，	隐化
		爱情！呸！你说话真像是一个幼稚的小姑娘，	隐化
10	Ay, springes to catch **wood cocks**.	嗯，这些都是捕捉愚蠢的山鹬的圈套。	直译
		噫，不过是捉木鸡的网。	直译

续表

	原文意象	译文（每栏内上格为朱译，下格为梁译）	翻译手段
11	They clepe us drunkards, and with **swinish** phrase soil our addition;	他们称我们为酒徒醉汉，将下流的污名加在我们头上，	隐化
		他们叫我们做醉鬼，还比我们做猪，伤害我们的名声；	直译
12	As hardy as the **Nemean lion's** nerve.	……变得像怒狮的筋骨一样坚硬。	隐化
		……变成奈米亚的狮子的筋一般的硬。（原文 Nemean Lion 乃希腊神话中的赫鸠里斯所杀怪兽之一）	直译加注
13	Like quills upon the fretful **porpentine**:	像愤怒的豪猪身上的刺毛一样森然耸立；	直译
		像激怒的豪猪的刺似的；	直译
14	And duller shouldst thou be than the **fat-weed** That roots itself in ease on **Lethe wharf**,	那你除非比舒散在忘河之滨的蔓草还要冥顽不灵。	隐化；隐化
		你简直是比迷魂河畔安安稳稳生根的肥草还要迟钝些。（Lethe 希腊神话阴府中河流之一，饮之则忘生前之事。其河畔之草喻为最浑噩无知之物）	直译；直译加注
15	Yes, by **Saint Patrick**,	不，凭着圣伯特力克的名义，（圣伯特力克，爱尔兰的保护神）	直译加注
		有，圣帕特立克在上，	直译
16	And still **your finger on your lips**,	请你们记着无论什么时候都要守口如瓶。	显化
		我求你们，永远用手指按住嘴唇。	直译
17	Your bait of falsehood takes this **carp** of truth;	你用说谎的钓饵，就可以把事实的真相诱上你的钓钩；	隐化
		你的假设的钓饵得到了真实的鲤鱼；	直译
18	My news shall be the **fruit** to that great feast.	我的消息留着做盛筵以后的佳果美点吧。	直译
		我的消息留做宴会的水果。（西餐，饭后或另室进水果，余兴之意）	直译加注
19	If, like a **crab**, you could go backward.	要是您能够像一只蟹一样向后倒退，	直译
		至于你老先生若是能像螃蟹似的向后退着走，	直译

续表

	原文意象	译文（每栏内上格为朱译，下格为梁译）	翻译手段
20	Ay, that they do, my lord; **Hercules and his load** too.	正是这样，殿下，他们连“环球剧场”也一并席卷了去。	隐化
		可不是么，殿下；“肩负地球的赫鸠里斯都失败了。”（指 Globe Theatre 之商标言。商标作巨人负荷地球状。）	直译加注
21	When the wind issoutherly I know a **hawk** from a **handsaw**.	风从南方吹来的时候，我不会把一只鹰当作了一只鹭鸶。	直译；直译
		风自南来的时候，我辨得清什么是苍鹰，什么是白鹭。（原文 hawk 与 hand saw 二字意义不清，hawk 可作“鹰”解，亦可作为 hack 之异文，解作“锄头”。hand saw 原意为一种“小锯”，但假如是 heronshaw 之误植，则是“白鹭”之意。但就全句大意看，译为“苍鹰”“白鹭”，或不算错，盖哈姆雷特自谓尚不全疯，头脑中未疯之处依然有判别是非之力也）	直译加注；直译加注
22	O **Jephthah**, judge of Israel,	以色列的士师耶弗他啊，	直译
		啊耶弗他，以色列的士师啊，	直译
23	Like a piece of **uncurrent gold**, be not cracked within the ring.	不要沙嗄得像一面破碎的铜锣才好！	显化
		可别像废金币似的在中间发生裂痕。（指童伶倒嗓时沙沙之音。金币上有圆线，线内如有元首之像，金币内有如裂痕侵入线内，则不能行使。故以为喻）	直译加注
24	'twas **caviare** to the general:	它是不合一般人口味的鱼子酱；	直译
		对于一般人是腌鱼子；（caviare 系俄人喜食之腌鳇鱼卵，未惯食者恒不喜之）	直译加注

续表

	原文意象	译文（每栏内上格为朱译，下格为梁译）	翻译手段
25	The rugged **Pyrrhus**, like the **Hyrcanian beast**,	野蛮的皮洛斯像猛虎一样……	直译；隐化
		狰狞的皮鲁斯，像是希卡尼亚的猛虎……（皮鲁斯［Pyrrhus］为 Achilles 之子，匿于木马腹中英雄之一，赚入特洛爱后，启关放希腊军队入城屠杀。特洛爱老王蒲爱阿姆［Priam］死之。）；（Hyrcania 古波斯国地，产虎）	直译加注；直译加注
26	But I am **pigeon-liver'd** and lack gall	因为我是一个没有心肝、逆来顺受的怯汉，	隐化
		因为我不能不承认我长了一对鸽子肝，里面没有胆汁，	直译
27	Why, what an **ass** am I!	嗨，我真是个蠢材！	隐化
		唉！我真是头蠢驴！	直译
28	…be thou as chaste as **ice**, as pure as **snow**,	尽管你像冰一样坚贞，像雪一样纯洁，	直译
		任凭你冰一样的坚贞，雪一样的纯洁，	直译
29	I would have such a fellow whipped for o'er doing **Termagant**. It out-herods **Herod**;	我可以把这种家伙抓起来抽一顿鞭子，因为他把妥玛刚特形容过分，希律王的凶暴也要对他甘拜下风。（妥玛刚特为传说中伊斯兰教神祇，希律是耶稣时代犹太暴君，二者均为英国旧时宗教剧中常见角色）	直译加注
		这种做得比凶神特马冈还凶、比暴君赫洛德还暴的人，我愿抽他一顿鞭子；（“特马冈”［Termagant］原为阿拉伯人所崇拜偶像之一，道德剧中常有此种角色，性凶暴。“赫洛德”［Herod］亦奇迹剧中常见之一角色，喜喧哗）	直译加注
30	And my imaginations are as foul as **Vulcan's** stithy.	我的幻想也就像铁匠的砧石那样黑漆一团了。	隐化
		我的想象是像乌尔堪的打铁铺一样的脏。	直译
31	…let the devil wear **black**,	那么让魔鬼去穿孝服吧，	显化
		让鬼去穿黑衣裳吧，	直译

续表

	原文意象	译文（每栏内上格为朱译，下格为梁译）	翻译手段
32	suffer not thinking on, with the **hobby horse**,	否则他就要跟那被遗弃的木马一样,	直译
		否则像"五月节"里的木马似的他还是要被人忘记（此句乃引自某歌谣。骑木马乃五月节歌舞［morris dance］中不可少之一部，演者以木制马头马尾系腰间，作骑马状。清教徒反对此种歌舞，故骑木马之戏渐绝迹）	直译加注
33	**Wormwood**, **wormwood**.	苦恼，苦恼!	隐化
		苦也，苦也!	隐化
34	Let the **galled jade** wince,	让那有毛病的马儿去惊跳退缩吧,	直译
		背上磨伤的马才战栗,	直译
35	With **Hecate's** ban thrice blasted,	赫卡忒的咒语念上三巡,	直译
		被恶魔三次咒萎……	隐化
36	… and now reigns here, A very, very——**pajock**.	而今王位却坐着——孔雀。	直译
		如今的国君是个道地的，道地的——孔雀。	直译
37	I'll take the ghost's word for a **thousand pound**.	那鬼魂真的没有骗我。	隐化
		我真愿出一千镑钱去买那鬼的一番话。	直译
38	Let not ever the soul of **Nero** enter this firm bosom;	永远不要让尼禄的灵魂潜入我这坚定的胸怀；（尼禄，古罗马暴君。）	直译加注
		莫让尼罗的心灵钻进我的胸膛，（尼罗［Nero］置其母 Agrippina 于死）	直译加注
39	Why, this is **hire and salary**, not revenge. He took my father grossly, **full of bread**, With all his crimes broad blown, as flush as **May**;	啊，这简直是以恩报怨了。他用卑鄙的手段，在我父亲满心俗念、罪孽正重的时候乘其不备把他杀死;	隐化；隐化；隐化
		啊，这简直像是受他雇来干的事，不是报仇。我父亲被他杀的时候，正是在饱食之后，一切的罪恶还都像是五月里的花朵那样盛开着;	直译；隐化；直译
40	No, by the **rood**, not so:	不，凭着十字架起誓,	直译
		没有，我敢以十字架为誓,	直译

续表

	原文意象	译文（每栏内上格为朱译，下格为梁译）	翻译手段
41	…takes off the **rose** From the fair forehead of an innocent love And sets a **blister** there,	从纯洁的恋情的额上取下娇艳的蔷薇，替它盖上一个烙印；	直译；隐化
		取下了纯洁恋爱的头额上的一朵玫瑰，而打上了一颗烙印的脓包；（玫瑰乃贞洁之象征。妓娼例须额上打烙印。）	直译加注；直译加注
42	**Hyperion's** curls, the front of **Jove** himself, An eye like **Mars**, to threaten and command, A station like the herald **Mercury**	太阳神的鬈发，天神的前额，战神一样威风凛凛的眼睛，像降落在高吻穹苍的山巅的神使一样矫健的姿态；	隐化；隐化；隐化；隐化
		有海皮里昂的鬈发；头额简直是甫父的；眼睛像是马尔士的，露出震慑的威严；那姿势，就像是使神梅鸠里刚刚降落在吻着天的山顶上；（海皮里昂［Hyperion］日神，周甫［Jove］大帝，马尔士［Mars］战神，梅鸠里［Mercury］使神，均男性美之代表者）	直译加注；直译加注；直译加注；直译加注；
43	A king of **shreds and patches**.	一个下流褴褛的国王。	直译
		一个身披五彩斑衣的国王。（丑角例披斑衣）	直译加注
44	a knavish speech **sleeps in a foolish ear**.	下流的话正好让它埋葬在一个傻瓜的耳朵里。	隐化
		蠢人听不懂刻薄话。	隐化
45	Even for an **eggshell**.	为了区区弹丸大小的一块不毛之地，	隐化
		哪怕仅仅为了一个鸡蛋壳，	直译
46	O, this is **counter**, you **false Danish**dogs!	啊，你们干了错事了，你们这些不忠的丹麦狗！	隐化；直译
		啊，你们走错路了，你们这些糊涂的丹麦的狗！（"走错路……"［counter］乃行猎名词，猎狗借鼻嗅追寻兽物时错认方向而逆溯其来源之谓。喻倒行逆施）	直译加注；直译加注
47	Cries **cuckold** to my father,	我的父亲是个王八，	显化
		喊我父亲做乌龟，	直译

续表

	原文意象	译文（每栏内上格为朱译，下格为梁译）	翻译手段
48	1 Cockle hat and stuff, sandal shoon; 2 Saint Valentine's day; 3 life-rendering pelican; 4 rose of May; 5 dove; 6 fennel, columbines, rue, daisy, violet; 7 snow; 8 ribbon in the cap of youth; 9 Adam's profession; 10dull ass; 11 Cain, ass; 12 Pelion, Olympus; 13 Ossa; 14 Hercules, cat, dog; 15 palm; 16 water fly; 17 chuff; 18 card or calendar; 19 lapwing; 20 woodcock; 21 antique Rome, Dane	1 毡帽，杖，草鞋；2 情人佳节；3 舍身的鹈鹕；4 五月的玫瑰；5 鸽子；6 茴香，漏斗花，芸香，雏菊，紫罗兰；7 白银；8 装饰在少年人帽上的一条缎带；9 亚当的行业；10 懒驴子；11 该隐，蠢货；12 丕利恩，俄林波斯；13 巍峨的奥萨山；14 有本领的，猫，狗；15 棕榈树；16 水苍蝇；17 咯咯叫；18 指南针；19 小鸭子；20 山鹬；21 古代的罗马人，丹麦人	1 淡，直，直；2 淡；3 直；4 直；5 直；6 直，直，直，直，直；7 淡；8 直；9 直；10 直；11 直，淡；12 直，直；13 直；14 淡，直，直；15 直；16 直；17 直；18 直；19 直；20 直；21 直，直
		1 海扇帽，拐杖，草鞋；2 圣瓦楞坦节；3 输血哺雏的鹈鹕；4 五月的玫瑰；5 斑鸠；6 茴香，耧斗花；芸香，延命菊；紫罗兰；7 雪；8 青年帽上的一条缎带；9 亚当的职业；10 蠢驴；11 凯因，蠢驴；12 拍龙山，奥林帕斯山（拍龙山［Pelion］，奥林帕斯［Olympus］，均希腊高山。巨人与天神争斗时，曾拟以欧萨山［Ossa］及奥林帕斯堆积于拍龙山上，或以拍龙山及欧萨山堆积于奥林帕斯之上，以为爬上天庭之阶梯。）；13 欧萨山；14 赫鸠里斯，猫，狗；15 棕榈；16 水蚱蜢；17 傻瓜；18 指南针；19 凫鸟；20 小鹬；21 古罗马人，丹麦人	1 直，直，直；2 直；3 直；4 直；5 直；6 直，直，直，直，直；7 直；8 直；9 直；10 直；11 直，直；12 直注，直注；13 直；14 直，直，直；15 直；16 直；17 直；18 直；19 直；20 直；21 直，直

在表 5—1 中共 91 处涉及动物、植物、颜色、自然、神宗、习语等的意象中，朱译和梁译的翻译策略统计数据如表 5—2 所示。

表5—2 两译意象翻译策略数量统计

	显化（占总译例中百分比）	隐化（占总译例中百分比）	直译加注（占总译例中百分比）	直译（占总译例中百分比）
朱译	5（5.5%）	32（35%）	3（3.3%）	51（56.2%）
梁译	0（0%）	7（7.7%）	26（29%）	58（63.3）

从以上的统计数据我们不难看出以下几点。

（1）直译仍然是两译处理意象的主要手段，但在梁译中所占的比例稍高。这些被直译的意象大多是英汉两种语言中的象征意义区别不大的动物、植物，自然现象或已被汉语读者所理解和熟悉的神宗、人物等：sun、fruitful river、God、violet、wood cocks、porcupine、crab、Jephthah、ice、snow、pajock、rood、rose、Danish dogs、hat and stuff、dove、waterfly、chuff 等。直译策略的美学价值理论基础，可以归溯到文学作品本体论的“言”“象”“意”三层次构成说。具体说来，就是“文学作品本体论也呈现为三个层次，即有形（境）、未形（境中意）、无形（境外意）。这三个层次不是平面关系，而是一个逐层递进的关系。”① 文学作品的审美过程是在“言”“象”“意”三个元素的结合和逻辑发展过程中实现的“因言取象”“由象悟意”。文学翻译作品作为文学作品的一种形式，其审美过程实现的过程也应如此，尽可能地“尽言”“尽象”和“尽意”。如果其中哪个环节产生了偏差或疏漏，那么译文读者对原文“意”的理解势必会有所减损，所以，在处理上文提到承载相似语义的意象（“东海西海，心理攸同”）和汉语读者比较熟悉的西方文化意象时，两译大多采用了直译的手段。直译策略还有另外一个存在的理论基础：语言发展是动态的，审美体会也是动态的，只要不是非常晦涩的意象，只要是可以通过知识经验的积累可以帮助理解的意象，都应该采取直译的手段，因为它比较完整而新鲜地保存了意蕴所依附的载体，是原文作者的最初意旨。而且，经典的文学翻译作品是能经得起时间的考验和选择的，随着语言的变迁，最初看似的不妥、晦涩甚至别扭可能会成为日后的流畅、自然甚至亲切，

① 王岳川：《艺术本体论》，上海三联书店1994年版，第243页。

正如思果曾经指出的：“有些生硬的洋话，经过时间这个熨斗熨来熨去，也渐渐变得自然了。三十年前特异的说法因为一再为人采用，已经成了‘土产’，再过一两代人也许给人视为陈腐。”①

（2）梁译中直译加注的手段相对于朱译来说有绝对数量的增加，占总量的29%，而朱译中只有3.3%的意象是用直译加注的手段完成的。所以，这应该是梁译的特点和风格。这26处加注以针对历史或神话人物典故的（例1、例4、例5、例12、例14、例20、例25、例29、例38、例42）和解释日常生活文化现象和习俗的（例18、例21、例23、例24、例32、例41、例46）居多。值得指出的是，译者注释中的内容不仅包含意象的意义（如例4：Niobe乃希腊神话Tantalus之女，尝自夸所生子女多于Leto；例14：Lethe希腊神话阴府中河流之一，饮之则忘生前之事。其河畔之草喻为最浑噩无知之物。），而且还有译者的理解（如例1中的：sun与son音相似，或亦有双关意，译文但求通顺，其内蕴之意义须于言外求之，因原文即晦涩难解也。）。“梁实秋在注释中有很多有益的、深入浅出的个人见解，或考据、或描述、或阐释、或分析，持之以理、言之有据，他并不是要单纯解释某个概念，而是要连带介绍一系列自成体系的西方文化知识，有时还穿插一些典故和轶事，力求借助注释加深读者的理解，并使有兴趣者能进一步做深入研究。”② 应该说，无论是客观解释还是主观理解，都是译者尽量地扫除原文和译文间语言文化的障碍所做的苦心努力，也印合了他的翻译信念中的“对于翻译之进行慎重细心，以求无负于笔者与读者……在文字上有困难处，如典故之类，应加注释”③ 等内容。实际上，从对翻译过程理论概括的角度来看，直译加注是乔治·斯坦纳提出的翻译信任、渗透、吸收、补偿四个步骤中的补偿环节，是尊重源语文化及其思维表达方式的体现，也是丰富译本语言文化和文化氛围的良性实践。刘宓庆也认为：“文化翻译越想深层推进，越需旨在文化信息传递的‘铺垫’——文内加词（intra-text amplification）即以最精练的词

① 思果：《功夫在诗外》，牛津大学出版社（中国）有限公司1996年版，第48页。

② 严晓江：《梁实秋中庸翻译观研究》，上海译文出版社2008年版，第195页。

③ 吴奚真：《悼念实秋先生》，载陈子善《回忆梁实秋》，吉林文史出版社1992年版，第57页。

语增补解释背景、典故、传说等等中的神、人、事、地、时等关键词语或关系词语，向读者提供参照性文化信息。文内加词还常常要与文外注释（extra-text annotation）相结合，才能将原意交待清楚。”[①] 对于加注的译法单德兴也有相似的观点：

> 翻译不应仅止于原作本身的迻译，也应带入相关的文化、历史脉络，让读者一方面从译文本身了解原作的旨意，另一方面从其他相关资讯知悉笔者与写作背景，以便体会原作、笔者及其脉络的关系……探索笔者的用心、艺术手腕与再现策略，浅尝当时读者“对号入座”的乐趣，甚至以类似眼光来观察自身所处的政治与社会环境，发掘其中的异同，进而对人生有更深一层的体悟。[②]

所以，从这些意义上说，梁实秋的直译加注的策略是力求真实再现原文浓郁的文化气息的一种努力。哈佛大学非裔文化研究中心的安东尼·阿皮亚（Anthony Appiah）把这种译者在翻译过程中为译文加上的注释和评注称为“厚重翻译法”（thick translation）[③]。这种“厚重”和浓郁都是指向原文的文化意味的，是前文提到的“境”。由于“言”的障碍而不能使译文读者对“境”乃至“意”产生理解和欣赏是译者的失败。因此，对比较复杂和生疏意象加注的补偿手段，是明晰和通晓“言”，是帮助译文读者实现对译文从而实现对原文审美过程的必需选择。梁实秋的注释选择了在文后而不是文中出现，不用自己的附加文字侵占原文，应该是考虑了读者阅读过程的连贯性，是对原文作者的尊重，同时也赋予了译文读者更大的理解空间和鉴赏自由，是他自然、还真的翻译思想的再一次有力体现。

（3）朱译中的隐化意象现象较突出，占了35%的比例：其中有历史人物（例3中的Hyperion隐化成“天神”，例4中的Niobe隐化成“泪人

---

① 刘宓庆：《文化翻译探索——兼评David Hawkes译屈原〈天问〉》，载张柏然、许钧《面向二十一世纪的译学研究》，商务印书馆2002年版，第510页。

② 参见谢天振《海上译谭》，复旦大学出版社2013年版，第27—28页。

③ 严晓江：《梁实秋中庸翻译观研究》，上海译文出版社2008年版，第196页。

儿”)，有日常生活中的物品（例 6 中的 jelly 隐化成“瘫痪”,)、颜色(例 9 中的 green 隐化成“不懂事”)、动物（例 11 中的 swinish 隐化成“下流”）等，可以说是包含了大部分类别的意象。这种高比例的隐化，是对原文借助意象烘托主题和提高语言的表现力的初衷的某种程度的背离，从而也在相应程度上削弱了译文的文化交流使命的角色和地位。

虽然对原文的意象，朱生豪做了大胆的割舍，但是，朱译中却显现了不少的汉语意象，如孝道、花街柳巷、阴曹、乾坤、纨绔子弟、窑子、黄口小儿、江湖、掌上明珠、优伶、娘娘、小人、尼姑庵、鸳盟、另抱琵琶、薨逝、入朝晋谒、闺房、汉子（《哈姆雷特》）；令爱、贤东床、绿头巾、夜叉、琴瑟调和、帅府、同室操戈、锦囊妙计、捞什子、吃醋、王八、拉皮条、变卦（《奥赛罗》）；官司、主子、奴才、千金小姐、桃花人面、龙钟、寸磔、叫花子、二把刀、浪蹄子、仙丹、师弟（《罗密欧与朱丽叶》）；令郎、朕、狗头、枭獍、上闩、佃户、襟兄（《李尔王》）等。这些散发着浓郁中国文化味道的文字符号，还有中国传统的称谓名词如母后、仁兄、陛下、殿下、贤卿、小姐、夫人、奶奶、夫君、官人、姑爷、贤婿、少爷等，显然是译者试图拉近译本与译入语读者的手段，是提高译文“译语化”程度的重要指标。

第二节　连接成分

“连接成分在汉语中通常被类化为虚词，即要么只起语法作用，本身没有什么具体意义，要么表示某种逻辑概念。”[①] 既然是虚词，就不比实词在语言单位中的表达作用，有时就可以不在句中出现。所以，连接成分可以分成隐性连接和显性连接两种。作为“意合”特点比较明显的汉语，“隐性连接要比显性连接表现突出，一般都是靠显性的语序和隐含的语义上的联系来表达语法意义和逻辑关系。”[②] 汉语的隐性连接成分较多见的事实也可以用王力先生曾经概括的复合句的特点来加以佐证：“汉语中复

① 朱德熙：《语法讲义》，商务印书馆 1982 年版，第 39 页。

② 黄立波：《基于汉英/英汉平行语料库的翻译共性研究》，复旦大学出版社 2007 年版，第 58—59 页。

合句并不一定需要连词；相反的，没有连词的复合句比较常见。我们把没有连词的复合句叫做意合句。”① 注意到汉语连接成分隐性特点的还有刘宓庆：“汉语语段中的接应手段，即结构上的黏着性较弱；句子的功能层次（主、从）不能见诸于形式，主要仰仗语义。”连淑能也认为：汉语造句少用甚至不用形式连接手段，注重隐性连贯（covert coherence），注重逻辑事理顺序，注重功能、意义，注重以神统形。汉语中的语法意义和逻辑联系常隐含在字里行间，常以语序、修辞、紧缩句和四字格等方式来代替显性连接成分所表达的功能。

例 1. 人不犯我，我不犯人。（语序）

We will not attack *unless* we are attacked.

例 2. 种瓜得瓜，种豆得豆。（语序）

As you sow, *so* will you reap.

例 3. 聪明一世，糊涂一时。（修辞）

Smart as a rule, *but* this time a fool.

例 4. 问遍千家成行家。（紧缩句）

Learn from numerous advisers, *and* you will become a master.

例 5. 上梁不正下梁歪。（紧缩句）

If the upper beam is not straight, the lower ones will go aslant.

例 6. 远交近攻。（四字格）

Befriend those far away *while* attacking those nearby.

例 7. 欲盖弥彰。（四字格）

The more one tries to hide, *the more* one is exposed. ②

以上例句全部由前、后两部分构成，两部分的连接关系主要为条件（例1、例4、例5）、因果（例2）、转折（例3、例6）。在汉语中隐含的连接成分，在对应的英语译文中，全部借助相应的连词（unless, and, if, so, but, while, the more…the more）被显化出来。可见，英语连接成

---

① 王力：《王力选集》，东北师范大学出版社 2002 年版，第 424 页。

② 参见连淑能《英汉对比研究》，高等教育出版社 1993 年版，第 53—59 页。

分的显化程度较高：“通常认为在构句层面英语属于‘形合’语言，具体表现在除语序和语调外，对形态变化和形式词的依赖程度较高。就语法意义和逻辑关系表达而言，英语对显性连接成分的依赖程度较高，但也不乏隐性连接的表现方式。”① 如 Man proposes，God disposes；No pains，no gains；Out of sight，out of mind 等。王力先生是这样概括英汉两种语言连接成分的差别的：

> 西洋语的结构好像连环，虽则环与环都联络起来，毕竟有联络的痕迹；中国语的结构好像无缝天衣，只是一块一块的硬凑，凑起来还不让它有痕迹。西洋语法是硬的，没有弹性的；中国语法是软的，富于弹性的。惟其是硬的，所以西洋语法有许多呆板的要求，如每一个 clause 里必须有一个主语；惟其是软的，所以中国语法只以达意为主，如初系的目的位可兼次系的主语，又如相关的两件事可以硬凑在一起，不用任何的 connective word。②

这里面提到的“connective word”实际上指的就是连接成分，包括连词和连接语。连词是指能将词或其他构式连接起来的词项，通常分成并列连词（如 and，or，but）和主从连词（如 because，when，unless）两大类；连接语是指通常用来连接两个独立句子的副词或状语（如 however，indeed 等），在分句里起着比较独立的作用，前后以标点符号与其余部分隔开。

例 1. However，the patient experienced low back pain.

然而，病人感到腰部痛。

例 2. It won’t matter a lot，though.

不过，关系倒不是很大。

---

① 黄立波：《基于汉英/英汉平行语料库的翻译共性研究》，复旦大学出版社 2007 年版，第 66 页。

② 王力：《王力文集》（第 1 卷），山东教育出版社 1984 年版，第 140—141 页。

我们参考了 Chalker 关于连词（conjunction）和连接语（connector）的分类如表 5—3 所示。

表 5—3　　Chalker 的连接成分分类①

连词	并列连词	and, but, for, yet, both…and, either… or …
	从属连词	时间：when, after, before, until, till, while, whilst, as, as long as, whenever, every time, as soon as, once, no sooner…than, hardly…when …
		条件：if, unless, on condition that, only if, as long as, provided (that) …
		让步：although, though, even though, while, whilst, whereas…
		条件加让步：even if, if not, what (who, which) ever, no matter who/what/which/how…
		理由：because, since, as, for, in that, seeing that, now that, in case, lest…
		结果：so that, such that, in such a way that, such as to,
		方式：as, like, much as, as if , as though…
		地点：where, wherever, everywhere…
		比较：as…as, not as…as, not so…as, less… than, more/-er… than, the more… the more, rather than, sooner than…
连接语	时间：after, afterward (s), later, subsequently, before, earlier, previously, hitherto, meanwhile, in the mean time, simultaneously…	
	条件：otherwise, if not, if so…	
	让步：however, though, even so, still, nevertheless, nonetheless, all the same, at least, alternatively, on the other hand, despite…	
	理由：for one thing, in the first place…	
	结果：therefore, thus, as a result, so, because of this, consequently, as a consequence in consequence, accordingly, hence, thereby, then, in that case…	
	解释说明：moreover, furthermore, further, in addition, additionally, what is more, besides, anyway, after all, above all, also, too, similarly, for example, in other words, that is to say, or rather, at least, first, second, third, to start with, finally, to Conclude, all in all, in short, as regards, with reference to…	

① 参见任绍曾《Collins Cobuild 英语语法系列 9 连词》，刘万存译，外文出版社、商务印书馆（香港）有限公司 2001 年版，第 4—69 页。

原书中列举的例词在此表中虽然没有一一枚举，但是，英语连接成分丰富繁杂的特点已然可以略见一斑了。

下面，我们来考察莎剧四个剧本中的连接成分在梁实秋、朱生豪两译中的再现。我们选择上面 Chalker 分类中的并列、时间、条件等几种比较常见和典型的连接关系来考察。

一　表示并列关系的连接成分

以“and”为例，在原文中共出现了 3199 次。

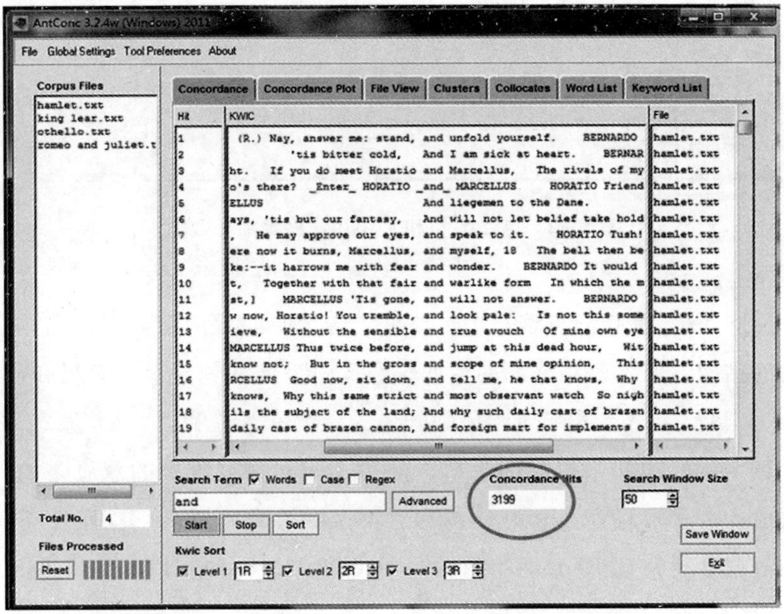

图 5—1　原文中连词“and”检索结果截图

因为语料繁杂，所以我们无法手动区分 and 连接的是句子或是词或词组我们又用“空格 + and”作为检索条件，得出的数据是 1484 次。在考察“and”出现的原文句子及译文时，我们发现其被译成“和，（以）及，并且，跟”等，还有很多时候都被译者做了隐化处理。

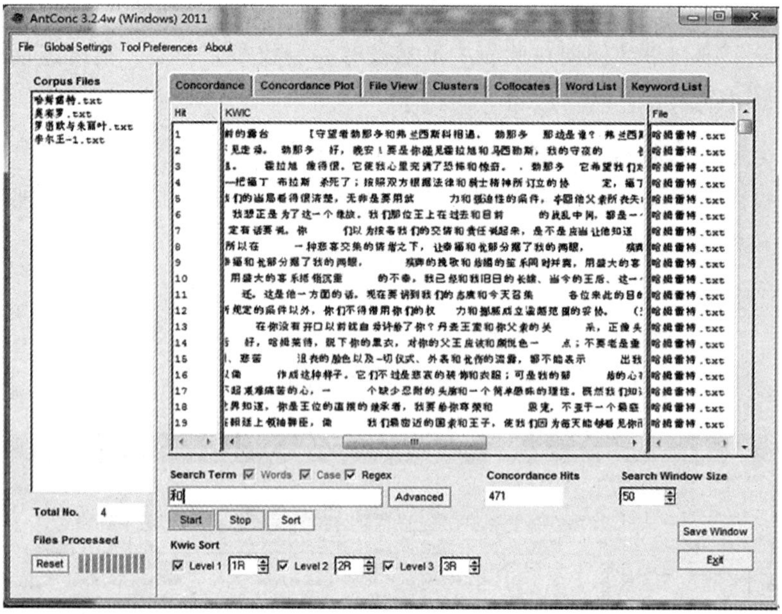

图 5—2　译文中“和”字用法检索结果截图

从图 5—2 中我们不难看出，“和”连接的前后两部分多是名词或代词性的结构，如“勃纳多和弗兰西斯科”“恐怖和惊奇”“幸福和忧郁”“过去和目前”等。我们对梁译和朱译的译本考察“和，（以）及，并且，跟”四个词相加起来出现的次数，除掉不表示并列连接的意思，如“和颜悦色、平和、温和、和煦、调和、不及、追及、跟随、脚跟”等，得出的数据分别为 624 + 154 + 161 + 9 = 948 和 435 + 154 + 12 + 287 = 888，与原文中“and”出现的次数相差很多。

二　表示时间关系的连接成分

“时间从句把主句的时间同另一事件或另一时段联系起来。这种联系一般由连词交代清楚，句子的时态遵循通常的规则。”[①] 按表 5—3 中所罗列的，我们用 AntConc 分别统计了 when，after，before 在原文中出现的次

① 任绍曾：《Collins Cobuild 英语语法系列 9 连词》，刘万存译，外文出版社、商务印书馆（香港）有限公司 2001 年版，第 13 页。

数，如图 5—3 所示 。我们发现，“when” 作为时间连接成分，用法上确实有连词和连接语两种。图中出现的第一个例句：“So frown’d he once, when, in an angry parle, He smote the sledded Polacks on the ice.” 中的 “when” 就是连接语，其前后分别用逗号跟句子的其他成分分开。在软件统计出的用法现象中，有 “before” “after” 等连词连接词汇或短语的现象，如：“To speak of horrors, he comes *before* me”, “Indeed I should have ask’d you that *before*”, “But that the dread of something *after* death”, “Pursue him, ho! Go *after*” 等，我们把这些没有用于连接两个分句的用法手动地去掉，得到的结果如图 5—3 所示。

“When” 在原文中出现的次数为 238 次；“before” 在原文中出现的次数为 16 次；“after” 在原文中出现的次数为 3 次。

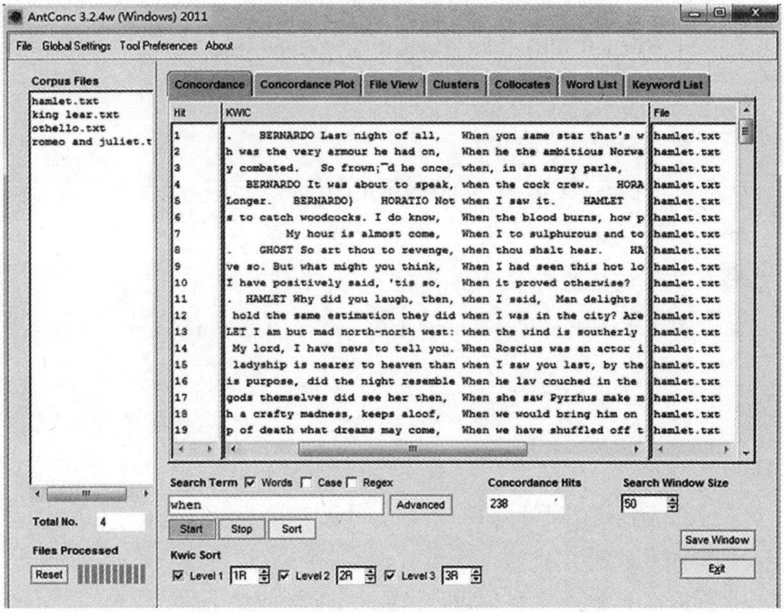

图 5—3　原文中“when”检索结果截图

所以，我们选取语料较丰富的 when 的用法及在两译中的翻译来重点讨论表示时间意义的连词在两译中的隐化/译语化程度。但是，必须说明的是，when 作为连词使用的时候，它的义项有九种，分别是（at the time that）在……时；（during the time that）在……期间；（as soon as）一……

就；(just after which) 刚……就；(after) 在……之后；(once) 从……以后；(whenever) 每当……时；(given that) 既然；(whereas) 可是。其中的前七种是与时间相关的，而第 8 种、第 9 种分别表示让步和转折关系。莎剧剧本语言丰富，when 的用法灵活多样。

例 1. Can I go forward when my heart is here?

我的心在这里，我还能往前走么？(梁译)

我的心还逗留在这里，我能够就这样掉头离去吗？(朱译)

例 2. Do they hold the same estimation they did when I was in the city?

现在他们还和我在城里时一样的负盛名吗？(梁译)

他们的名誉还是跟我在城里的时候一样吗？(朱译)

例 3. But fall unshaken when they mellow be.

熟了之后不用摇晃就会落。(梁译)

一朝红烂就会离去枝条。(朱译)

例 4. It was about to speak when the cock crew.

他刚要说话，恰巧又鸡叫。(梁译)

它正要说话的时候，鸡就啼了。(朱译)

例 5. Let shame say what it will, when these are gone.

泪出完了之后，儿女之情也就尽了。(梁译)

当我们的泪干了以后，我们的妇人之仁也是会随着消灭的。(朱译)

例 6. We should do when we would,

在想要做的时候便应该做；(梁译)

想做的，想到了就该做，(朱译)

例 7. Women may fall, when there's no strength in men.

男人既然薄幸，女人当然也会负心。(梁译)

男人既然这样没有恒心，那就莫怪女人家水性杨花了。(朱译)

例 8. That I have positively said, ''Tis so', When it prov'd otherwise?

我既肯定的说“这事是如此”，而事实证明偏不如此，(梁译)

哪一次我肯定地说过了“这件事情是这样的”，结果却并不是这样？（朱译）

为了统计的方便，这里就不把 when 不表达时间意义的两个用法排除掉了。在对比两家译文的时候我们发现，虽然有的时候，两译对“when”的用法在理解上有不同，但是，大多都按连词的用法译出。

例 1. Are mortis'd and adjoin'd; which, when it falls, each small annexment, petty consequence,

大辐上附带着成千上万的小东西，一旦颠覆下来，细小的附属的东西也要同归于尽。（梁译）

它的轮辐上连附着无数的小物件，当巨轮轰然崩裂的时候，那些小的物件也跟着它一齐粉碎。（朱译）

例 2. …but they withered all when my father died.

但自我父亲死后，全都枯了；（梁译）

可是我父亲一死，它们全都谢了；（朱译）

例 3. Thou wilt fall backward when thou hast more wit;

你将来更懂事一些的时候会仰面向后倒哩；（梁译）

等你长大了，你就要仰在床上了；（朱译）

所以，这样的译例，连同两译中 when 被译为“……的时候”或“……时”或“在……点钟”“在……之后”等上述几种义项一起，都不在讨论范围之内，我们只选取两家译文中隐化连词用法的译例，显现的是译语化程度，把它们在表 5—4 中罗列出来。篇幅的关系，我们只选取出自《哈姆雷特》和《罗密欧与朱丽叶》的语料，共 32 处。

表 5—4　　两译“when”隐化翻译举例

	原文	梁译	朱译
1	Not when I saw it.	我见的那次不过那样久。（隐化）	我看见他的时候，不过是这么长。

续表

	原文	梁译	朱译
2	Black as his purpose, did the night resemble When he lay couched in the ominous horse,	和他的心肝是一样的黑，卧在那匹凶马的肚里，恰似漆黑一团的昏夜，（隐化）	野蛮的皮洛斯蹲伏在木马之中，黝黑的手臂和他的决心一样，像黑夜一般阴森而恐怖；（隐化）
3	When he himself might his quietus make With a bare boldkin?	否则在短刀一挥就可完结性命的时候，	要是他只要用一柄小小的刀子，就可以清算他自己的一生？（隐化）
4	A second time I kill my husband dead, When second husband kisses me in bed.	第二个丈夫抱我到床上吻，何异重伤我那死去了的人。（隐化）	我要是与他人共枕同衾，怎么对得起地下的先灵！（隐化）
5	proclaim no shame When the compulsive ardour gives the charge,	那么青春情不自禁的时候，更不必讲什么廉耻了。	因为少年情欲的驱动而失身，又有什么可耻呢？（隐化）
6	O! 'tis most sweet, When in one line two crafts directly meet.	啊，两桩阴谋恰巧会合在一条线上，再妙不过了。（隐化）	啊，用诡计对付诡计，不是顶有趣的吗？（隐化）
7	When sorrows come, they come not single spies, But in battalions.	哀痛之来。决不是单身的步哨，而是成群的大队！（隐化）	不幸是事情总是接踵而来：（隐化）
8	an envious sliver broke, When down her weedy trophies and herself Fell in the weeping brook.	无情的枝子断了；她的花圈和她自身于是坠入了呜咽的河流。（隐化）	一根心怀恶意的树枝折断了，她就连人带花一起落下呜咽的溪水里。（隐化）
9	as patient as the female dove, When that her golden couplets are disclos'd,	像才孵出了一对黄毛雏儿的雌鸽一般的驯顺了。（隐化）	就像母鸽孵育她那一双黄茸茸的雌鸽时一样的温和了。
10	When she saw Pyrrhus make malicious sport In mincing with his sword her husband's limbs,	当她亲见皮鲁斯残忍的用刀割裂她丈夫的肢体的时候，	她看见皮洛斯以杀人为戏，正在把她丈夫的肢体脔割，（隐化）

续表

	原文	梁译	朱译
11	How can that be when you have the voice of the king himself for your succession in Denmark?	哪有这样的事，国王不是亲口向你说丹麦王位是由你继承吗？（隐化）	怎么！王上自己已经亲口把您立为王位的继承者了，您还不能满足吗？（隐化）
12	Yet what can it, when one can not repent?	只是我不能忏悔，又有何用？（隐化）	可是对于一个不能忏悔的人，它又有什么用呢？（隐化）
13	Mad as the sea and wind, when both contend Which is the mightier.	疯得像是狂风骇浪正在互争雄长一般：（隐化）	疯狂得像彼此争强斗胜的天风和海浪一样。（隐化）
14	when I shall, first asking your pardon thereunto,	届时当面请恕罪，	让我先向您告我的不招而返之罪，（隐化）
15	when you are asked this question next,	下回若再有人问你这话，（隐化）	下回有人问你这个问题的时候，
16	that praised my Lord Such-a-one's horse, when he meant to beg it, might it not?	那极口恭维某某大人的马，意欲据为己有的某某大人，亦未可知吧？（隐化）	嘴里称赞某大人的马好，心里却想着把它讨了来，你看是不是？（隐化）
17	I aim'd so near when I suppos'd you lov'd.	我猜想你是闹恋爱，果然猜中了。（隐化）	我说你一定在恋爱，果然猜的不错。（隐化）
18	It fits, when such a villain is a guest:	我觉得很适宜，在这样的一个坏人来做客的时候：	这样的一个贼子也来做我们家的宾客，我怎么不生气？（隐化）
19	Thou wast never with me for anything when thou wast not here for the goose.	你什么事情也没有跟上过我，除了争着做笨鹅。（隐化）	除了找母鹅这一桩，你什么事也压不了我。（隐化）
20	I'll warrant you, when I say so, she looks as pale as any clout in the versal world.	我对你说，我这样说的时候，她的脸色白得像是全世界上任何白布一般。	她一听见这样的话，就会气得面如土色。（隐化）

续表

	原文	梁译	朱译
21	How art thou out of breath when thou hast breath To say to me that thou art out of breath?	你有气力向我说你喘不过气，你怎么会是真喘不过气呢？（隐化）	你既然气都喘不过来，那么你怎么会告诉我说你气都喘不过来？（隐化）
22	Thou art like one of these fellows that when he enters the confines of a tavern…the second cup draws him on the drawer, when, indeed, there is no need.	你就像是那种人，走进酒店……可是第二杯一下肚，他无缘无故的抽出剑来向酒保找麻烦了。（隐化）	你就像这么一种家伙，他们跑进酒店的门……等到两杯喝罢，他就无缘无故拿起剑来跟酒保吵架。（隐化）
23	what hadst thou to do in hell When thou didst bower the spirit of a fiend…	你在地狱里干的什么好事，竟把一个恶魔的灵魂放进…（隐化）	你为什么要从地狱里提出这一个恶魔的灵魂，把它安放在这样的……（隐化）
24	When I, thy three-hours wife, have mangled it?	给你做了三小时妻的我，把你的名誉割裂了，（隐化）	你的三小时的妻子都这样凌辱你的名字，（隐化）
25	mine shall be spent, When theirs are dry, for Romeo's banishment.	等他们的眼泪干了的时候，我的眼泪要留着为罗密欧的放逐而洒。	我的眼泪是要留着为罗密欧的放逐而哀哭的……（隐化）
26	How should they, when that wise men have no eyes?	聪明人没有眼睛，他们怎么会有耳朵呢？（隐化）	聪明人不生眼睛，疯人何必生耳朵呢？（隐化）
27	I will not marry yet; and, when I do, I swear,	我还不想嫁呢；如果想嫁，（隐化）	我现在还不愿意就出嫁；就是要出嫁，我可以发誓（隐化）
28	O! shut the door! and when thou hast done so,	啊！关上门！你关了门之后，	啊！把门关了！关了门，（隐化）
29	When presently through all thy veins shall run A cold and drowy humour,	一股寒冷昏沉之感即将透过你的周身血脉，（隐化）	那时就会有一阵昏昏沉沉的寒气通过你全身的血管，

续表

	原文	梁译	朱译
30	Like death, when he shuts up the day of life;	像是死了瞑目一般，不再看到生命的光明；（隐化）	就像死神的手关闭了生命的白昼（隐化）
31	How if, when I am laid into the tomb, I wake before the time that Romeo Come to redeem me?	如果我被放在坟墓里面，在罗密欧尚未来救我之前便醒了起来，那可怎么好？	要是我在坟墓里醒了过来，罗密欧还没有到来把我救出去呢？
32	When griping grief the heart doth wound,	苦痛伤人心，（隐化）	当悲伤刺痛着心灵，

从表5—4中所举译例来看，在共32个译例中，梁译中表示时间的译法有8处，其中有完全的对译"（当）……的时候"，也有"届时""之后"这样的译法。朱译中表示时间的译法有5处，有"（当）……的时候"，也有"那时"等的变译。梁译中"隐化"可见23处（71%）；朱译中"隐化"可见26处（81%）。

我们再来看看表示转折关系的译例。

表5—5　两译表示转折关系译例

	原文	朱译	梁译		原文	朱译	梁译
1	But in the gross and scope of mine opinion,	但	可是	6	But, you must know, your father lost a father;	但是	可是
2	But, soft! behold! lo! where it comes again.	隐化	可是	7	but to persever In obstinate condolement…	但	然而
3	But, look, the morn in russet mantle clad,	可是	可是	8	But the great cannon to the clouds shall tell,	隐化	隐化
4	But now, my cousin Hamlet, and my son,	隐化	可是	9	but no more like my father Than I to Hercules:	但是	可是
5	But I have that within which passeth show;	但是	可是	10	But break, my heart, for I must hold my tongue!	但是	可是

续表

	原文	朱译	梁译		原文	朱译	梁译
11	But what, in faith, make you from Wittenberg?	隐化	可是	24	Take each man's censure, but reserve thy judgment.	但是	可是
12	But what is your affair in Elsinore?	但是	可是	25	But not express'd in fancy; rich, not gaudy;	但是	可是
13	But where was this?	隐化	可是	26	But to my mind, —though I am native here…	但是	却
14	But answer made it none;	但是	可是	27	But do not go with it.	可	可是
15	But, even then the morning cock crew loud,	隐化	可是	28	But this eternal blazon must not be…	但是	可是
16	but this troubles me.	但	可是	29	But this most foul, strange, and unnatural.	但是	可是
17	but you must fear, His greatness weigh'd,	但是	可是	30	but know, thou noble youth,	但是	可是
18	But, good my brother, Do not, as some ungracious…	但是	可是	31	But virtue, as it never will be mov'd,	但是	可是
19	I stay too long; but here my father comes.	隐化	可是	32	But, soft! methinks I scent the morning air;	但是	可是
20	Be thou familiar, but by no means vulgar;	隐化	可是	33	But, howsoever thou pursu'st this act,	但是	可是
21	But do not dull thy palm with entertainment…	隐化	可是	34	But you'll be secret?	但是	可是
22	but being in, Bear it,	但是	可是	35	but there is, Horatio, And much offence, too.	隐化	隐化
23	Give every man thine ear, but few thy voice;	但是	可是	36	O day and night, but this is wondrous strange!	可	隐化

续表

	原文	朱译	梁译		原文	朱译	梁译
37	But come; Here, as before, never, so help you…	但是	可是	44	but to be nothing else but mad? But let that go.	可	可是
38	but, ‘you may say,’ not well: But if ’t be he…	但是	可是	45	But farewell it, for I will use no art.	隐化	隐化
39	But, sir, such wanton, wild, and usual slips…	可是	隐化	46	but you shall hear. Thus:	但是	可是
40	My lord, I do not know; But truly I do fear it.	但是	可是	47	But never doubt I love.	但	可是
41	No, my good lord; but, as you did command,	但是	可是	48	But how hath she Receiv'd his love?	隐化	可是
42	And meant to wrack thee; but 'beshrew my jealousy!	但是	可是	49	But what might you think, When I had seen…	但是	可是
43	But we both obey, And here give up ourselves,	隐化	隐化	50	but not as your daughter may conceive,	但是	可是

表中译例显示，两译的表示转折关系的连词特点非常鲜明：朱译的“但”“但是”梁译的“可是”“却”“然而”。在隐化方面的表现是朱译14处（28%），梁译6处（12%），相差不小。

第三节　人称代词

人称代词是代词①的一种。在英汉人称代词的使用频率的差别上，由于“汉语人称代词‘他’‘她’‘它’与‘他们’‘她们’‘它们’在语

① 代词是用来代替或指示事物、行动、性状、数量的词，在句中具有名词和形容词的句法功能。按照代词不同的作用，汉语在传统上将代词分为三类：人称代词、指示代词和疑问代词。参见刘宓庆《文体与翻译》，北京对外翻译出版公司1985年版，第369页。

音上完全一样，在语流中很容易造成误解”①；汉语人称代词没有主格和宾格的差别；英语普通名词要求前置限定词，而汉语没有冠词和限定词的要求等原因造成了英语人称代词的广泛使用的现象。而“汉语常规的指代方式主要以‘名词复现’和‘零代词’为主，显性人称代词的使用频率一般较低。”② 如“杨志取路，不数日，（他）来到东京，（他）入得城来，（他）寻个客店，（他）安歇下，庄客安还担儿，（他）与了些银两，（他）自回去了。”（《水浒传》）；“君问（我的）归期未有期，巴山夜雨涨秋池。何当（我们）共剪西窗烛，却（让我们）话巴山夜雨时。”（《夜雨寄北》）这样零代词或省略人称代词的例句在汉语中，尤其是在古代汉语中非常常见。

根据王克非和胡显耀（2010）利用北京外国语大学“通用汉英对应语料库”进行的研究统计表明：每百万字的原创英语语料库中的人称代词词频是99601，而相应的汉语原创文学的词频是41411，是前者的41.5%。我们可以把这个数字理解为原创英语中的人称代词的使用频率比原创汉语的人称代词的使用频率高出一倍多。那么，翻译语料的数据是怎样的呢？我们一般的推测应该是介于这两个数据中间：英译汉的人称代词的词频是62482。所以，我们尝试用一个图轴来说明这三个数据（见图5—4）。

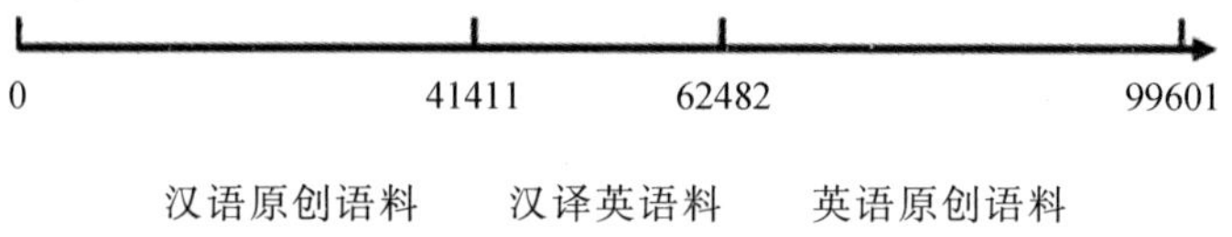

图5—4　不同语料人称代词使用情况

英译汉的语料因为受原文的影响，所以不可避免地要比汉语的原创语料使用更多的人称代词，要彻底摆脱原文的束缚和暗示是非常困难的。所以，反过来，如果要从人称代词的使用频率来考察莎士比亚戏剧的两译本的“译语化”程度的话，观察它们在数轴上距离汉语原创语料的位置的远近，应该是一个比较直观而可靠的手段。

---

① 刘宓庆：《文体与翻译》，北京对外翻译出版公司1985年版，第370—371页。

② 王克非、胡显耀：《汉语文学翻译中人称代词的显化和变异》，《中国外语》2010年第4期，第17页。

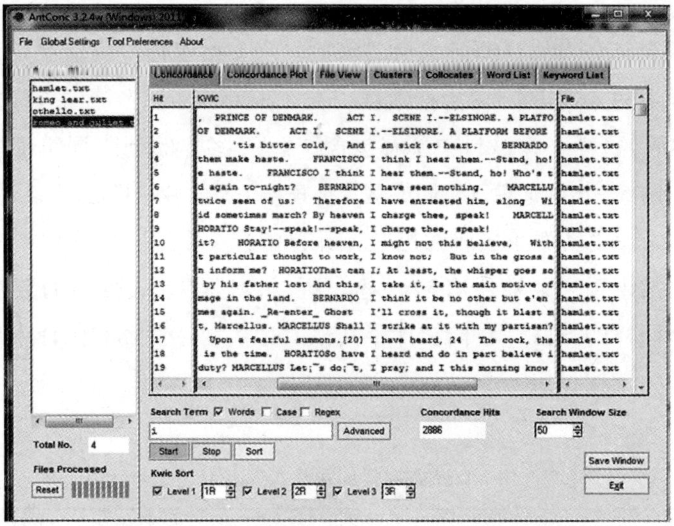

图 5—5　原文人称代词“I”检索结果截图

通过 Word 软件的替换功能，找到了“i’”表示“in”的意思（my lord; I am too much i’ the sun.），原文共 80 处，加上表示数字（Act I）的 6 处，共 86 处。所以，原文中出现的表示人称的代词“I”的用法共 2800 处。

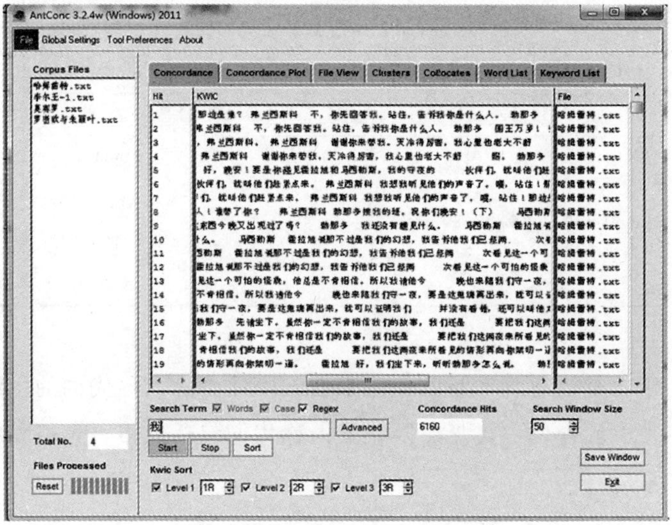

图 5—6　朱译人称代词“我”检索结果截图

考虑到区分人称代词的主格、宾格、所有格等形式的复杂性，本书直接在软件中输入“我”作为搜索项，在“Search Term”栏中勾选了“Regex”选项，这样，在语料中所有包含“我”字样的词或词组都能被筛选出来，如图5—6中的例1“回答我”（宾格），例4“我心里老大不舒服”（主格），例8“勃那我接我的班”（所有格），例17“虽然你不一定会相信我们的故事”（复数所有格）等，所以，这种方式得出的数据是有效的。按照同样的方法，我们统计了其他人称代词在梁译和朱译中出现的次数，得到的数据如表5—6所示。

表5—6　　两译人称代词用法数量统计

人称代词	原文	梁译	朱译
第一人称	5672（I 2800 we 368 my 1750 其中：my lord：274，my good lord 21 us 191 our 346 ours 7 myself 60 ourselves 21 mine 110 methinks 19）	我：5965	我：6160，咱：24
第二人称	4392（thou 752 thy 484 thee 411 thyself 23 you 1812 thine 65 your 778 yours 20 yourself 45 yourselves 2）	你：4288，您：37	你：3611，您：928
第三人称	2328（he 795 him 680 himself 51 his 802）	他：2365	他：2781
	1042（she 413 her 596 herself 21 hers 12）	她：984	她：1047
	1494（it 1170 ‘t 80 ‘Tis 244）	它：55	它：498
	702（they 230 them 237 themselves 15 their 219 theirs 1）		
合计	15630（占总语料136897百分比：11.4%）	13694（占总语料207292百分比：6.606%）	15049（占总语料222430百分比：6.765%）

从使用数量占总词汇量的比例来看，两译中的人称代词的用法均低于原文，如在下面译例中可见，隐化的人称代词包括主格、宾格和所有格等多种形式：

例1. You come most carefully upon your hour.

你来的时候很准。(梁译，省略所有格)

你来得很准时。(朱译，省略所有格)

例 2. Fathers that wear rags Do make their children blind, But fathers that bear bags Shall see their children kind.

父亲穿着破衣裳，可使儿女瞎着眼：父亲佩着大钱囊，将见儿女生笑脸。(梁译，省略所有格)

老父衣百结，儿女不相认；老父满囊金，儿女尽孝心。(朱译，省略所有格)

例 3. He took me by the wrist and held me hard,

他拉住我的手腕，紧紧的握着；(梁译，省略宾格)

他握住我的手腕紧紧不放，(朱译，省略宾格)

例 4. Sweet, leave me here awhile; … Sleep rock thy brain;

爱人，你先离开我；……愿你安眠。(梁译，省略所有格)

爱人，你且去；……愿你安睡；(朱译，省略宾格及所有格)

朱译以 15049 例略高于梁译的 13694 例，占总语料的比例分别是 6.77% 和 6.61%，前者是后者的 1.02 倍。我们通过以下几个译例了解朱译中较多的人称代词用法。

例 1. I think I hear them.

我好像是听见他们来了。(梁译)

我想我听见他们的声音了。(朱译)

例 2. My lord, as I was sewing in my closet, Lord Hamlet, with his doublet all unbrac'd; No hat upon his head; his stockings foul'd, Ungarter'd, and down-gyved to his ancle;

父亲啊，我正在闺房里缝纫的时候，哈姆雷特太子，里衫没有扣，帽子也没戴，袜子也脏了，吊带也没有系，像脚镣一般堆在踝骨上；(梁译)

父亲，我正在房间里缝纫的时候，哈姆莱特殿下跑了进来，走到我的面前；他上身的衣服完全没有扣上钮子，头上也不戴帽子，他的袜子上沾着污泥，没有袜带，一直垂到脚踝上。(朱译)

例 3. I have watch'd and travell'd hard; Some time I shall sleep out, the rest I'll whistle.

我一路劳累缺睡；正好以睡眠消遣，其余的时间还可以呼啸自娱。（梁译）

我走了许多路，还没有睡过觉；一部分的时间将在瞌睡中过去，其余的时间我可以吹吹口哨。（朱译）

例 4. I never gave him any: It pleas'd the king his master very late To strike at me, upon his misconstruction; When he, conjunct, and flattering his displeasure, Tripp'd me behind; being down, insulted, rail'd And put upon him such a deal of man, That worthied him, got praises of the king For him attempting who was self-subdu'd; And, in the fleshment of this dread exploit, Drew on me here again.

他从没有惹他：他的主上国王陛下最近曾殴打我，为了一点误会；而他也来附和，并且迎合他的心思，从背后踢倒我；我倒下之后，他就辱骂起来，大逞威风，居然是英雄气概，为了欺凌一个忍辱自重的人而大得国王激赏；才尝过胜利的滋味，于是又在这里向我寻衅了。（梁译）

我从来没有冒犯过他。最近他的主人王上因为对我产生误会，把我殴打；他便助主为虐，从我背后把我绊倒地上，对我侮辱谩骂，装出一副非常勇敢的神气；他的王上看见他敢打不抵抗的人，把他称赞了两句，他因上次得手，便得意忘形，一看见我，又要对我动剑了。（朱译）

第四节　四字格

汉语的综合、诗意的特点，以语素为单位的单音节语言特征以及“构成对偶、自由组合形成整齐形态的条件多而充分”[①] 等因素决定了四字格在汉语语音形式中的特殊重要地位。刘勰在《文心雕龙 · 章句第三

① 孙迎春：《张谷若翻译艺术研究》，中国对外翻译出版公司 2004 年版，第 171 页。

十四》中提出：“若夫笔句无常，而字有条数：四字语密而不促，六字格而非缓，或变之以三五，盖应机之权节也”[①]，也对四字成语的特点进行了概括。其中的“密而不促”应该是对四字成语特点的精准描述。其中的“密”应指其结构紧凑，意义完整，而“不促”则应指向四字短语的听觉效果：从容、节奏感强。从《诗经》中的“关关雎鸠，在河之洲”“桃之夭夭，灼灼其华”到唐宋“朝辞白帝，千里江陵”“闲云潭影，物换星移”“水光潋滟，山色空濛”，到《红楼梦》中的“云堆翠髻、榴齿含香”“风回雪舞、满额鹅黄”，到国内各大高校的校训：自强不息、厚德载物（清华大学），允公允能、日新月异（南开大学），诚朴雄伟，励学敦行（南京大学），格高志远、学贯中外（上海外国语大学），再到今天我们的主要文化形式的电影的片名：英雄儿女、甲方乙方、不见不散、天下无贼等，以至影片/电视剧的译名：刀锋战士（*Blade*）、谍影重重（*The Bourne Identity*）、黑客帝国（*The Matrix*）、剑客靴猫（*Puss in Boots*）、绝对权力（*Absolute Power*）、国土安全（*Homeland*）、午夜巴黎（*Midnight in Paris*）盗梦空间（*Inception*）、口是心非（*Duplicity*）、真爱至上（*Love Actually*）、廊桥遗梦（*The Bridges of Madison County*）、傲骨贤妻（*The Good Wife*）等，千百年来，四字短语作为汉语独有的语言形式，以其“涵义深刻，构型短小，生命力旺盛，表现力强”[②]等特点，默默服务于力求意美、形美、音美的有效表达。在梳理四字成语的美学特征时，孙迎春提到了：“1. 生动活泼，形象鲜明；2. 流畅顺口，铿锵悦耳；3. 美的形式，沁人心脾：笔墨经济，以少胜多，整齐一律，节奏感强，对称均衡，偶成美现，多样统一，丰富和谐。”[③]

英汉翻译实践过程中是否应该发挥译入语优势而大量使用四字格，译界对此说法不一，但其中赞成者居多，如冯庆华指出的：“汉语成语有百分之九十七采用四字格，这完全是从四字格的优点出发的……四字格的运用可使文章增添不少生花之笔。一篇译文恰到好处地用一些四字格，可让人读起来抑扬顿挫，起落跌宕，可以享受到语音上的和谐美感。这种通过

---

① 参见周振甫《文心雕龙今译》，中华书局 1986 年版，第 308 页。

② 孙迎春：《张谷若翻译艺术研究》，中国对外翻译出版公司 2004 年版，第 176 页。

③ 同上书，第 179—181 页。

增强音感给人留下深刻印象的效果，是普通的二字词组、三字词组或五字词组、六字词组所不能做到的。在忠实于原文的基础上，发挥译文语言优势，运用四字格是应该加以提倡的。”①

追求语言音乐特性的朱生豪，对四字成语的偏爱也是明显的，在他的诗作中，我们可以悉察：

《拟古歌谣》②

一禽两木，东飞西宿；黄狐在庭，白狐在屋。

《高阳台·秋感次韵彭郎》③

露冷蒹葭　渚寒鸥鹭　丹枫摇落秋江　萧瑟情怀　长怜月渡星塘　当年春梦迷离地　有蛛丝蔓草萦窗　漏渐长　尽处风更　尽处哀蛩

漫追旧迹成凄咽　总濯春修鬓　换得秋霜　菊影依帏　怜伊长耐宵凉　旧巢燕子天涯侣　应念我清泪千行　莫持觞吟断寒魂　拼取情伤

朱生豪对四字格的使用非常娴熟，可谓信手拈来。所以，富有诗人情怀的朱生豪，在译文中尽量多地使用四字成语的倾向也就不必细察而自明。下面的三组译例是《罗密欧与朱丽叶》中的第二幕第三场和第四场中连续出现的较长段落的对白：连续的译文具有典型性，而篇幅相对较长的对白是一段相对封闭而完整的抒情或议论，从表达效果上要求更高，所以，更容易使用四字成语，基于以上两个原因，笔者选取的译例如下：

例 1. 啊，罗瑟琳知道你对她的爱情完全抄着人云亦云的老调，你还没有读过恋爱入门的一课哩。可是来吧，朝三暮四的青年，跟我来；为了一个理由，我愿意帮助你一臂之力：因为你们的结合也许会

① 冯庆华：《实用翻译教程 英汉互译》，上海外语教育出版社 2002 年版，第 112—113 页。

② 参见吴洁敏、朱宏达《朱生豪传》，上海外语教育出版社 1990 年版，第 124 页。

③ 参见朱尚刚《诗侣莎魂　我的父母朱生豪、宋清如》，华东师范大学出版社 1999 年版，第 100 页。

使你们两家释嫌修好，那就是天大的幸事了。(O! she knew well Thy love did read by rote and could not spell. But come, young waverer, come, go with me, In one respect I'll thy assistant be; For this alliance may so happy prove, To turn your households' rancour to pure love.)

例2. 我可以告诉你，他不是个平常的阿猫阿狗。啊！他是个礼数周到的人。他跟人打起架来，就像照着乐谱唱歌一样，一扳一眼都不放松，一秒钟的停顿，然后一、二、三，刺进人家的胸膛。他全然是个穿礼服的屠夫，一个决斗专家、名门贵胄、击剑能手。啊！那了不得的侧击！那反击！那直中要害的一剑！(More than prince of cats, I can tell you. O! he is the courageous captain of compliments. He fights as you sing prick-song, keeps time, distance, and proportion; rests me his minim rest, one, two, and the third in your bosom; the very butcher of a silk button, a duellist, a duel list; a gentleman of the very first house, of the first and second cause. Ah! The immortal passado! the punto reverso! the hay!)

例3. 让这帮拿腔做调、扭扭捏捏的家伙见鬼去吧！这帮怪声怪气的家伙！什么"耶稣在上，好一把利刃！好一条彪形大汉！好一个风流婊子！"我说老爷子，遇上这么一群满嘴法国话的绿头蝇咱们算是倒了八辈子大霉，这帮时髦家伙，赶新潮赶得连旧板凳都坐不住了——"唉哟！我的屁股！唉哟！我的屁股！"(The pox of such antick, lisping, affecting fantasticoes, these new tuners of accent! —' By Jesu, a very good blade! —a very tall man! a very good whore.' — Why, is not this a lamentable thing, grandsir, that we should be thus afflicted with these strange flies, these fashion-mongers, these *pardonnez-mois*, who stand so much on the new form that they cannot sit at ease on the old bench? O, their *bons*, their *bons*!)

梁译的对应译文：

1. 因为她深知道你的爱只是背诵不知所云的滥调。来，轻薄子，来，和我走，为了一种考虑我可以做你的帮手；这婚姻可能成为一段美满良缘，使你们两个仇家从此尽弃前嫌。

2. 我告诉你说，他不是一只寻常的猫。啊！他是精通礼节的专家。他和人斗剑，像是按照乐谱唱歌一般，恪守时间，距离，和秩序；拿稳了武器，数一、二，在数到三的时候剑已刺到你的胸；他要刺到哪一颗纽扣便可刺到哪一颗，真是决斗家，决斗家；第一流的绅士，决斗法典中的第一理由和第二理由。吓！那致命侧击，反击，命中的一击！

3. 这些古里古怪的，吞吞吐吐的，矫揉造作的家伙，这些好用新名词的家伙，真是无聊！——“耶稣啊，一位很好的剑客！——一位雄壮的汉子！一位很好的杂种。”唉，老朋友，这是不是很令人痛心的事，我们到处遇到这种讨厌的苍蝇，这种时髦贩子，这种满口法文 pardonnez-mois 的家伙，他们这样的喜欢新奇式样以至于坐在旧板凳上都不舒服？啊，他们满口的法文 bons，bons！

从以上译例中我们不难看出，朱生豪使用四字格的倾向比较明显。朱译中的四字结构包括像“人云亦云”“朝三暮四”“扭扭捏捏”“怪声怪气”“彪形大汉”“一臂之力”等的四字成语，也包括诸如“耶稣在上”“时髦家伙”“礼数周到”“一个理由”等习惯用法，这些四字短语，不具有汉语成熟期的特征，是在音乐性需求中自主排列组合的结果。

朱生豪的四字短语还包括类似“可是来吧”，“打起架来”，“都不放松”，“坐不住了”，“我的屁股”等通过添加虚词的手段来拼凑音节以强化译本音乐性的用法。这些下划线部分表示趋势或者语气等意义的虚词，即使删去也并不影响意义，其存在方式与功能都是音乐性的。再看梁译，四字结构的使用也是为数不少，但是多属于前文中的第一类别，也就是四字成语：“不知所云”“美满良缘”“恪守时间”“尽弃前嫌”等，增加虚词拼凑音节的现象不多见。笔者特别统计了四个译本的两译四字格的出现次数，梁译为 664 例，而朱译为 724 例（两译本四字成语表见附录八、附录九），后者多出前者 9.2%，应该说，这也从侧面说明了朱生豪更习惯或喜欢使用四字短语来提高译文读者的接受度和译本的“译语化”程度。

第五节　小结

本章两译文风格比较研究是以“译语化”为视角的。“译语化”是指译文在语言层面和文化层面靠近译入语的程度。首先，莎士比亚剧本中的意象丰富、繁多，它们“能提高、发展、延续、重复悲剧中表达的感情”，在剧中的作用非常重要。这些西方文化色彩浓郁意象在东方文化背景中的再现和阐释值得关注。在考察了选自《哈姆雷特》剧本中的 91 个涉及动物、植物、颜色、自然、神宗、习语等文化意象的朱译和梁译的翻译策略后，我们发现：a. 直译仍然是两译处理意象的主要手段，但在梁译中所占的比例稍高，梁译中的意象直译手段在总意象翻译策略中的比例是 58%，朱译为 51%；b. 梁译中直译加注的手段相对于朱译来说有绝对数量的增加，占总量的 29%，而朱译中只有 3.3% 的意象是用直译加注的手段完成的；c. 朱译中的隐化意象现象较突出，占了 35% 的比例。这些数据表明，朱译的归化倾向较明显，而且，朱译中出现了如“孝道”“阴曹”“入朝晋谒”“贤东床”“同室操戈”“桃花人面”等汉语意象，是译者试图拉近译本与译入语读者的手段，是提高译文“译语化”程度的重要指标。在“连接成分”这小节，表示并列关系的，笔者主要以“and”为例进行了考察。笔者分别检索了“和”“(以)及”“并且”“跟”四个连词在两译中出现的频率，发现梁译为 948 例，朱译为 888 例，可以说明朱译更符合汉语语法“无缝天衣，只是一块一块的硬凑”的表达习惯。表示时间关系的，笔者以“when”为例，考察了共 32 个译例，发现梁译中表示时间的译法有 8 处，其中有完全的对译“（当）……的时候”，也有“届时”“之后”这样的译法。朱译中表示时间的译法有 5 处，有“（当）……的时候”，也有“那时”等的变译。梁译中“隐化”现象可见 23 处（71%）；朱译中“隐化”可见 26 处（81%）。表示转折关系的，笔者以“but”为例，考察了共 50 个译例，发现两译表示转折关系的连词的使用十分集中，朱生豪用“但”“但是”，梁实秋用“可是”“却”“然而”。在“隐化”方面的表现是朱译 14 处（28%），梁译 6 处（12%），相差不小。在人称代词的使用方面，朱译以 15049 例略高于梁译的 13694 例，人称代词占总语料词汇的比例分别是 6.77% 和 6.61%，前者是后者的 1.02 倍，但均低于原文（11.4%）。“隐化”的人称代词包括主格、宾格和所有格等多种形式。从四字格的使用总量上看，梁译四字格为 664 例，而朱译为 724 例，后者多出前者 9.2%。朱生豪的四字短语还包括类似“可是来吧”“打起架来”“都不放松”“坐不住了”等通过添加虚词的手段来拼凑音节以强化译本音乐性的用法。这些策略是译者提高译文读者的接受度和译本的“译语化”程度的明显努力。

第六章

结语

第一节　两译本定量分析研究结论

本书以对比语言学、语料库翻译学及译者风格研究理论等为基础，采用语料库的实证方法尝试对莎士比亚《哈姆雷特》《李尔王》《奥赛罗》《罗密欧与朱丽叶》四部戏剧的梁实秋和朱生豪汉译本的语言特征进行定量描述，通过基本定量分析和“音乐化”“欧化”“译语化”等视角的考察，本书尝试得出以下结论。

一　基本定量方面

在本书的第二章，笔者对两译本进行了基本定量分析，分析的结论如下：

（1）梁译本和朱译本的形符总量分别比原文超出7%和17%，朱译本形符总量、形符/类符比、平均句长等指标均超出梁译本，前者分别是后者的1.08倍、1.07倍和1.08倍。这说明朱生豪的用词略比梁实秋丰富，用法也略富于变化。

（2）两译本的词汇密度非常接近，梁译略高于朱译。但两译均超过原创汉语文学文本（61.4%），说明两译本的文字信息量大，文本的难度也较大。

（3）梁实秋的译本更接近现代汉语。两译本中的人称代词“我”“你”的使用频率都超过母语文本，朱译中的高频词“您”是其他三个文本中所没有的，特点非常突出。

（4）梁译特色词表中表示连接关系的连接成分明显多于朱译，两译的特色词表中的名词尤其是称谓名词（代词）的不同说明了译者对源语或目的语的倾向。

二 “音乐化”方面

在第三章，笔者从“音乐化”的视角对两译进行了定量考察和定性分析。之所以选取这个视角，是因为译本是对将“对话的元素与高度的诗意昂然糅合在一起的”莎氏剧本的翻译，作为剧本的戏剧语言应具有“音乐性”的特点；朱生豪译文在学界被普遍认为是音乐性比较强的译本，是“诗化”散文体。所以，本书从体现音乐特点的“韵”“节奏”“语调”等方面分析了两译在“音乐性”上的表现。

（1）韵。朱译在四个译本中出现的总计 233 句的“十字诗”是其非常鲜明的特点。这些诗句结构整齐，韵律工整。在韵律上朱译的表现是形式比较多样和灵活：除了尾韵之外，还有头韵、行内韵和隔行押韵等。而且有时还用其他的修辞手段来补偿在译文中不能实现的原文韵律。但是，由于朱生豪刻意追求诗体的形式，有些原文语义在译文中便不可避免地流失了。在研究中，笔者还发现的一点是，朱生豪对原文中的韵句没有全部在译文中给予实现，表现出要么是较严格意义上的诗体，要么是连韵律也没有的散文体。而梁译几乎完全再现了原文的韵律，但是只表现出押尾韵的形式，不见诗体语言的其他特征（字数一致、对仗等）。

（2）节奏。通过对两译本的“诗歌的本质属性”——节奏特点的考察，发现朱生豪采用了意义的对称与平行；以意组为单位的行间节奏；用叠词以及“着”“的”“了”“啊”等虚词构成的语音的重叠与停顿来调节音节和节奏等手段来加强译文的节奏特点，凸显了译本的“音乐性”。

（3）语调。从朱译的“十字诗”和梁译韵句的尾词平仄数量，以及两译词频的前 100 个名词的平仄声调比较的结果来看：a. 两译用平仄交替的错落起伏来强化译文的“音乐性”的意图都不是特别明显，其中朱译的平仄交替现象略多于梁译；b. 朱生豪的平声字使用较多，这一倾向可以大致说明译者尽量使得译文具有铿锵、豪放和激昂的特点，而更多使用仄声字的梁译，呈现自然、温婉、利落等特点。

综合以上三个方面，朱译本的“音乐性”更高，凸显译本“音乐性”的手段更丰富、多样。而梁实秋译本的“音乐性”特点相对来说不明显。

这些在译文中的具体表现与译者对文本音乐性的认识："音乐是最进化的言语，一切'散文的'语言文字是第一级，诗是第二级，音乐是最高级，完全依凭感觉，脱离意象而独立了。凡越朦胧则越真切"（朱生豪）和"诗歌要求'音乐的美'何不去听交响乐""至于原文节奏声调之美，则译者力有未逮，未能传达其万一，唯读者谅之"（梁实秋）基本印合。

三 "欧化"方面

在第四章，笔者在对导致汉语"欧化"的因素和现代汉语"欧化"历程作了梳理和回顾之后，分别把"被"字句、"N 的 V"结构、表示判断意义的"是……的"结构和介词、数量词等词类作为考察对象，对两译进行了比对后发现：四部作品中的"被"字句在梁译和朱译中出现的次数分别为 315 处和 147 处，前者是后者的 2.14 倍。梁译中的"被"字句语义色彩（表示积极、消极、中性意义）分布更分散，用法（与光杆动词，动词词组、V + 着、了、过等搭配使用）更灵活。从"N 的 V"结构来看，梁译和朱译的用法分别有 57 例和 67 例，前者是后者的 0.85 倍，两译中的此类结构受原文的影响不大。表示判断意义的"是……的"结构在梁实秋译本和朱生豪译本中分别有 209 例和 159 例，前者是后者的 1.31 倍。介词"在"放在句首表示时间的用法，梁译和朱译的译例数量分别是 70 例和 33 例，相差 2.12 倍。数词"一"与"个""种""位"等量词搭配的用法统计结果是梁译涉及 69 个量词的 1172 例用法，朱译涉及 56 个量词的 1612 例用法，前者是后者的 0.72 倍。如果不考虑以上四个指标的权重系数，笔者尝试量化了两译的"欧化"数值，用倍数表现为：$(2.14 + 0.85 + 1.31 + 0.75) \div 4 = 5.05 \div 4 = 1.26$。也就是说，梁译的欧化程度为朱译的 1.26 倍。我们可以凭数值推断，梁译本比朱译本表现出更明显的"欧化"特征。这一事实与译者留学美国的背景和崇尚"自然""存真"的翻译观无不相关。

四 "译语化"方面

"译语化"是指译文在语言层面和文化层面靠近译入语的程度。莎士比亚剧本中的意象丰富，繁多，它们"能提高、发展、延续、重复悲剧中表达的感情"，在剧中的作用非常重要。这些西方文化色彩浓郁意象在东方文化背景中的再现和阐释值得关注。在考察了选自《哈姆雷特》剧本中的共91个涉及动物、植物、颜色、自然、神宗、习语等文化意象的朱译和梁译的翻译实例后我们发现以下几点。

（1）直译仍然是两译处理意象的主要手段，但在梁译中所占的比例稍高，梁译中的意象直译手段在总意象译例中的比例是58%，朱译的是51%。

（2）梁译中直译加注的手段相对于朱译来说有绝对数量的增加，占总量的29%，而朱译中只有3.3%的意象是用直译加注的手段完成的。

（3）朱译中的隐化意象现象较突出，占了35%的比例。朱译中还出现了如"孝道""阴曹""入朝晋谒""贤东床""同室操戈""桃花人面"等汉语意象，是译者试图拉近译本与译入语读者距离的手段，是提高译文"译语化"程度的重要指标。

在"连接成分"部分，表示并列关系的，笔者主要以"and"为例进行了考察。笔者分别检索了"和""（以）及""并且""跟"四个连词在两译中出现的频率，发现梁译为948例，朱译为888例，说明朱译更符合汉语语法"无缝天衣，只是一块一块的硬凑"的表达习惯。表示时间关系的，笔者以"when"为例，考察了共32个译例，发现梁译中表示时间的译法有8处，其中有完全的对译"（当）……的时候"，也有"届时""之后"这样的译法。朱译中表示时间的译法有5处，有"（当）……的时候"，也有"那时"等的变译。梁译中"隐化"现象可见23处（71%）；朱译中"隐化"可见26处（81%）。表示转折关系的，笔者以"but"为例，考察了共50个译例，发现两译表示转折关系的连词的使用十分集中，朱生豪用"但""但是"，梁实秋用"可是""却""然而"。在"隐化"方面的表现是朱译14处（28%），梁译6处（12%），相差不小。

在人称代词的使用方面，朱译以15049例略高于梁译的13694例，两译文人称代词占总语料词汇的比例分别是6.77%和6.61%，前者是后者的1.02倍，但均低于原文（11.4%）。"隐化"的人称代词包括主格、宾格和所有格等多种形式。

从四字格的使用总量上看，梁译四字格为664例，而朱译为724例，后者多出前者9.2%。朱生豪译文的四字短语还包括类似"可是来吧"

“打起架来”“都不放松”“坐不住了”等通过添加虚词的手段来拼凑音节以强化译本音乐性的用法。这些策略是译者提高译文读者的接受度和译本的“译语化”程度的明显努力。

为了更清晰地了解两译的概貌，笔者将以上研究结论及两译者的翻译动因、目的、学界评价等内容进行了概括，如表6—1所示。

表6—1　　两译概貌

比较项目		朱生豪译文	梁实秋译文
动因		“足救时弊”；做个“民族英雄”；“詹文浒先生之鼓励”	外因：胡适的倡导；余上沅的影响 内因：阐释其人性论的文艺思想；追求“真”、“善”“美”的使命
目的		启蒙民主，更新民德；教化普通群众	“还读者一个真实的莎士比亚”
用时		十年：1935年春—1944年冬（11月26日）	十四年：第一阶段：1931—1937年、1939年 第二阶段：1959—1968年
学界评价		“文句典雅，译笔流畅，决无佶屈聱牙之弊”“在古典与欧化之间维持着微妙的平衡”“明白晓畅，把可读性和可接受性摆在首要位置”“诗化散文体”	“学院派”　“华实相扶、情文兼至”“‘中庸’的翻译原则，恰切适度，杂合”“不回避种种困难，尽最大努力传达莎翁原意”“散文体”
基本定量指标	形符数	125559	136837
	类符数	10617	10797
	类符/形符比	11.82	12.67
	句子总数	9299	9649
	平均句长	13.502	14.181
	词汇密度（%）	64.1	63.52
	前十高频词	的、我、你、是、了、他、不、一、在、这	的、我、你、是、了、他、不、这、在、一
	前十特色词	您、它、跟、这儿、可是、要是、吗、乳媪、瞧、弄人	但是、便、若、么、你、何、并且、与、景、使得

续表

比较项目	朱生豪译文		梁实秋译文
音乐化视角	韵	“有韵未必译”：要么十字韵诗、要么无韵叙述体；韵式灵活	“有韵必译”，韵的种类和数量完全依照原文
	节奏	表示节奏字数 300（抽样语料）通过意义的对称与平行，意组为单位、叠词（总用例 387）及“着”“的”“了”、虚词等实现节奏	表示节奏字数 128（抽样语料）叠词总用例 232
	声调	十字韵诗尾字：61 平声、48 仄声；前 100 名词：50 平声、46 仄声 铿锵、豪放、激昂	韵诗尾字：135 平声、194 仄声；前 100 名词：38 平声、59 仄声 自然、温婉、利落
欧化视角	“被”字句	147 处	315 处；消极、中性和积极的语义分布灵活，用法结构分布分散，但有时略显生硬和机械
	“N 的 V”结构	63 处	57 处
	“是……的”结构	159 处	209 处：不完全译自“be + 形容词”
	介词（“在于句首表时间”）	33 处	70 处
	数量词（一）	涉及 56 个量词的 1612 例用法	涉及 69 个量词的 1139 例用法；词汇变化度更高
译语化视角	文化意象	5.5% 显化、35% 隐化、3.3% 直译加注、51% 直译	0% 显化；7.7% 隐化；29% 直译加注；63.3% 直译
	连接成分	并列关系（和）：888 例 时间关系：隐化占 81% 转折关系：隐化占 28%	并列关系（和）：948 例 时间关系：隐化占 71% 转折关系：隐化占 12%
	人称代词	词数：15049（占总语料 222430 百分比：6.765%）	词数：13694（占总语料 207292 百分比：6.606%）
	四字格	724 例	664 例

第二节　两译译者/作风格

在结合所观察到的现象来梳理译者/作风格的时候，我们不妨按照风格产生的动因来对两译的风格进行分析。

影响译者/作风格产生的因素

（一）外部因素

1. 时代背景

任何社会文化活动都是时代的产物："时运交移，质文代变"，作为文化交流和沟通的主要方式的翻译也不能例外。所以，它必承载着鲜明的时代特征。影响译者风格的时代特征主要表现在翻译的选材上：或迎合时代发展的需要（汉唐时的佛经翻译，明末清初的科技、"新学"翻译），或符合当时的主流文化需求（五四运动后的马列主义经典著作和无产阶级文学作品的翻译）等。梁实秋和朱生豪选择翻译莎士比亚作品的时间接近，都是20世纪30年代，当时的中国社会正处于从近代走向现代的历史转折点上，是政治、文学领域的重大变革时期。受"文以载道"的禁锢，翻译的选材更注重的是教化和政治功能。而当时中国还没有《莎士比亚全集》的汉译本，戏剧家余上沅曾感慨道："中国研究莎士比亚的人并不见的少，而至今还没有一个翻译全集的计划，——这还不应该惭愧吗？"① 除了提升民族文化能力的需求外，译介经典的外国文学作品也是新文化运动的代表之一胡适等倡导的"通过介绍异域文化而充实民族语言和文化的手段"② 的结果。朱生豪开始着手翻译莎剧的1935年更被茅盾称为"翻译年"："当时各书店竞相出版外国文学书籍。竞争之下，也就舍得花钱了。这种风气大概也促成一九三五年之所以被叫作'翻译年'。"③

---

① 参见王建开《五四以来我国英美文学作品译介史》，上海外语教育出版社2003年版，第94页。

② 严晓江：《梁实秋中庸翻译观研究》，上海译文出版社2008年版，第82页。

③ 吴洁敏、朱宏达：《朱生豪传》，上海外语教育出版社1990年版，第105页。

> 因为这一年，郑振铎先生编的《世界文库》便是介绍世界文学的大型刊物。还有鲁迅先生译的《死魂灵》，傅东华译的《唐·吉诃德》，李霁野译的《简爱自传》，梵澄译的尼采名著《苏鲁支比此》等等，都是在一九三五年问世的。世界书局作为三十年代国内最大的出版企业之一，在这股翻译热潮中自然不甘落后。……接着又打算翻译全套莎士比亚名著。①

时代背景对朱生豪翻译莎剧的另一方面的影响作用还表现在他的“民族英雄”的情结上，他的胞弟朱文武在《朱生豪译莎侧记》中曾经写道：“那些年月里，日本帝国主义欺侮中国人民气焰很盛。恰好讥笑中国文化落后到连莎氏全集都没有译本的，又正是日本人。因而，我认为他决定译莎，除了个人兴趣等其他原因之外，在日本帝国主义肆意欺凌中国的压力下，为中华民族争一口气是重要的动力。”②

梁实秋响应胡适的倡导，选择翻译以突出表达永久人性为主题的莎士比亚作品，实际上是处于当时的文学主流形态的边缘，“无论是机关主持的，或私人进行的翻译，对于原著的选择宜加审慎，愚以为有学术性者，有永久价值者，为第一优先。有时代需要者，当然亦不可尽废”。③ 可见，梁实秋在翻译选材上没有盲目地逢迎时代的需求，而是恪守着自己的原则，在翻译作品中实现原作者与自己的精神人性相契合，反映永恒的“真”“善”“美”的人性。

2. 主流诗学

“诗学”（poetics）一词，最早见于古希腊时期亚里士多德的《诗学》，其意思包含了“诗”和“技艺”两个方面，具体指的就是“作诗的技巧”。随着学科的发展，“诗学”逐渐发展成为“文艺理论的代名词”④。勒菲弗尔的“诗学”概念包含两方面的内容：一是指文学手法、文类、主题、原型人物与环境、象征；二是指文学的社会角色。很明显，

---

① 吴洁敏、朱宏达：《朱生豪传》，上海外语教育出版社 1990 年版，第 106 页。

② 参见吴洁敏、朱宏达《朱生豪传》，上海外语教育出版社 1990 年版，第 107—108 页。

③ 梁实秋：《漫谈翻译》，载《梁实秋文集》编辑委员会《梁实秋文集》（第 5 卷），鹭江出版社 2002 年版，第 438 页。

④ 曹顺庆：《比较文学概论》，中国人民大学出版社 2011 年版，第 106 页。

"诗学"的概念在此被分成狭义和广义两种。在翻译理论中，主要涉及的是狭义诗学，即"文学手法、文类、主题、原型人物与环境、象征"等元素。译入语文化的主流诗学对翻译主体的操纵，是主体文化的文学范式的强大辐射功能的表现。"译者往往试图用自己文化的诗学重铸原文，结果迎合了新的读者，并且保证了译文可以读懂。（Accordingly, translators often try to recast the original in terms of the poetics of their own culture, simply to make it pleasing to the new audience and, in doing so, to ensure that the translation will actually be read.）"① 从支谦译经"曲得圣义，辞旨文雅"，尝试用本土诗学改造古印度诗学，到张谷若在翻译哈代的《还乡》和《德伯家的苔丝》时大量的四字成语的使用；从傅东华翻译美国小说《飘》时，把书中众多人名、地名中国化到霍克斯翻译《红楼梦》诗词时，频繁使用押头韵等英语语言特有的修辞手段，所有的这些翻译策略，无一不是为了迎合译入语主流诗学的范式，从而满足译文读者的审美期待。在符合译入语的主流诗学方面的表现，两译相较，应该是朱译本的表现更明显些。译本中的称谓名词："娘娘""老爷""汉子""夫人""伯"，类似汉语五言格律诗："老父衣百结，儿女不相认；老父满囊金，儿女尽孝心"，汉语文化意象："另抱琵琶""入朝晋谒""贤东床""琴瑟调和""同室操戈""锦囊妙计""桃花人面"以及四字格的大量用法等都是译者迎合译入语主流范式的意图在译本中的体现。

3. 赞助人

> 一次翻译活动好比一根环环相扣的链条，翻译赞助者就是其中的第一环，当然有时赞助者就是译者本人。这一角色所起的作用就是发起翻译活动，确定译文的目的，从而影响整个具体的文本翻译过程。翻译指令是翻译活动的起点，也是赞助者给译者的指示，主要是对译文的目的、策略、功能、接受者等问题进行规定，以确保翻译活动的顺利进行。②

---

① Lefevere, A., *Translation, Rewriting and the Manipulation of Literary Fame*, Shanghai Foreign Language Education Press, 2004, p. 26.

② 严晓江：《梁实秋中庸翻译观研究》，上海译文出版社 2008 年版，第 86 页。

由此可见，赞助人对译本的形成所起的不可忽视的作用。朱生豪翻译莎剧的赞助单位是世界书局，“世界书局以每千字两块钱的报酬，与朱生豪签订了译莎合同，一边交稿，一边付酬。”① 力推朱生豪来完成这项艰巨的文学使命的是他的老师詹文浒：“廿四年春，得前辈同事詹文浒先生之鼓励，始着手为翻译全集之尝试。”② 梁实秋译莎由胡适先生倡导：“幸而胡适之先生倡导翻译莎氏全集，使我有了翻译的方向……”③ 胡适倡议组织一个“莎士比亚戏剧全集翻译委员会”，拟请五个人担任翻译，即梁实秋、闻一多、徐志摩、叶公超和陈西滢。可是“后来五人小组中的徐志摩坠机罹难、闻一多因学潮离开青岛大学，最终因抗战爆发而搁浅。”④ 只有梁实秋一个最后担此重任。

> 胡适及其所代表的编译委员会倡导译莎，委派翻译任务，他们不仅制定了详细的翻译计划，也给出了具体的翻译指令，而且还为译者支付各种费用，当然也保证书籍出版，是梁实秋名副其实的翻译赞助者。没有他们的发起和委托，可能也就不会有梁实秋长达 38 年的译莎生涯。⑤

对于具体人员分工、翻译的文体及方法、交稿时间与稿费等问题都在 1931 年致闻一多、梁实秋的信中可见其详细的安排，包括其中的“关于翻译之文体，不便详加规定，但大体宜采用有节奏之散文。所注意者则翻译不可成为 paraphrase 文中难译之处，须有详细注释。”⑥ 这对梁译本的面貌形成应有一定的影响。对于胡适对译文加注的建议和要求，梁实秋本人也有这样的回忆：

---

① 参见吴洁敏、朱宏达《朱生豪传》，上海外语教育出版社 1990 年版，第 107 页。

② 朱生豪：《〈莎士比亚戏剧全集〉译者自序》，载吴洁敏、朱宏达《朱生豪传》，上海外语教育出版社 1990 年版，第 264 页。

③ 梁实秋：《梁实秋文学回忆录》，陈子善编，岳麓书社 1989 年版，第 83 页。

④ 王建开：《五四以来我国英美文学作品译介史》，上海外语教育出版社 2003 年版，第 96 页。

⑤ 严晓江：《梁实秋中庸翻译观研究》，上海译文出版社 2008 年版，第 88 页。

⑥ 参见耿云志、欧阳哲生《胡适书信集 上》，北京大学出版社 1996 年版，第 540 页。

> 开始翻译时，我想不加注解而能使读者明了译文。译了几本之后，胡适先生要求我加注解。我就补加了……译本加注并非难事，莎剧的原文的版本很多都是有注解的，注得很详尽，像《新集注本》尤其丰富。有许多注解都是关涉到原文版本之考证，并不一定有助于译本的了解。所以我加注解是有选择的，并不以多取胜。但是已有人指我的译本是学院式的了。[①]

除了加注的具体策略外，梁实秋译本的白话散文体也是编译委员会实施的结果，但是，他没有盲目服从，在翻译中“借助白话文体的语言形式，显示外来文学的陌生性，以改进中文的文法、句法，借西洋的语言长处来提高汉语的表现力。”[②] 这些特点又与本书中得出的梁译“欧化”特征较为明显的结论相印和了。

（二）内部因素

1. 文学（翻译）观

“文学观是指对文学本质、文学主体、文学审美以及文学批评等问题的认识以及在创作实践中体现出的文学理念。”[③] 梁实秋的文学观是人本主义的：“我们现在若采取人本主义的文学观，既可补中国晚近文学之弊，且不悖于数千年来儒家传统的思想背景”[④]，“文学发于人性，基于人性，亦止于人性。”[⑤] 而“朱生豪的文学观是以‘诗言志’为本位的儒家传统文学观，文学可以推动作家去关心国家的命运和人民的疾苦，而不把文学看成流连光景、消遣闲情的东西。”[⑥] 他的“民族文化英雄”的情结在他的诗作中有较明显的呈露：“看纵怀四海，放志寥空！慨河山瓯缺，

---

① 梁实秋：《“岂有文章惊海内”——答丘彦明女士问》，载《梁实秋文集》编辑委员会《梁实秋文集 第5卷》，鹭江出版社2002年版，第537页。

② 严晓江：《梁实秋中庸翻译观研究》，上海译文出版社2008年版，第91页。

③ 李媛惠、任秀英：《朱生豪与梁实秋的莎剧翻译对比研究》，《外语与外语教学》2012年第6期，第79页。

④ 梁实秋：《现代文学论》，载《梁实秋文集》编辑委员会《梁实秋文集》（第1卷），鹭江出版社2002年版，第399页。

⑤ 同上书，第143页。

⑥ 李媛惠、任秀英：《朱生豪与梁实秋的莎剧翻译对比研究》，《外语与外语教学》2012年第6期，第79页。

端整百年功”（《一九三三级级歌》调寄“八声甘州”），“从今天起我埋葬了/青春的游戏，肩上/人生的担负，做一个/坚毅的英雄”（《别之江》）①。对于朱生豪“诗言志”的文学观和翻译思想，我们可以从吴洁敏、朱宏达的这段评论更好地加以理解：“我们与其说朱生豪以他高度的翻译技巧去译莎，不如说他是用自己的整个生命在译莎；是以他的诗才、诗魂去咀嚼莎剧，至爱莎剧，要不是他和三百多年前的莎翁心灵相通、神魄相交，他孤身一人，贫病相煎，又怎能在半个世纪之前，就开始在译莎的艰巨工程面前去勇敢攀登，为我国开创了一个译莎和研究莎学的新局面呢！”② “所谓‘翻译思想’指翻译家对翻译之‘道’的经验的高度提升或高层级认知，这种认知又反过来指导他在更高层级上的实践，由此获得新的经验，从此周而复始。”③ 严复的“信”“达”“雅”、钱锺书的“化境”、傅雷的“神似”等实际上都是译者的翻译思想，是译家对翻译之道的高度提升，同时又会在更高层次上指导翻译实践。“人本观”在梁实秋翻译过程中的体现，一是译者始终对原文作者和译文读者的细密观照；二是指译者充分发挥阐释者的主观能动性。所以他“对于翻译之进行慎重细心，以求无负于作者与读者”。④ 文学观直接影响译者翻译策略的选择，在“教化民众”“诗言志”的文学观影响下，朱生豪译莎的宗旨和策略表现如下：

> 余译此书之宗旨，第一在求于最大可能之范围内，保持原作之神韵，必不得已而求其次，亦必以明白晓畅之字句，忠实传达原文之意趣；而于逐字逐句对照式之硬译，则未敢赞同。凡遇原文中与中国语法不合之处，往往再四咀嚼，不惜全部更易原文之结构，务使笔者之命意豁然呈露，不为晦涩之字句所掩蔽。每译一段竟，必先自拟为读者，察阅译文中有暧昧不明之处。又必自拟为舞台上之演员，审辨语

---

① 参见吴洁敏、朱宏达《朱生豪传》，上海外语教育出版社 1990 年版，第 70—71 页。

② 吴洁敏、朱宏达：《朱生豪和莎士比亚》，《外国文学研究》1986 年第 2 期，第 16 页。

③ 刘宓庆：《中西翻译思想比较研究》，中国对外翻译出版公司 2005 年版，第 2 页。

④ 吴奚真：《悼念实秋先生》，载陈子善《回忆梁实秋》，吉林文史出版社 1992 年版，第 57 页。

调之是否顺口，音节之是否调和，一字一句之未惬，往往苦思累日。①

可见，“保持神韵”“明白晓畅”“顺口”“调和”这些特点在朱译本中的突出表现是与译者的文学观紧密相连的。

2. 双语语言能力

形成译者风格的根本性因素是译者的语言能力，它是翻译行为进行的最初和最终的载体。梁启超所言“凡译书者，于华文西文及其所译书中所言专门之学，三者具通，斯为上才。”② 其中所指的华文西文就是我们今天说的汉英双语语言能力。译者一方面应具有较高的源语认知感悟能力（包括对源语的语义、语境、文化符号、历史典故、审美标记甚至弦外之音的理解）；另一方面应具有较高的目的语的操控运用能力。译者往往通过源语的语言符号，与笔者进行对话，最大限度地准确了解笔者的意图和要表达的信息，然后再通过生动、最小误差、最少遗失的目的语，把原作的精神、风骨以及所有的信息传达给译文读者，尽量避免由于误译、漏译、死译、硬译等给译文读者的理解和鉴赏造成噪音的可能。梁实秋花费37年译完四十卷本皇皇四百万字的《莎士比亚全集》及多达一百二十四册的《世界名人传》等其他十余种英文作品，是以非常扎实的双语基本功为前提和基础的。梁实秋从小饱读诗书，终日消磨在“自地及宇，皆书，不见墙”的饱蠹楼内，小学时便开始学习英文，19岁在清华读书时便出版诗集（《荷花池畔》），青年时留学美国，在哈佛时“他主要是努力致力于西方文学和文学理论的学习与研究”，③ 所有这些经历是他驾轻就熟于英、汉两种文字之间的保障。梁实秋一生留下了两千多万字的宝贵文字遗产，可谓英汉双语语言巨匠。朱生豪也是从小就显示出了极高的文学天赋：“四五岁就会背诵《三字经》《神童诗》”，“九岁初小毕业，得了甲级第一名”。在一高就读的时候，“他的国文和英语成绩在班内总是遥

① 朱生豪：《〈莎士比亚戏剧全集〉译者自序》，载吴洁敏、朱宏达《朱生豪传》，上海外语教育出版社1990年版，第264页。

② 梁启超：《论译书》，载《翻译通讯》编辑部《翻译研究论文集（1894—1948）》，外语教学与研究出版社1984年版，第19页。

③ 宋益乔：《梁实秋评传》，中国社会科学出版社2005年版，第57页。

遥领先。”[①] “他文学上的天才，在中学时期，就有惊人的表现。”[②] 在此期间，朱生豪发表了多篇诗作、论文等。之江大学四载，他博览群书，性好诗词，所有的这些储备和素养都为他“埋头伏案，握管不辍”“尽注”“毕生精力”“前后历十年而全稿完成”的“艰巨”“译莎工作”[③] 提供了坚实而牢固的语言基础。

除了译者的文学观、翻译思想、双语语言操控能力之外，影响译者风格形成的内部因素还包括双语文化能力思维习惯、审美趣味、生活经验、民族身份、年龄、性别等。

可见，译者/作风格的产生受制于以上诸多因素。我们可以尝试把影响译者/作风格形成的因素比作 A，把译者的风格比作 B，把译者风格在译作中的表现比作 C，其过程应该是 A→B→C，而我们现在通过译本来探究译者风格和风格的成因的过程刚好是反过来的：C→B→A，其难度可想而知。能否客观全面地把 A 和 C 还原，受研究者的研究角度，研究方法等诸多因素的限制和影响。所以，本书综合以上数据和结论，把两译作在《哈姆雷特》《李尔王》《奥赛罗》和《罗密欧与朱丽叶》中的表现从以下三个方面加以概括。

第一，语言形式。梁译的“欧化”特点明显和突出，集中表现在“被”字句、介词、“是……的”等句式和结构上。而朱译的“译语化”和“音乐性”更强。朱译色彩浓重，激情奔放时如惊涛拍岸，而梁译自然中和、温婉敦厚，如涓涓细流，缓缓浸润。如把莎剧语言的形式美比作要表演的英伦美女的话，朱生豪应是在她上台之前，为她换上了旗袍，挽上了云鬓，化上了甚至接近于京剧脸谱式的妆容来加强观众对她的接受和欣赏。而梁实秋则为她做基本的准备，该美化的地方尽量美化，毕竟，舞台造型是要夸张于生活基本造型的。但是，不会为迎合观众的审美情趣来做夸张的变化。这是梁实秋简约的美学思想和“再现为主，表现为辅”的翻译观的具体体现。

---

① 吴洁敏、朱宏达：《朱生豪传》，上海外语教育出版社 1990 年版，第 8—11 页。

② 宋清如：《译者介绍》，载吴洁敏、朱宏达《朱生豪传》，上海外语教育出版社 1990 年版，第 281 页。

③ 朱生豪：《〈莎士比亚戏剧全集〉译者自序》，载吴洁敏、朱宏达《朱生豪传》，上海外语教育出版社 1990 年版，第 264 页。

第二，忠于原文作者和关照译文读者的程度。朱生豪在译文中添加译者主观理解和欣赏的成分相对较多，其中较为典型的表现是在对原文的西方意象、习语等文化内涵采用归化处理的翻译策略上。而梁译确实更忠于原文作者和源语的表达习惯，用直译或直译加注这种“厚重翻译法”的异化策略来试图搭建中西文化沟通的桥梁。译者有意借助直译法所体现出来的“心理距离”来表现一种显隐关系，留下更加丰富的“诗外之味”“言外之旨”供译语读者回味。

第三，译文的遗憾。朱译本因为时代特征明显而在当代读者的阅读视线里略显老旧。为了追求表达效果，译者舍弃了语义的完整和精准；译文中译者的加工和“汉化”的程度较高，未能满足译文读者对译域文化的审美期待。梁译本表现在节奏感等特点的音乐性不强，是对原文高度音乐化和戏剧化语言的“不忠实”；对于原文的修辞等语言高级手段未能巧妙以译入语的形式再现；对第二人称代词的修辞作用和语体功能的忽视；戏剧人物语言的阶级性和个性化体现不足。

然而，产生于特殊历史时期的两译，在更新思想观念、促进对国学优良传统的复归、构架中西方文化交流的桥梁、丰富现代汉语的表达形式、促进中国现代戏剧的发展等多方面出色地完成了历史赋予的使命，是中国翻译史上的两座瑰丽的“丰碑”。

第三节　研究意义

一　实践意义

本书中涉及的方法论在某种程度上充盈了基于语料库的文本特征描写和译者/作风格分析研究的策略和手段，有助于拓展研究方向和思路，从而对更加系统、全面的此类研究方法体系的构建具有一定的参考价值。同时，笔者通过探究影响译者/作风格形成的要素，梳理了译者/作风格形成的原因，并且尝试发现优秀译者/作风格表现的有效方法及手段，为翻译实践提供了有益的借鉴。

莎士比亚作品具有经典的文学意义。梁实秋、朱生豪的译本特点鲜明，所以，在研究过程中我们创建的语料库及涉及的某种语言现象和翻译策略的大量译例，对翻译教学、翻译实践都将具有一定的参考价值。

本书的结论将为不同的译文读者挑选适合自己的审美情趣和文字鉴赏水平以及阅读目的提供一定的帮助和借鉴。在生活节奏日益加快的今天，译文读者对于经典文学的欣赏变得更加挑剔，希望用最短的时间汲取最大程度的文学营养。这样一来，对不同译本译者的风格鉴定和识别就为更多的读者节省了很多时间和精力，他/她便不必多个译本的亲自辛苦尝试，可以直接通过比对自己的阅读需求和相关研究，用自己喜欢或倾向的译本达到与原文作者进行心灵对话的目的，在客观上提高了经典文学传播的广度、深度和效度。

二 理论意义

两位译者的文本特征描写和译者/作风格的结论有助于翻译文化史研究以及中国莎学研究。译者/作风格研究是翻译研究文化转型后的重要组成部分。聚焦梁实秋、朱生豪两位中国翻译史上卓有影响力的译家风格，梳理译家的翻译观和翻译思想，对我们了解这段时期的中国翻译史会起到一定的参考作用。同时，莎士比亚作品是全世界的精神和文化瑰宝，其在中国的介绍和翻译应该受到相应的待遇。所以，从原文精神风貌和形式品格的视角，用定量比较这种客观可靠的方法，在译文中不断、反复挖掘、论证表现在语言形式上的翻译策略，是对莎士比亚作品高度负责的态度的体现，同时其结论对于浩瀚的中国的莎学研究也具有一定的参考价值。在比较考量译者风格的过程中，笔者虽然没有对两译进行优劣的辨别，但是，根据语言发展和演化的趋势，符合历史的选择的译本必将具有更强的生命力。所以，研究中涉及的某种哪怕是极其微小的语言现象，对语言发展规律的认识，或对后人复译莎士比亚作品都会起到一定的借鉴作用。

两位译者都是历经数年完成译著，其过程非常之艰辛不易，译著具有历时的系统性的特点，加之两位译家的成长环境和文化背景有很大的差别，所以形成不同的风格的可能性很大。通过较为全面的研究，我们证明了译者的风格存在的事实，指出风格本身值得关注和研究，不同译者的风格值得尊重和甄别等命题，为日后学者研究译者风格提供了理论基础。

产生于特殊历史时期的译文，对于研究经典文学译作与现代汉语的发展关系将具有一定意义。梁实秋和朱生豪所生活的年代正是中国社会从近代走向现代的转折时期，白话文运动如火如荼，风起云涌。大浪淘沙的荡涤过后，现代汉语的语言形式趋于稳定。所以，两译家所处时期的文学翻译作品既是白话文运动初期后沉淀下来的较为成熟的现代汉语书面语的子体，又是改革开放后乃至目前汉语的书面语形态的母体，其中糅杂着将近一个世纪的语言特征，里面涉及的文字、文化和文学现象非常复杂和丰富，从这个意义上讲，本书的成果对文学经典翻译作品及其对现代汉语的发展和变迁所产生的影响及语言接触规律的研究都具有一定的理论价值。

第四节　研究局限及展望

与所有的研究成果一样，本书由于研究者的水平和认知能力有限、语料的不完整及研究方法本身的局限等，也不可避免地存在着很多不足。

一　语料库建设方面

朱生豪的译本没能采用译者的纯译本，是本书语料库建设的最大缺陷。但是考虑到研究的视角确定在了译者风格和译作风格两个方面，本书采用了影响范围广泛的 1998 年译林出版社出版的“朱生豪译本”，所以研究结论仍然具有一定价值。再有，语料库研究方法的特点是挖掘译者在译作中“反复出现”的语言习惯，因此，研究的结论是经笔者在观察译者多次在译文中留下的语言特征得到的，因此，本书的结论与基于朱生豪纯译本语料得出的结论应该不会有太大的出入。但是，笔者也会争取在后续的研究中精确语料，使得研究结论更加客观、真实、可靠。

《麦克白》作为莎士比亚四大悲剧之一，没有在本书中被采用，也是遗憾。在后续的研究中，笔者力争纳入更多剧目的译本，包括有影响力的喜剧《威尼斯商人》《皆大欢喜》《第十二夜》等，从而使语料更加充实，研究结论更加完善。

二　解释论证方面

在根据译本的语言特征梳理译者/风格的部分，由于现存的关于两译者的翻译思想、策略等外围文献资料的不平衡，所以笔者难免会对可参考的资料多的梁实秋分析解释的多些，对可用资料相对较贫乏的朱生豪涉及的少些。但是，语料本身是最能说明问题的，外围资料的有限应该不影响结论的信度。

在根据语料的原始数据推断结论的过程中，因为笔者的认知角度有限和先在的主观倾向等因素而使得结论与真实面貌产生了偏差也是在所难免的。

三 研究方法方面

本书的主要研究方法是以语料库方法为主的定量研究，所以，不可避免地会带有语料库研究方法的不足和局限。

如胡开宝在讨论语料库研究方法的局限时提到的：

> 语料库方法的应用只能提供丰富的翻译实例或双语对应实例以及相关数据，但不能提供关于翻译现象或翻译本质的解释。任何一项研究需要回答“什么”“如何”和“为什么”3个层面的问题。相比较而言，解答“为什么”的问题要比回答其他两个问题重要的多，他是科学研究的核心问题。不过，语料库只能回答前两个问题，最后层面的问题离不开内省或演绎等方法的运用。①

笔者在描述“什么”“如何”环节上下的功夫比较多，而在解释“为什么”上面做得不够充分，在研究的总过程中，这部分明显显得薄弱。这也是笔者在今后的研究中要力争补充和加强的。

研究方法方面的第二点不足是，研究对象有待扩大：本书的考察对象仅限于词汇、句式，没有涉及语篇、话轮转换等更大规模的考察项目。在研究中我们也应该使用更多种的文本分析软件的更多功能来完成语料的分析，如可通过单位语料字词的总笔画数来判断文本的正式程度等，这些都是笔者在以后的研究中要力争探索和完成的。

研究方法方面的第三点不足是，研究的视角可进一步扩展，如因为是戏剧文本，可考虑用“戏剧化”视角来对两译本进行考量；也可以考虑采用译者风格语料库研究常用的视角“显化”“净化”等。

研究方法方面的第四点不足是，比较的范围可更多地在译文与译者的

---

① 胡开宝：《语料库翻译学概论》，上海交通大学出版社2011年版，第196页。

原文，两译本与其他译本（方平译本、卞之琳本）的比较过程中来凸显对象译者风格。

虽然任何研究也不可能穷尽所有形式，笔者仍会在以后的研究中，尝试用更丰富的语料库的方法得到更多可信的数据，探索搭建更完整的语料库译者风格研究系统和框架。

综合以上，囿于笔者的能力和水平有限，研究中涉及的方法和结论难免有不够严谨和有失客观的地方。但是，在整个研究过程中，笔者切实地做到了研究和分析“之进行慎重细心，以求无负于读者”，然笔者“力有未逮，未能传达其万一，唯读者谅之”。

参考文献

英文参考文献

[1] Anderson, R. L. , *Elizabethan Psychology and Shakespeare's Plays*, Kessinger Publishing, 2008.

[2] Baker, M. , *Routledge Encyclopedia of Translation Studies*, Shanghai Foreign Language Education Press, 2004.

[3] Bassnett, S. , *Constructing Culture*, Shanghai Foreign Language Education Press, 2001.

[4] Baxter, J. , *Shakespeare's Poetic Styles: Verse into Drama*, Routledge & Kegan Paul, 1980.

[5] Bayley, J. , *Shakespeare and Tragedy*, Routledge & Kegan Paul, 1981.

[6] Bloom, H. , *Shakespeare: The Invention of the Human*, Riverhead Books, 1998.

[7] Boorman, S. C. , *Human Conflict in Shakespeare*, Routledge & Kegan Paul, 1987.

[8] Bosseaux, C. , *How Does it Feel? Point of View in Translation: The Case of Virginia Woolf into French*, Rodopi, 2007.

[9] Brennan, A. , *Shakespeare's Dramatic Structures*, Routledge & Kegan Paul, 1986.

[10] Coursen, H. R. , *Shakespeare Translated: Derivatives on Film and TV*, Peter Lang, 2005.

[11] Danson, L. , *Shakespeare's Dramatic Genres*, Oxford University Press, 2000.

[12] Dollimore, J., *Radical Tragedy: Religion, Ideology and Power in the Drama of Shakespeare and his Contemporaries*, Duke University Press, 2004.

[13] Granger, S. et al (eds.), *Corpus-based Approaches to Contrastive Linguistics and Translation Studies*, Rodopi, 2005.

[14] Huston, S., *Corpora in Applied Linguistics*, Cambridge University Press, 2002.

[15] Jakobson, R., *Language in Literature* (ed.), Cambridge University Press, 1987.

[16] Johansson, S., *Seeing Through Multilingual Corpora*, John Benjamins, 2007.

[17] Kennedy, G., *An Introduction to Corpus Linguistics*, Longman, 1998.

[18] Kubler, C., *A Study of Europeanized Grammar in Modern Written Chinese*, Student Book Co. Ltd., 1985.

[19] Laviosa, S., *Corpus-based Translation Studies: Theory, Findings, Applications*, Rodopi, 2002.

[20] Leech, G. N. & Short, M. H., *Style in Fiction: A Linguistic Introduction to English Fictional Prose*, Foreign Language Teaching and Research Press, 2001.

[21] Lefevere, A., *Translation, Rewriting and the Manipulation of Literary Fame*, Shanghai Foreign Language Education Press, 2004.

[22] Muir, K. & Schoenbaum, S. (ed.), *A New Companion to Shakespeare Studies*, Cambridge University Press, 1971.

[23] Norman, N. H., Sidney, H. & Bernard, J. P. (ed.), *Shakespeare's Personality*, University of California Press, 1989.

[24] Olohan, M., *Introducing Corpora in Translation Studies*, Routledge, 2004.

[25] Sapir, E., *Language: an Introduction to the Study of Speech*, Foreign Language Teaching and Research Press, 2002.

[26] Saussure, F., *Course in General Linguistics*, Trans., R. Harris, Foreign Language Teaching and Research Press, 2003.

[27] Steiner, G., *Bable: Aspects of Language and Translation.* 2nd, Oxford University Press, 1992.

[28] Thomas, J. & Short, M., *Using Corpora for Language Research*, Foreign Language Teaching and Research Press, 2001.

[29] Thornborrow, J. & Wareing, S. *Patterns in Language: Stylistics for Students of Language and Literature*, Peking University Press, 2000.

[30] Toury, G., *Descriptive Translation Studies and Beyond*, Shanghai Foreign Education Press, 2001.

[31] Ure, J., *Lexical Density and Register Differentiation*, In G. E. Perren & J. L. M. Trim (eds.) *Application of Linguistics: Selected Papers of the Second International Congress of Applied Linguistics*, Cambridge University Press, 1971.

[32] Vanderauwera, R., *Dutch Novels Translated into English: The Transformation of a 'Minority' Literatue*, Rodopi, 1985.

[33] Venuti, L., *The Translator's Invisibility*, Shanghai Foreign Language Education Press, 2004.

[34] Appiah, K. A., "Thick Translation", In L. Venuti (ed.) *The Translation Studies Reader*, Routledge, 2000.

[35] Aston, G., "Learning with Corpora: an Overview", In G. Aston (ed.) *Learning With Corpora*, Athelstan, 2001.

[36] Baker, M., "Corpus Linguistics and Translation Studies: Implications and Applications", In M. Baker., G. Francis & E. T. Bonelli (eds.) *Text and Technology: In Honour of John Sinclair*, John Benjamins Publishing Company, 1993.

[37] Baker, M., "Corpora in Translation Studies: An Overview and Some Suggestions for Future Research", *Target*, Vol. 7, No. 2, 1995.

[38] Baker, M., "Toward a Methodology for Investigating the Style of Literary Translator", *Target*, Vol. 12, No. 2, 2000.

[39] Bosseaux, C., "A study of the Translator's Voice and Style in the French Translation of Virginia Woolf's The Waves", *CTIS Occasional Papers*, 2001.

[40] Bassnett, S. & Lefevere, A., "Introduction", In S. Bassentt & A. Lefevere (eds.) *Translation, History and Culture*, Printer, 1990.

[41] Bosseaux, C. , "Point of View in Translation; A Corpus-based Study of French Translations of Virginia Woolf's To the Lighthouse", *Across Languages and Cultures*, Vol. 5, No. 1, 2004.

[42] Laviosa, S. , "The Corpus-based Approach: A New Paradigm in Translation Studies", *Meta*, Vol. 43, No. 4, 1998.

[43] Olohan, M. , "How Frequent Are the Constractions? A Study of Constracted Forms in the Translational English Corpus", *Target*, Vol. 15, No. 1, 2003.

[44] Saldanha, G. , a. "Style of Translation: The Use of Foreign Words in Translation by Margaret Jull Costa and Peter Bush" In A. Kruger & K. Wallmarch (ed.) *Corpus-based Translation Studies: Research and Applications*, Continuum, 2011.

[45] Saldanha, G. , b. "Translator Style: Methodological Considerations", *Translator*, Vol. 17, No. 1, 2011.

[46] Stubbs, M. , "Language Development, Lexical Competence and Nuclear Vocabulary", In K. Durkin (ed.) *Language Development in the school Years*, Croom Helm, 1986.

[47] Vicentini, A. , "The Economy Principle in Language", *Mots Palabras Words*, Vol. 3, 2003.

中文参考文献

[1] [美] 艾布拉姆斯：《文学术语汇编》，外研社及汤姆森学习出版集团2004年版。

[2] [英] 阿德勒（Adler, M. J.）、[英] 范多伦（Van Doren, G.）：《西方思想宝库·艺术与美学卷》，周汉林等主编，中国广播电视出版社1991年版。

[3] 白立平：《诗学、意识形态及赞助人与翻译——梁实秋翻译研究》，博士学位论文，香港中文大学，2004年。

[4] 卞之琳：《莎士比亚悲剧论痕》，安徽教育出版社2007年版。

[5] [英] 布拉德雷：《莎士比亚悲剧的实质》，曹葆华译，载杨周翰编《莎士比亚评论汇编 下》，中国社会科学出版社1981年版。

[6] 曹树钧、孙福良：《莎士比亚在中国舞台上》，哈尔滨出版社 1989 年版。
[7] 曹顺庆：《比较文学概论》，中国人民大学出版社 2011 年版。
[8] 常玉田：《商务英汉翻译（研究生）》，对外经济贸易大学出版社 2011 年版。
[9] 陈福康：《中国译学理论史稿》，上海外语教育出版社 2000 年版。
[10] 陈望道：《陈望道语文论集》，复旦大学语言研究室编，上海教育出版社 1997 年版。
[11] 陈小全：《译本比较与正误》，北京大学出版社 2011 年版。
[12] 陈卓生、刘桂眉：《唐诗宋词平仄浅说》，中国国际广播出版社 2001 年版。
[13] 陈子善：《回忆梁实秋》，吉林文史出版社 1992 年版。
[14] 仇蓓玲：《美的变迁——论莎士比亚戏剧文本中意象的汉译》，上海译文出版社 2006 年版。
[15] 戴镏龄：《莎士比亚全集 序》，载莎士比亚《莎士比亚全集》，朱生豪等译，新世纪出版社 1997 年版。
[16] 董娜：《基于语料库的“译者痕迹”研究——林语堂翻译文本解读》，中国社会科学出版社 2010 年版。
[17] 冯庆华：《实用翻译教程 英汉互译》，上海外语教育出版社 2002 年版。
[18] 冯庆华：《红译艺坛——〈红楼梦〉翻译艺术研究》，上海外语教育出版社 2006 年版。
[19] 冯庆华：《母语文化下的译者风格》，上海外语教育出版社 2008 年版。
[20] [法] 费尔南德·莫塞：《英语简史》，水天同等译，外语教学与研究出版社 1990 年版。
[21] 高旭东：《梁实秋与中西文化》，中华书局 2007 年版。
[22] [德] 歌德：《说不尽的莎士比亚》，杨业治译，载杨周翰编《莎士比亚评论汇编 上》，中国社会科学出版社 1979 年版。
[23] [德] 歌德：《文学风格论》，王元化译，上海译文出版社 1982 年版。

[24] [德] 歌德等:《莎剧解读》,张可、元化译,上海教育出版社 1998 年版。
[25] 耿云志、欧阳哲生:《胡适书信集 上》,北京大学出版社 1996 年版。
[26] 耿直:《被字句动词组研究》,硕士学位论文,北京大学,2008 年。
[27] 桂扬清:《莎翁作品译文探讨》,中国社会科学出版社 2004 年版。
[28] 郭鸿杰:《英语对现代汉语的影响——语言认知研究法》,上海交通大学出版社 2005 年版。
[29] 郭延礼:《文学经典的翻译与解读——西方先哲的文化之旅》,山东教育出版社 2007 年版。
[30] 何其芳:《关于现代格律诗》,载杨匡汉、刘福春编《中国现代诗论》下编,花城出版社 1986 年版。
[31] 何其莘:《英国戏剧史》,译林出版社 2008 年版。
[32] 贺祥麟:《莎士比亚研究文集》,陕西人民出版社 1982 年版。
[33] 贺阳:《现代汉语欧化语法现象研究》,商务印书馆 2008 年版。
[34] 何元建:《现代汉语生成语法》,北京大学出版社 2011 年版。
[35] [德] 黑格尔:《美学 对广大美的领域的尖端叙述》,燕晓冬译,人民日报出版社 2005 年版。
[36] 侯维瑞:《英国文学通史》,上海外语教育出版社 1999 年版。
[37] 胡开宝:《语料库翻译学概论》,上海交通大学出版社 2011 年版。
[38] 胡裕树:《现代汉语》,上海教育出版社 1995 年版。
[39] 胡壮麟:《理论文体学》,外语教学与研究出版社 2002 年版。
[40] 华泉坤、洪增流、田朝绪:《莎士比亚新论 新世纪,新莎士比亚》,上海外语教育出版社 2007 年版。
[41] 黄立波:《基于汉英/英汉平行语料库的翻译共性研究》,复旦大学出版社 2007 年版。
[42] 霍跃红:《典籍英译译者文体分析与文本的译者识别》,博士学位论文,大连理工大学,2010 年。
[43] 季广茂:《意识形态视域中的现代话语转型与文学观念嬗变》,北京大学出版社 2005 年版。
[44] 金立鑫:《对外汉语教学虚词辨析》,北京大学出版社 2005 年版。

[45] 金圣华：《认识翻译真面目》，香港天地图书有限公司 2002 年版。
[46] 李冰梅：《文学翻译新视野》，北京大学出版社 2011 年版。
[47] 李春江：《译不尽的莎士比亚 莎剧汉译研究》，天津社会科学院出版社 2010 年版。
[48] 李凤杰：《汉英对比韵律音系学中的若干问题》，博士学位论文，南开大学，2010 年。
[49] 李珊：《现代汉语被字句研究》，北京大学出版社 1994 年版。
[50] 李视歧：《日语外来语精义》，北京邮电学院出版社 1993 年版。
[51] 李伟昉：《梁实秋莎评研究》，商务印书馆 2011 年版。
[52] 李颖玉：《基于语料库的欧化翻译研究》，复旦大学出版社 2012 年版。
[53] 黎照：《鲁迅梁实秋论战实录》，华龄出版社 1997 年版。
[54] 连淑能：《英汉对比研究》，高等教育出版社 1993 年版。
[55] 梁茂成、李文中、许佳金：《语料库应用教程》，外语教学与研究出版社 2010 年版。
[56] 梁启超：《饮冰室诗话》，人民文学出版社 1959 年版。
[57] 梁启超：《论译书》，载《翻译通讯》编辑部编《翻译研究论文集（1894—1948）》，外语教学与研究出版社 1984 年版。
[58] 梁实秋：《莎士比亚诞辰四百周年纪念》，载《莎士比亚诞辰四百周年纪念集》，台湾“国立”编译馆 1966 年版。
[59] 梁实秋：《梁实秋文学回忆录》，陈子善编，岳麓书社 1989 年版。
[60] 梁实秋：《雅舍轶文》，余光中等编，中国友谊出版公司 1999 年版。
[61] 梁实秋：《现代中国文学之浪漫的趋势》，载《梁实秋文集》编辑委员会编《梁实秋文集》（第 1 卷），鹭江出版社 2002 年版。
[62] 梁实秋：《文学的纪律》，载《梁实秋文集》编辑委员会编《梁实秋文集》（第 1 卷），鹭江出版社 2002 年版。
[63] 梁实秋：《文学与革命》，载《梁实秋文集》编辑委员会编《梁实秋文集》（第 1 卷），鹭江出版社 2002 年版。
[64] 梁实秋：《现代文学论》，载《梁实秋文集》编辑委员会编《梁实秋文集》（第 1 卷），鹭江出版社 2002 年版。
[65] 梁实秋：《诗的将来》，载《梁实秋文集》编辑委员会编《梁实秋

文集》(第1卷),鹭江出版社2002年版。
[66] 梁实秋:《"五四"与文艺》,载《梁实秋文集》编辑委员会编《梁实秋文集》(第1卷),鹭江出版社2002年版。
[67] 梁实秋:《中国语文的三个阶段》,载《梁实秋文集》编辑委员会编《梁实秋文集》(第3卷),鹭江出版社2002年版。
[68] 梁实秋:《怀念胡适先生》,载《梁实秋文集》编辑委员会编《梁实秋文集》(第3卷),鹭江出版社2002年版。
[69] 梁实秋:《漫谈翻译》,载《梁实秋文集》编辑委员会编《梁实秋文集》(第5卷),鹭江出版社2002年版。
[70] 梁实秋:《"岂有文章惊海内"——答丘彦明女士问》,载《梁实秋文集》编辑委员会编《梁实秋文集》(第5卷),鹭江出版社2002年版。
[71] 梁实秋:《诗的音韵》,载《梁实秋文集》编辑委员会编《梁实秋文集》(第6卷),鹭江出版社2002年版。
[72] 梁实秋:《翻译要怎样才会好?》,载《梁实秋文集》编辑委员会编《梁实秋文集》(第7卷),鹭江出版社2002年版。
[73] 梁实秋:《梁实秋杂文集》,中国社会出版社2004年版。
[74] 刘炳善:《译事随笔》,中国电影出版社2000年版。
[75] 刘克强:《〈水浒传〉四英译本翻译特征多维度对比研究》,博士学位论文,上海外国语大学,2013年。
[76] 刘继华:《欢乐中的深刻:莎士比亚戏剧〈爱的徒劳〉、〈仲夏夜之梦〉、〈第十二夜〉研究》,博士学位论文,上海外国语大学,2012年。
[77] 刘隆惠:《谈谈文艺作品风格的翻译问题》,载《翻译通讯》编辑部编《翻译研究论文集(1949—1983)》,外语教学与研究出版社1984年版。
[78] 刘宓庆:《文体与翻译》,北京对外翻译出版公司1985年版。
[79] 刘宓庆:《文化翻译探索——兼评 David Hawkes 译屈原〈天问〉》,载张柏然、许钧编《面向21世纪的译学研究》,商务印书馆2002年版。
[80] 刘宓庆:《中西翻译思想比较研究》,中国对外翻译出版公司2005

年版。
[81] 刘全福:《翻译引论》,高等教育出版社 2011 年版。
[82] 刘翼斌:《概念隐喻翻译的认知分析 基于〈哈姆雷特〉平行语料库研究》,中国社会科学出版社 2011 年版。
[83] 刘月华、潘文娱:《实用现代汉语语法》,商务印书馆 2001 年版。
[84] 刘云雁:《朱生豪莎剧翻译——影响与比较研究》,博士学位论文,浙江大学,2011 年。
[85] 刘泽权:《〈红楼梦〉中英文语料库的创建及应用研究》,光明日报出版社 2010 年版。
[86] 陆谷孙:《莎士比亚研究十讲》,复旦大学出版社 2005 年版。
[87] 卢静:《历时与共时视阈下的译者风格研究》,博士学位论文,上海外国语大学,2013 年。
[88] 卢玉卿:《文学中的科学翻译与艺术翻译——文学作品中言外之意的翻译研究》,南开大学出版社 2010 年版。
[89] 罗新璋、陈应:《翻译论集》,商务印书馆 2009 年版。
[90] 吕叔湘:《中国文法要略》,商务印书馆 1982 年版。
[91] 吕叔湘、朱德熙:《语法修辞讲话》,辽宁教育出版社 2002 年版。
[92] 马威:《戏剧语言》,上海文艺出版社 1985 年版。
[93] 马祖毅等:《中国翻译通史》,湖北教育出版社 2006 年版。
[94] 孟宪强:《中国莎学简史》,东北师范大学出版社 1994 年版。
[95] 孟宪强:《三色堇——〈哈姆雷特〉解读》,商务印书馆 2007 年版。
[96] [美] 米歇尔·马庚:《外国文学名著导读 莎士比亚悲剧》,北京大学出版社 2005 年版。
[97] 丘秀芷:《文艺天地任遨游》,载陈子善编《回忆梁实秋》,吉林文史出版社 1992 年版。
[98] 任绍曾:《Collins Cobuild 英语语法系列 9 连词》,刘万存译,外文出版社、商务印书馆(香港)有限公司 2001 年版。
[99] 任晓霏:《登场的译者——英若诚戏剧翻译系统研究》,中国社会科学出版社 2008 年版。
[100] [英] 莎士比亚:《丹麦王子哈姆雷特之悲剧》,梁实秋译,上海商务印书馆 1938 年版。

[101] [英] 莎士比亚：《莎士比亚全集》，朱生豪等译，新世纪出版社 1997 年版。
[102] [英] 莎士比亚：《莎士比亚全集》（第 5 卷），朱生豪译，裘克安、沈林校，译林出版社 1998 年版。
[103] [英] 莎士比亚：《莎士比亚全集》（第 6 卷），朱生豪译，沈林校，译林出版社 1998 年版。
[104] [英] 莎士比亚：《莎士比亚全集 28 罗密欧与朱丽叶》，梁实秋译，中国广播电视出版社、台湾远东图书公司 2001 年版。
[105] [英] 莎士比亚：《莎士比亚全集 32 哈姆雷特》，梁实秋译，中国广播电视出版社、台湾远东图书公司 2001 年版。
[106] [英] 莎士比亚：《莎士比亚全集 33 李尔王》，梁实秋译，中国广播电视出版社、台湾远东图书公司 2001 年版。
[107] [英] 莎士比亚：《莎士比亚全集 34 奥赛罗》，梁实秋译，中国广播电视出版社、台湾远东图书公司 2001 年版。
[108] 石毓智：《汉语语法》，商务印书馆 2010 年版。
[109] [英] 斯珀津（C. Spurgeon）：《在莎士比亚悲剧的意象里所见到的主导性的主题》，殷宝书译，载杨周翰编《莎士比亚评论汇编（下）》，中国社会科学出版社 1981 年版。
[110] 思果：《功夫在诗外》，牛津大学出版社（中国）有限公司 1996 年版。
[111] 宋清如：《译者介绍》，载吴洁敏、朱宏达《朱生豪传》，上海外语教育出版社 1990 年版。
[112] 宋益乔：《梁实秋评传》，中国社会科学出版社 2005 年版。
[113] 孙迎春：《张谷若翻译艺术研究》，中国对外翻译出版公司 2004 年版。
[114] 谈瀛洲：《莎评简史》，复旦大学出版社 2005 年版。
[115] 谭载喜：《西方翻译简史》，商务印书馆 2004 年版。
[116] 王宏志：《翻译与文学之间》，南京大学出版社 2011 年版。
[117] 王建开：《五四以来我国英美文学作品译介史》，上海外语教育出版社 2003 年版。
[118] 王克非：《语料库翻译学探索》，上海交通大学出版社 2012 年版。

［119］王力：《汉语史稿》，中华书局1980年版。
［120］王力：《王力文集》（第1卷），山东教育出版社1984年版。
［121］王力：《王力文集》（第2卷），山东教育出版社1985年版。
［122］王力：《汉语语法史》，商务印书馆1989年版。
［123］王力：《中国现代语法》，商务印书馆2011年版。
［124］王力：《王力选集》，东北师范大学出版社2002年版。
［125］王青：《基于语料库的〈尤利西斯〉汉译本译者风格研究》，博士学位论文，山东大学，2010年。
［126］王岳川：《艺术本体论》，上海三联书店1994年版。
［127］王佐良：《英国诗史》，译林出版社2008年版。
［128］［俄］维谢洛夫斯基：《历史诗学》，刘宁译，百花文艺出版社2003年版。
［129］吴笛：《浙籍作家翻译艺术研究》，浙江大学出版社2009年版。
［130］吴洁敏、朱宏达：《朱生豪传》，上海外语教育出版社1990年版。
［131］吴奚真：《悼念实秋先生》，载陈子善编《回忆梁实秋》，吉林文史出版社1992年版。
［132］奚永吉：《莎士比亚翻译比较美学》，上海外语教育出版社2007年版。
［133］肖曼琼：《翻译家卞之琳研究》，博士学位论文，湖南师范大学，2010年。
［134］肖忠华：《英汉翻译中的汉语译文语料库研究》，上海交通大学出版社2012年版。
［135］谢天振：《译介学》，上海外教教育出版社1999年版。
［136］谢天振、查明建：《中国现代翻译文学史》，上海外语教育出版社2004年版。
［137］谢天振：《海上译谭》，复旦大学出版社2013年版。
［138］谢耀基：《现代汉语欧化语法概论》，光明图书公司1990年版。
［139］邢福义：《汉语被动表述问题研究新拓展》，华中师范大学出版社2006年版。
［140］徐杰：《普遍语法原则与汉语语法现象》，北京大学出版社2001年版。

[141] 徐鹏:《莎士比亚的修辞手段》,苏州大学出版社 2001 年版。
[142] 徐志摩:《我所知道的康桥》,京华出版社 2005 年版。
[143] 严晓江:《梁实秋中庸翻译观研究》,上海译文出版社 2008 年版。
[144] 杨德豫:《用什么形式翻译英语格律诗》,载杨自俭、刘学云编《翻译新论(1983—1992)》,湖北教育出版社 2003 年版。
[145] 杨惠中:《语料库语言学导论》,上海外语教育出版社 2002 年版。
[146] 杨辛、甘霖:《美学原理》,北京大学出版社 1992 年版。
[147] 杨周翰:《莎士比亚评论汇编　上》,中国社会科学出版社 1979 年版。
[148] 杨周翰:《莎士比亚评论汇编　下》,中国社会科学出版社 1981 年版。
[149] 俞驰、顾敏:《文学美学概论》,辽宁大学出版社 2006 年版。
[150] 于德英:《"隔"与"不隔"的循环:钱锺书"化境"论的再阐释》,上海译文出版社 2009 年版。
[151] 余光中:《尺牍虽短寸心长》,载梁实秋《雅舍轶文》,中国友谊出版公司 1999 年版。
[152] 俞佳乐:《翻译的社会学研究》,上海译文出版社 2006 年版。
[153] 袁行霈:《中国古代诗歌意象》,人民文学出版社 1987 年版。
[154] 张丽:《莎士比亚戏剧分类研究》,中国社会科学出版社 2009 年版。
[155] 张健:《报刊新词英译纵横》,上海科技教育出版社 2001 年版。
[156] 张健:《新闻英语文体与范文评析》,上海外语教育出版社 2004 年版。
[157] 张今、张宁:《文学翻译原理》,清华大学出版社 2005 年版。
[158] 张泗洋、徐斌、张晓阳:《莎士比亚引论 上》,中国戏剧出版社 1989 年版。
[159] 张威:《论文学翻译之叛逆与忠实》,硕士学位论文,上海外国语大学,2007 年。
[160] 张威:《多种文体的译者风格比较研究》,大连理工大学出版社 2015 年版。
[161] 张威:《基于语料库的现代汉语表示判断意义"是……的"句式发

展及动因探究》，《外语与外语教学》2016 年第 5 期。
[162] 中国大百科全书编委会：《中国大百科全书·中国文学卷Ⅱ》，中国大百科全书出版社 1986 年版。
[163] 中国翻译工作者协会《翻译通讯》编辑部：《翻译研究论文集 1894—1948》，外语教学与研究出版社 1984 年版。
[164] 中国社会科学院语言研究所词典编辑室：《现代汉语词典（汉英双语）》，外语教学与研究出版社 2002 年版。
[165] 周小玲：《基于语料库的译者文体研究》，博士学位论文，湖南师范大学，2011 年。
[166] 周兆祥：《中译莎士比亚研究》，香港中文大学出版社 1981 年版。
[167] 周振甫：《文心雕龙今译》，中华书局 1986 年版。
[168] 朱德熙：《语法讲义》，商务印书馆 1982 年版。
[169] 朱光潜：《诗论》，北京出版社 2005 年版。
[170] 朱尚刚：《诗侣莎魂 我的父母朱生豪、宋清如》，华东师范大学出版社 1999 年版。
[171] 朱生豪：《〈莎士比亚戏剧全集〉译者自序》，载吴洁敏、朱宏达《朱生豪传》，上海外语教育出版社 1990 年版。
[172] 朱生豪：《寄在信封里的灵魂——朱生豪书信集》，东方出版社 1995 年版。
[173] 朱生豪：《朱生豪情书》，上海社会科学院出版社 2003 年版。
[174] 朱一凡：《翻译与现代汉语的变迁（1905—1936）》，博士学位论文，华东师范大学，2009 年。
[175] 邹颂兵：《莎士比亚戏剧英汉平行语料库句级对齐研究》，载胡开宝编《跨学科视域下的当代译学研究》，外语教学与研究出版社 2009 年版。
[176] 陈伟：《翻译英语语料库与基于翻译英语语料库的描述性翻译研究》，《外国语》2007 年第 1 期。
[177] 戴光荣、肖中华：《基于自建英汉翻译语料库的翻译明晰化研究》，《中国翻译》2010 年第 1 期。
[178] 董元兴、赵秋荣：《编码复制框架视角下翻译对现代汉语发展变化的影响——以被动语态为例》，《中国地质大学学报》2012 年第

3 期。

[179] 郭鸿杰:《二十年来现代汉语中的英语借词及其对汉语语法的影响》,《解放军外国语学院学报》2002 年第 5 期。

[180] 贺显斌:《赞助者影响与两位莎剧译者的文化取向》,《四川外语学院学报》2005 年第 6 期。

[181] 贺显斌:《英汉翻译过程中的明晰化现象》,《解放军外国语学院学报》2003 年第 4 期。

[182] 胡开宝、朱一凡:《基于语料库的莎剧〈哈姆雷特〉汉译本中显化现象及其动因研究》,《外语研究》2008 年第 2 期。

[183] 胡开宝:《基于语料库的莎剧〈哈姆雷特〉汉译本中"把"字句应用及其动因研究》,《外语学刊》2009 年第 1 期。

[184] 胡开宝、邹颂兵:《莎士比亚戏剧英汉平行语料库的创建与应用》,《外语研究》2009 年第 5 期。

[185] 胡显耀、曾佳:《对翻译小说语法标记显化的语料库研究》,《外语研究》2009 年第 5 期。

[186] 胡显耀:《对翻译小说"被"字句的频率、结构及语义韵研究》,《外国语》2010 年第 3 期。

[187] 黄立波:《英汉翻译中人称代词主语的显化——基于语料库的考察》,《外语教学与研究》2008 年第 6 期。

[188] 黄立波、王克非:《语料库翻译学:课题与进展》,《外语教学与研究》2011 年第 6 期。

[189] 黄立波、朱志瑜:《译者风格的语料库考察——以葛浩文英译现当代中国小说为例》,《外语研究》2012 年第 5 期。

[190] 柯飞:《梁实秋谈翻译莎士比亚》,《外语教学与研究》1988 年第 1 期。

[191] 柯飞:《双语库:翻译研究新途径》,《外语与外语教学》2002 年第 9 期。

[192] 冷惠玲:《论译者风格批评》,《烟台大学学报》(哲学社会科学版)2013 年第 3 期。

[193] 李伟民:《中国莎士比亚翻译研究五十年》,《中国翻译》2004 年第 5 期。

[194] 李伟民：《艰难的进展与希望——近年来中国莎士比亚研究述评》，《四川外语学院学报》2006 年第 1 期。
[195] 李媛惠、任秀英：《朱生豪与梁实秋的莎剧翻译对比研究》，《外语与外语教学》2012 年第 6 期。
[196] 廖七一：《语料库与翻译研究》，《外语教学与研究》2000 年第 5 期。
[197] 罗选民、董娜、黎土旺：《语料库与翻译研究》，《外语与外语教学》2005 年第 12 期。
[198] 梅邵武：《纳博科夫和文学翻译》，《中国翻译》1993 年第 4 期。
[199] 秦洪武：《基于对应语料库的英译汉语言特征分析》，《外语教学与研究》2009 年第 2 期。
[200] 王克非：《英汉/汉英语句对应的语料库考察》，《外语教学与研究》2003 年第 6 期。
[201] 王克非、黄立波：《语料库翻译学的几个术语》，《西安外语学院学报》2007 年第 6 期。
[202] 王克非、胡显耀：《汉语文学翻译中人称代词的显化和变异》，《中国外语》2010 年第 4 期。
[203] 王宁：《翻译学的理论化：跨学科的视角》，《中国翻译》2006 年第 6 期。
[204] 王晓元：《意识形态与文学翻译的互动关系》，《中国翻译》1999 年第 2 期。
[205] 吴昂、黄立波：《关于翻译共性的研究》，《外语教学与研究》2006 年第 5 期。
[206] 吴洁敏、朱宏达：《朱生豪和莎士比亚》，《外国文学研究》1986 年第 2 期。
[207] 谢耀基：《汉语语法欧化综述》，《语文研究》2001 年第 1 期。
[208] 谢永玲：《也说“是”字句》，《汉语学习》1999 年第 3 期。
[209] 杨国文：《汉语“被”字式在不同种类的过程中的使用情况考察》，《当代语言学》2002 年第 1 期。
[210] 杨石泉：《“是……的”句质疑》，《中国语文》1997 年第 6 期。
[211] 杨武能：《阐释、接受与再创造的循环——文学翻译断想》，《中国

翻译》1987 年第 6 期。

[212] 张美芳：《利用语料库调查译者的文体——贝克研究新法评介》，《解放军外国语学院学报》2002 年第 3 期。

[213] 杨武能：《再谈文学翻译主体》，《中国翻译》2003 年第 3 期。

[214] 赵淑华：《关于“是……的”句》，《语言教学与研究》1979 年第 1 期。

[215] 甄凤超：《语料库语言学发展趋势瞻望——2003 语料库语言学国际会议综述》，《外语界》2004 年第 4 期。

附　　录

附录一　梁实秋译莎剧四种动词词频表

1688 是 **599** 要 **459** 说 **427** 有 **409** 去 **335** 来 **275** 到 **265** 能 **202** 会 **165** 做 **155** 爱 **152** 请 **137** 知道 **131** 看 **128** 可 **123** 使 **123** 想 **120** 可以 **110** 没有 **101** 听 **100** 出 **99** 像 **92** 受 **89** 走 **85** 起 **82** 告诉 **77** 弄 **75** 让 **74** 上 愿 **70** 下 为 **67** 起来 **63** 见 **62** 如 **61** 死 **58** 叫 **51** 打 **47** 生 **46** 令 **44** 敢 **43** 出来 找 **41** 使得 用 看见 **40** 求 **39** 给 **38** 无 说话 **37** 干 算 **36** 住 **35** 变 成 **33** 教 讲 **32** 得 觉得 **31** 开 留 **30** 作 喜欢 得到 放 该问 **29** 以为 带 拿 是的 **28** 消 **27** 变成 好像 提 欢迎 **26** 发誓 睡 **25** 不可 喊 愿意 掉 疯 杀 顶 **23** 怕 穿 等 还有 **22** 保佑 寻 就是 相信 藏 赛 过 进 **21** 下去 便是 再会 发 吃 回来 应该 肯 **20** 写 动 发生 可怜 杀死 派 表示 认为 **19** 回答 戴 认识 **18** 再见 加 成为 知 结婚 读 **17** 刺 取 哭 回 跑 闹 **16** 不能 倒 听见 喂 喝 失 引 承认 拔剑 放弃 活 请求 送 逃 醉 **15** 乃 出现 劳 坐 开始 当做 恨 放心 来到 设法 谈话 赌咒 进去 需要 **14** 享受

伺候　可能　听说　吹　完　当　拉　服从　枷　誓　**13**　上天　人　咬　娶　忍耐　惹　是否　正是　真是　算是　胡说　证明　过来　造　错　**12**　侍　借　咒骂　失掉　尽　忘记　拒绝　持　救　敲　明白　称赞　能够　跟　醒　**11**　不知　争吵　但愿　做出　准备　加上　合　否认　哼　宣布　希望　恋爱　指　斗　注意　站住　谈　跳舞　**10**　伤害　偷　劝　吩咐　吵架　吻　惩罚　捉　换　毫无　疑　看看　睡觉　立　笑　结　行　见到　讨　证实　转　适宜　遵命　骗　**9**　下来　停　分　办　吓　听到　够　射　帮　并非　怪　扯　抽　拔　收　放逐　无法　早安　晓得　望　杀人　欢喜　欲　没　流　演　犯　留神　砍　破　祝　离开　站　管　装　观察　追　**8**　交　交给　代　停止　关　前来　劝告　加以　原谅　发现　喘　喝酒　回去　多谢　奏　守　安　宠爱　害　帮助　忍受　忏悔　恰似　惊醒　报　散　敬　求婚　治　浮　演戏　留下　祈祷　缺乏　蚀　见面　认　记得　走开　跳　过去　闻　陪　领　**7**　不如　伤天害理　住手　偕　允许　再说　出去　判断　发疯　告辞　唱　备　嫁　嫌　学　安息　属于　帮忙　开口　忘　惊　想想　懂　打听　披　探　接受　淹死　满足　生活　看来　睡眠　碎　祝福　竞　等到　缺　罢　胜利　裂　诱惑　说谎　踢　躲　追随　配　靠　骂　**6**　不准　了解　传　伤　使用　保护　保留　信任　修道　养　写信　冲突　利用　剩　参加　变色　吐　呼　喷　夺　奏乐　守望　尝　当作　当心　怀疑　悖　打斗　找到　承受　报仇　据说　放在　救命　晚安　欺　款待　洗　涂　滚　满　灭　爬　猜想　疑心　等于　胜过　脱　致敬　若　请问　谢谢　跟着　进行　遇到　难免　露出　飞　饶恕　**5**　争　任　似　供养　倾　决定　决斗　准　分手　刺　动手　占　卫　压迫　厌　发笑　吃饭　同意　听听　吵闹　善于

嘘 回到 奉 奉陪 嫉妒 定 实行 容忍 对了 尽力 弃 待 忘恩负义 怀 怜悯 思索 怨 恢复 惊吓 慰 戏弄 戳 打倒 打架 扮演 报复 招 拴 接 接吻 携 收起 放纵 施 有所 束缚 染 永别 浪费 照 理会 留心 皱眉 盘问 相会 相当 离 称 端 等候 答应 纠正 罗 翻 考虑 背 至 致 舞 落 表现 要求 解释 计 记住 该死 说明 走过 躲避 还是 进来 选择 遭受 闪烁 预备 饰 驰 鸣 鼓 **4** 不得 丧 临 买 争执 争斗 亡 亮 亲 仇恨 仰 休 休息 侵犯 保重 信 倒下 值得 催 克 免 减 击 削 剥夺 剩下 助 反对 发作 叹息 名叫 后悔 启 吸 呻吟 命中 命令 响 哑 喊叫 处死 处置 复职 奈 奔 姓 守卫 守夜 安眠 完结 宣示 容 对 寻找 小声 屈膝 应 引起 张开 强迫 形容 微笑 忧虑 念 怂恿 怒 恕罪 想到 感动 感觉 感谢 懂得 所谓 打击 打赌 承继 把 抢 抱 担任 担保 挡 挣扎 挤 挥 挽救 接到 握手 搬 摆布 支配 改变 显得 显示 晴 有如 服 欺侮 死亡 毁 求情 治疗 泄露 注定 洒 流泪 浇 滚开 滴 灌 烧 熟识 猜 猜疑 珍重 皱 盯 看出 看到 磨 祝贺 祭 站岗 站立 糟蹋 纵 结束 继承 羞 背诵 蒙蔽 行事 行动 装满 认罪 讨厌 记 许 诅咒 试探 误会 调 负 费 赏 赞 走路 达到 迸 追求 逃走 选 选中 逼 遇 遇见 遭 遮 遵守 锁 长吁短叹 降 震 驾 骤 **3** 下跪 不会 不到 不过如此 举 举行 乘 乳 亏 交接 产生 伏 会见 作乐 作伴 你好 例如 侧击 保 保存 保持 信仰 值班 做事 免得 冒 冒犯 准许 凝冻 出于 分解 刮 劈 办理 勾 化装 匹 卖 卖唱 卖弄 卧 卷 压 厌

倦　发怒　发狂　发觉　受伤　叛变　只能　召集　吐露　含
　听从　听信　呈　告发　唤　喜　嗅　垒　埋　失去　失恋
　失败　夸口　夺取　奉告　如同　嫉　存　学习　宣泄　察
　对不起　对付　尊敬　尊重　居　属　巡　工作　干什么
幽会　庆祝　延　开会　开饭　当兵　得以　必需　怒号　怖
　思虑　怪罪　恭维　恳求　悬　悼　情愿　惊扰　想像　愁
　感　感受　打落　扮　扶　抓　抵　抵御　抵抗　抽出　招
待　招手　指责　捏造　损伤　排解　接触　控告　提起　插
　握　揣测　擦　擦伤　收回　收容　改　敬请　斗争　断绝
　无益　无需　昏　有关　服务　梦　欠缺　欺骗　歌唱　止
　比　沾　沾染　流血　消灭　深知　混　满意　点灯　照耀
　爱上　牧　狂欢　献媚　献给　玩　玩弄　甘心　生育　生
长　直到　相加　睁　瞎　瞎说　瞪　破坏　筹款　结合　绞
　维持　缉拿　缠　罩　蒙　置　考察　联　脱离　致命　致
意　葬　薰　螫　补救　裹　觅　觉　解　言　警告　订　讥
笑　讪笑　论　识　试验　误　谄媚　谋害　谴　谴责　赌
走动　赶　起誓　超过　跌　踏　转身　轻信　辜负　辞　辱
骂　过虑　迎　返　还要　进攻　迷　退　逃跑　逆　逢　道
谢　遮盖　避风　邀请　采取　释　重　重复　钉　长　长眠
　闯入　限制　陪伴　雄心勃勃　雇　顺风　顾　预言　领受
　食　驶　驶去　骑　骚扰　**2**　一息尚存　上去　上门　下令
　不下于　不堪　不怕　不成　不近人情　不顾　严加　严守
　丧失　临头　主张　举起　乃是　交加　交换　亦可　享
享福　亲吻　亲近　代替　仿佛　会面　伴　作对　作恶　作
证　佩　侍候　供　侵　侵害　修补　候　借用　值　倾倒
假扮　假装　偏袒　做成　停留　允　允诺　充　充满　关上
　关联　兵变　冒险　写字　冲破　决不能　凋　凶杀　出入
　出自　分开　切　利于　到底　制　制止　刺伤　刺探　剥

剪 割 割裂 加害 动弹 动气 勉 勉强 升 卡 即 压倒 断杀 友爱 反 反抗 发号施令 发呆 受罪 受胎 变为 叫做 叫嚣 召唤 吃苦 同归于尽 吓倒 吮吵 吹毛求疵 呵护 咳 哆嗦 响应 哭泣 唠叨 唱歌 商量 嘱咐 嘲弄 回话 围 在家 坐下 坦白 垂 埋葬 堪 塞 复仇 天亮 奇怪 奉命 奔波 套 奚落 威胁 娱乐 嫌恶 存在 孵 安慰 实现 审 害人 害怕 宽恕 宿 富 对质 寻觅 尊 小住 小心 尝尝 尝试 尽忠 尽职 居住 崇拜 崩 差 带来 应得 开放 引导 引诱 归罪 当真 得了 得来 心平气和 心满意足 忍不住 忘怀 忙 念咒 伶 怠慢 急 恃 恋 恫吓 惊动 惧怕 惩 惩处 惯 感激 愧 懒得 扑 打开 打搅 打断 扣 执行 扭 扰 扰乱 批评 承 抓住 投 抗争 折磨 抚摩 抚摸 抛 抛弃 护身 披挂 担心 担负 招呼 拜倒 拥有 挂 指出 指定 指导 指点 指示 挑逗 挥霍 挨 挺身 挽回 掠夺 接待 接见 推托 推荐 掷 提出 提醒 提防 搀 搀杂 搔 摆 摆脱 摇 摇动 摇晃 摒 撒 撞 撤 撮合 支持 改良 攻击 放出 效劳 效忠 敌 散开 散步 敬爱 料 断 断送 施展 施用 无力 无意 明 显 晒 暴露 曲解 有求必应 望见 来往 来得 来访 来说 析 栽 梦见 欣赏 欺凌 歇 步 殓 殴 毁谤 比拟 比赛 比起 求爱 沉 泄愤 法办 注入 活动 派出 流出 流浪 消遣 涌 涨 淹 游 溜走 溺死 滋长 演剧 激 激怒 激起 点火 烤 煞 照常 照料 照旧 熄 燃烧 爱慕 爱戴 牵 牵连 猎 献 率 环绕 玷污 理 生出 疏远 疑惑 疯癫 病 痛饮 登陆 盖 盘 盘算 盛怒 盟誓 相思 相爱 相等 相见 眠 着 睡着 瞧 知情 碰杯 神经错乱 禀

告 禁止 离婚 私通 种 积 称呼 移 空谈 穿衣 窃听 窜 立誓 符 答 答复 答礼 算不得 系 约束 纵容 纷扰 经 给予 统治 继续 考查 耽搁 聚 肯定 胆敢 背弃 胜 胡说八道 胡闹 腾出 自主 自杀 舐花 获 菲薄 藏身 虑 蛀 血气方刚 衡量 裁 裁减 裂开 装做 见怪 见鬼 观 视 解决 警戒 譬如 计数 认定 讥嘲 讨论 议和 讲究 讲述 识字 诉 试 试试 诬 误事 误认 说情 谈论 谈谈 谋 谏 貌似 负心 负责 贩卖 购买 赌博 赎罪 赏识 赔 赞成 赞美 赠 赢 赢得 走向 走遍 跪 蹂躏 躲开 躺 辨 辩 辩护 迂回 过度 迈 迎接 远征 迫 述 述说 追赶 追逐 追问 送到 送给 逃学 逃避 逐 通 通奸 造成 逢迎 逮捕 逼迫 遇救 遗落 遣 遮住 避免 避开 郁结 鄙夷 酗酒 酣睡 醉心 钻 铺 错怪 长大 闪亮 闭 问候 问问 闯 阻 陷 陷于 陷害 随 隐 隐忍 集 需 震怒 须要 领教 颠倒 颤 风吹雨打 饶 驯服 驱逐 骑马 鼓动 鼓励 **1** 一举两得 一去不返 一往情深 一把抓 一笑置之 一网打尽 万人空巷 上升 上场 上岸 上年纪 上当 上演 上马 下手 下毒 下沉 下降 下雨 不以为然 不出所料 不妨 不孕 不宜 不容 不屑 不惜 不愧为 不止 不消 不相上下 不知所云 不符 不肯 不要紧 不说 不足为奇 不辞辛苦 与日俱增 丛生 丢 中 中伤 中标 临盆 为主 为所欲为 主持 举出 举杯 乐得 乐意 习 习惯 予以 事不宜迟 互殴 亡命 交付 交尾 交易 交游 交集 享乐 享用 亲见 亵渎 介意 他妈的 付 仰慕 任凭 休憩 优待 会谈 传令 传唤 传播 依 传染 传达 传递 伸 似是而非 何干 作乱 作伪 作呕 作威作福 作客 使唤 供奉

依傍 依赖 侦 侦察 侮辱 侵入 侵占 便宜 便溺 俘 保全 保证 信不过 倒胃口 倒退 徜徉 倚仗 借债 值得一提 倾诉 倾轧 偏爱 偏重 做伴 做作 做梦 做鬼 停工 偷听 偷情 偷生 偿 傍 催眠 催讨 充数 充耳不闻 先行 光临 免掉 免职 兑现 入口 入睡 全军覆没 公开 关怀 关注 兴 兴建 兴起 具 具备 具有 冒充 冤 冤枉 冰冻 冲 冲锋 决 决非 冷淡 冷眼旁观 冷落 冻 凉 减去 减少 减色 减轻 凝 凭 凸 凸出 出乎 出乎意料 出借 出卖 出发 出口 出境 出外 出嫁 出面 分为 分享 分裂 分辨 切记 划 创 创制 判 判若两人 利 别 到来 制造 刺激 刻 刻不容缓 前进 剔出 剖开 剥削 剧变 力求 劝导 劝说 劝阻 办事 加冕 加重 务 动身 助兴 助威 劫 劳而无功 劳驾 勇往直前 勒索 募 募兵 匀 包围 包庇 包涵 包藏 匍匐 化 化为 升天 午睡 协助 协调 卖艺 占据 占有 厌弃 厌恶 厌烦 原有 去掉 去留 参 参与 参观 参预 又惊又喜 反击 反应 发亮 发出 发展 发急 发抖 发挥 发昏 发脾气 发臭 发落 发霉 取乐 取出 取得 取暖 受到 受孕 受害 受损 受热 受罚 受阻 受骗 变化 变化无常 变成 叙别 叙述 口出狂言 只是 只顾 叫喊 叫苦 召 召见 可否 可欺 可知 号叫 叹 合乎 合作 吊 同化 同居 同心 同悲 同情 同班 名利双收 向前 吓唬 吞 吞吐 吞吞吐吐 吟 含有 含泪 含笑 含辛茹苦 听候 吵嘴 吸取 吹奏 吹拂 吻合 吼 吼叫 呆 呈现 告 告别 告状 呕吐 呜咽 呼号 呼吸 呼啸 命名 咆哮 和颜悦色 咳嗽 咽 哀悼 哀求 哀鸣 哗 唆使 唤起 唱戏 唾骂 啄 商议 啮 啸 善 善为 喘息 喜气洋洋 喧哗

喧扰　嘉奖　噬　囚　回击　回国　回家　回忆　回报　回敬　回转　回顾　团圆　圆　在世　在内　在场　在座　均分　坍塌　埋伏　培养　堆　堕落　堵住　塌　填　增　增进　增长　处理　复　外出　外加　外泄　多于　多嘴　多管闲事　夜游　大公无私　大发雷霆　大名鼎鼎　大逆不道　夭　夭折　央求　失信　失势　失和　失敬　失眠　失色　失节　失足　失踪　失陷　头昏　头晕　夸　夸奖　夸耀　奉承　奉献　奉还　奋起　奔走　奔赴　奔跑　奖励　奴役　奸淫　好似　好比　如林　妄想　始终不渝　委曲求全　嫁人　嫉恨　嫌弃　孀居　学学　守护　安抚　安排　安歇　安睡　安置　完了　完毕　宜于　实践　实验　宠　审察　宣告　宣扬　宣誓　容人　寄托　密谈　富于　察看　对不住　对准　对待　寻开心　寻衅　封锁　少　少年老成　少陪　尚武　屈　屈服　展　属实　屠杀　履行　岂止　崩裂　嵌　巡夜　左右　布　带到　带子　带走　带路　帮帮　干杯　干涸　干预　平　平复　平息　年老　并立　应付　应变　应声　应战　应邀　应酬　应验　延宕　延迟　延长　开天辟地　开审　开庭　开怀　开玩笑　开眼　开脱　引用　引申　引见　引路　弥缝　弥补　弯腰　强制　强暴　强求　归位　归案　录用　彷徨　役使　往　征　征税　征询　徇情　徇私　徒劳　得出　得分　得救　得罪　徙　德高望重　心心相印　心慌意乱　心碎　忆起　忌　忌惮　忍　忍心　忖量　念念不忘　怀孕　怀念　怀恨　怀着　怀胎　怒吼　怜爱　思　思前想后　怨恨　恕　恩典　恪守　恭请　息怒　恶斗　恼　恼恨　悔　悔过　悬而未决　惊天动地　惊天地　惊慌失措　惑　惟　惟恐　惠临　惧　想不到　想起　惹恼　惹麻烦　愁眉不展　意欲　意气用事　感到　感恩　感染　感激不尽　慕　憎恶　成全　成婚　成年　成群　戒　所有　扑火　扑灭　扒　扒窃　打仗　打发

打扰 打猎 打球 打破 打算盘 打铁 打雷 托 执 找麻烦 承当 抉择 把舵 把酒 抑 抑制 抓紧 投向 投射 投身 投送 投降 抖 折 抚 抚养 抚慰 抛头露面 抛开 抢夺 护 护卫 护理 护送 报以 报信 报告 报喜 报晓 报答 抬 抵消 抹 拂 担当 担忧 拉开 拍 拒 拔腿 拖延 拖曳 拖欠 拘泥 拘禁 拼命 招供 招募 招引 招致 拜 拜见 拣 拥护 拥抱 拦 拦住 拷 拼 拼命 拿走 指引 按住 按捺不住 挑 挑剔 挑战 挑衅 挑起 挖 挖苦 挣 挨打 挫 挺直 挽 捆 捆扎 捉住 捋 捏合 捐助 捐弃 捕 捕捉 损 损坏 损害 换班 捣乱 捧 据为己有 授 掌握 掌管 排遣 排除 掘 探头 探求 探索 接生 接着 控制 推 推举 推波助澜 推诿 掩盖 措词 描 描摹 描绘 提拔 提议 揣摸 揭开 揭穿 援助 搁浅 搅 搜寻 搜集 搞 摇荡 摘 摸 撇下 撒野 撕碎 撞见 撩拨 撰 撼 擅长 操 操纵 擎 攒 支 支吾 收取 收留 改嫁 改过 改进 攻打 放任 放债 放到 放开 放手 放松 放水 放浪 放过 效命 敌视 救济 教导 教训 敛 敢作敢为 敬佩 敬礼 数 敲打 敲门 整顿 敷 斗殴 料到 料理 斥责 断奶 新交 施放 施舍 无中生有 无以为继 无价 无关宏旨 无动于衷 无奇不有 无妨 无害 无家可归 无异 无心 无损 无用 无精打采 无罪 无话可说 既是 旦 早起 明令禁止 明知 明说 昏倒 易如反掌 映照 昭示 晒太阳 晕 晕倒 晤 普照 景仰 暗示 暴发 有功 有助于 有意 有机可乘 有毒 有说有笑 有鬼 服侍 朗诵 期待 期满 未婚 未能 朽 杀害 杂来不及 来临 来得及 来看 松 松手 杠 架 查 标 根深蒂固 格斗 检查 植 楞 横流 欠债 欢呼 欢天

喜地 欢送 欺诈 歌颂 正告 歪 歪曲 死去 殉情 残
殡葬 殴斗 毁容 毁灭 毒害 比不上 比较 毙 毫不
费力 气 求得 求证 污 污辱 沐 没事 没顶 沸腾
沾满 泄漏 泊 泛起 注射 泰然自若 泼 洋溢 洗肠
派兵 派遣 流汗 流连 流露 测 济 浮夸 浸 浸蚀
涂抹 消受 消散 消溶 消磨 消耗 消逝 消释 消除
涉足 润 涵 淌 淤积 深恶痛绝 混战 淹没 添 游泳
游行 溃烂 溜 滋 滋补 滑 滔 满不在乎 滥用 漂
泊 漠不关心 激发 火上加油 灭亡 炫示 炸 烂 烘
烧着 热恋 焚 煞尾 照拂 照管 照顾 煽动 熟悉 燃
燃放 爆发 爱惜 爱护 牵制 牵累 牺牲 犹如 狐假
虎威 猜中 猜测 玩赏 现出 现有 珍视 理解 瓦解
生产 生儿育女 生怕 生成 生根 生殖 生气勃勃 生色
生锈 由 申斥 画 畏惧 留情 留意 疏忽 疏通 疑
惧 疑虑 病倒 痛心疾首 痛恨 痛惜 痛打 瘟 癫 登
登岸 百发百中 监守 监禁 盗 盘桓 盘踞 盛 盛开
直 直说 相仿 相处 相安无事 相得益彰 相投 相比
相符 相让 相距 相遇 看上去 看管 看门 眷恋 眷
顾 眼看 着手 着眼 睡熟 瞎眼 知晓 矫揉造作 矫正
破产 破口大骂 破晓 破碎 确定 确认 碍 示 示弱
祷 祷告 祸不单行 禁不起 离别 离去 离家 离异
离题 私奔 私语 秉 积存 移动 稍候 稳 空 穿插
穿过 突破 窥测 竖立 竟 竟敢 端正 端详 笑容可掬
笑笑 笑谈 等待 筛 签 简而言之 管教 管束 粉碎
粉饰 精通 糟 索 紧缩 累 絮 纠 约会 纵情 练
细看 终 经历 经验 结成 绕 绝 绝缘 绞杀 统
统帅 绣 继 维 缓 编 编入 编成 缠住 罄 罚 罪
大恶极 罪孽深重 置信 置身 美化 耀武扬威 耗费 耻

笑 耽于 聋 联合 联络 聚会 肆无忌惮 肇事 肖 肩负 肿 背着 胜任 胜似 胡扯 脱帽 腌 腐臭 腻 自信 自命 自圆其说 自娱 自尊 自愿 自爱 自语 自负 自责 致病 舍不得 舍弃 节制 节哀 苟延残喘 荒废 荒疏 荒诞不经 荡 获得 落入 葬身 蒸 蔽 蕴 薅 藏匿 藐视 虚度 蛊惑 融为一体 行使 行路 衔 衣冠楚楚 补 补充 表明 表演 表达 衬 被捕 袭 裁夺 裁缝 装点 装聋作哑 裹足不前 褒扬 襄 观看 规避 视为 视察 觉察 解开 解散 解除 触怒 誊 计算 计议 计较 讨伐 讨教 让位 让给 训诫 议论 记忆犹新 讲情 讲授 讽刺 设宴 设想 设有 诈 诉说 诋毁 诞生 诤 详谈 误用 误解 诱 说不定 说大话 说实话 说是 说来 说道 请教 诽谤 诿 调停 调剂 调和 调戏 调解 调遣 谄谀 谅 谈判 谈情说爱 谋划 谋利 谋杀 谒 谗 谩骂 责备 责罚 责骂 败 败坏 败露 贩运 贪 贪求 购 贯通 贴 费心 贺 贻误 赎身 赏光 赏赐 赐 赚 赞不绝口 赞叹 赞许 赤 赤手空拳 走漏 赴 赶上 赶到 起床 起立 起舞 起身 超出 超越 越过 足够 跃跃欲试 跌倒 跟不上 跟随 跨上 跪倒 路过 踏上 踞 蹒跚 蹙 身受 躬 躲闪 转动 转变 轮流 软化 轻描淡写 轻生 轻蔑 轻视 载明 辅佐 输给 辞行 辞退 辨别 辩解 辱 达 迁 过继 过量 迎合 迎风 近 近乎 进入 进展 远离 违反 违犯 连累 迫于 迸裂 追寻 追究 追踪 退缩 退还 退避 适于 适可而止 适合 逃奔 逃散 逃生 选定 逍遥法外 透 递交 递补 逗 通知 通过 逞 逞凶 逞强 造船 遁 道 道歉 遗 遗传 遗失 遗弃 遭殃 遭遇 遮掩 遵 遵从 邀 邀功 邻 鄙视 酬谢 酷似 酿 酿

酒　采　重温　重现　重视　钦　钻营　铁石心肠　铲除　铸　铸成　铸造　销　镶嵌　长叹　闪　闯　闲　间不容发　闹　饥荒　阉　阖眼　防　防御　防范　阻止　阻碍　附和　陈述　限　除掉　陶　陷入　随同　随机应变　隔　隔离　难于　集会　雇用　雷鸣　震撼　露　静候　静卧　非同小可　靠岸　革　革职　革除　鞠躬　鞭打　鞭挞　鞭策　顺理成章　须　顾不得　颁　颂扬　预告　预谋　预防　领路　颠　颠覆　颤动　飘　飞扬　飞翔　食言　饮酒　饯别　饱尝　饿　驯　驱　驱使　驶过　驻守　驾临　骗取　骚乱　高攀　麻烦　默想　鼓舞

附录二　朱生豪译莎剧四种动词词频表

1318　是　**565**　要　**408**　有　**348**　说　**339**　会　**337**　去　**329**　来　**249**　到　**199**　让　**182**　可以　**151**　知道　**128**　没有　**122**　像　**120**　叫　**112**　使　能　**111**　请　做　**105**　爱　**101**　想　**100**　出　**91**　听　**90**　告诉　**89**　起　**82**　弄　**79**　看　**77**　起来　**73**　上　**71**　看见　**54**　可　愿意　瞧　见　走　**53**　用　**47**　下　出来　**45**　生　能够　**44**　住　愿　**43**　打　**42**　应该　**41**　拿　说话　**39**　为　得　**38**　成　死　**37**　找　**35**　得到　相信　给　跟　进　**34**　受　放　**31**　发生　听见　带　讲　**30**　但愿　**29**　下去　认识　**28**　欢迎　**27**　作　动　无　等　还有　**25**　写　吞　就是　希望　干　开　**24**　变成　站　**23**　照　**22**　以为　吹　念　恋爱　拔　晚安　正是　觉得　起誓　**21**　喝　失去　好像　**20**　喂　尽　枷　留心　**19**　变　吃　敢　表示　**18**　怕　求　记　过　**17**　回来　疯　穿　问　**16**　保佑　出去　发　受到　喜欢　回答　奏　如　帮　当作　算　请求　**15**　令　宣誓

投 是的 结 读 躲 过来 重 闭 **14** 下来 出现 咬 嫁 帮助 找到 换 教 留 睡 笑 该 谢谢 跑 **13** 上天 借 允许 发誓 吵架 奈 定 忘记 持 流 肯 醉 错 长 闹 需要 **12** 上去 侍 刺 可怜 听到 开始 戴 承认 杀 没 祝福 答应 装 谈 跳 转 **11** 候 原谅 吵 告别 回 对待 恨 懂得 抱 捉 活 立 藏 行动 认为 跳舞 还是 **10** 不能 享受 亮 同意 吐 吻 唱 回去 备 守 射 怒 指 接受 消 满 看到 知 离开 答复 缚 行 证明 赞美 过去 送 陪 露 **9** 不如 养 再会 冒犯 决定 到来 劝告 发疯 可能 坐 安息 完 容 寻 忍耐 掉 明白 杀人 直到 睡觉 蚀 讨 谈话 达到 进去 进行 锁 骗 **8** 丧失 信任 停 充满 再见 准备 击 反 取 吓 哭 回到 夺 守夜 害 对不起 对付 带来 应当 归 当 怀 怪 懂 扰乱 支配 放弃 放心 杀死 注意 派 犯 破 结婚 考虑 脱 赶 跟随 进来 追 逃 领 **7** 举行 伤害 值得 兴 出于 分 办 反对 呼 咒 够 宣布 对了 尝 得救 忍受 恕 恢复 感谢 招待 散 欢喜 求爱 泄漏 灌 留下 疑心 看看 瞧见 管 缺少 胡闹 花 表现 解 誓 认 记得 说谎 违反 造 造成 道 避免 醒 驱 **6** 不可 不知 丢 争吵 交 代 保证 免不了 分开 利用 加 参加 发出 叫喊 叹息 娶 待 思 怨恨 恋 恳求 把 挨 损害 提起 搬 支持 收 改变 救命 斗 断 早安 服从 欲 浪费 涂 满足 激起 猜 率 生活 看待 看来 祝 继续 言 证实 负 踱 逆 顶 顺从 预备 飞 **5** 争 争斗 交给 住手 侮辱 保留 停止 列 制造 刺激 加上 加以 医治 压 发现 变化 召 叹 否认 听说 告 啼 喘 喜爱

奇怪　嫌　存　守望　属于　开口　忘　想不到　想到　感到　感觉　抛弃　披　担心　拒绝　拖　招手　挑　探听　接　掩饰　放逐　效劳　望　架　欺　欺侮　沾　滚　玩　痛恨　盟誓　瞒　离　称　端　维持　胜过　自杀　虐待　裂　讲述　设法　试　误　请问　调查　负责　责备　走路　退　逃走　遭　避　降　靠　骂　**4**　不顾　举　产生　仇恨　他妈的　传　伸　伺候　作为　作证　倒　免得　入　关　再说　冒　冒险　冲　决不会　出发　切　判断　剩　动手　动武　化　占　发展　发起　合　后悔　呆　命令　喜　堕落　失　奉　奉陪　姓　存在　宠　宠爱　工作　已故　应　引诱　引起　忍　忘恩负义　忙　恼　惊　惯　憎恨　懊恼　戒备　扑　打算　托　找寻　抓　报复　抽　指挥　挑衅　捉住　控诉　握　摆　摔　撵　收起　攻击　断定　欺骗　止　死亡　死去　比　比不上　沉　浮　溜　爬　爱上　理　相当　眠　着　睡眠　睬　祈祷　称赞　站住　等到　系　纵　经历　结束　耐　背　致　致意　落　补救　裁撤　要是　要求　见到　见鬼　讨厌　评　诉　该死　诱　诱惑　说情　说明　说来　诽谤　调　走动　跟着　踏　违背　追随　送给　选择　逼　遮掩　酗酒　长大　阻　除去　随　隐　顾　饮　**3**　不得　主持　乐意　享有　亲　亲吻　付　企图　伐　传令　佐　作战　供养　保护　保持　俯　做出　做到　充实　关上　凌　出征　分裂　判决　别　削　前进　剥夺　割　劝　卖　卜　反抗　发怒　发挥　召集　可惜　吐露　吩咐　听听　吵闹　呈　周旋　呻吟　呼吸　呼喊　咆哮　咒骂　唱歌　善于　喝酒　嘘　嚷　圆　坦白　垂　处分　奉命　妒忌　学会　安　实行　害怕　容忍　尊　尽忠　帮忙　干什么　年老　幸　废　开场　张开　御　微笑　忏悔　怠慢　急　惊动　想想　惹　愚弄　感激　憎恶　战　战胜　戳　打倒　打击　打断　打架

执行 批评 抓住 折磨 抛 护送 抱恨 担保 拔剑 招呼 挑战 挥舞 捏 捣乱 探问 接到 推 揭 摇 摩 撒 放松 救 敬 敬奉 敬重 敲 无益 晒 来到 来往 染 欢 毁 毫无 求婚 治 注定 注视 洗 浇 激 烧 煎熬 照耀 熟悉 献 玩弄 甘心 相见 相遇 看重 瞌睡 碰 碰到 移 穿过 立誓 等于 等候 算是 粘 绊 结合 继 罢 罩 翻 育 胜 胡说八道 舞 蒙蔽 行事 裁缝 装满 裹 规定 视 解释 讥笑 议 记住 诅咒 试探 误会 说是 谄媚 谴责 贪 费 赏 赞成 起身 跌 跪 轻视 较量 过人 进攻 适于 逗 遇 遇见 遭逢 遮 避开 配 钻 降临 食 饮酒 饿 驾 骑 鸣 **2** 三思 上来 上演 上马 不动声色 不止 不理 不见 不近人情 丢掉 丧 临 主宰 举手 乞求 买 争执 亚于 交头接耳 交换 付托 仰 任 休 休息 伤 估计 低头 作伴 佩 侍候 供给 侧击 侮 侵 保 保管 倚 值 倾听 做成 做梦 偷 偷听 偷闲 充 写信 写字 冠 决 决斗 冷却 净化 凋 减轻 凝 出人意外 出入 出口 出神 击剑 划分 刮 制 前来 剥 剪 劈 加强 动心 劳 勾 包 包藏 十全十美 升 卖唱 占据 占有 即 压倒 压制 压迫 厌倦 发抖 发泄 取得 受苦 叛离 只能 叫苦不迭 叫醒 召唤 吃饭 吊 同情 吝惜 吞没 含 听从 启 吹打 吹牛 呈献 呼唤 咳 哈 唤醒 啄 喊 喊叫 嗅 嗤 嘲笑 回国 回过 在于 在场 埋伏 埋葬 堆 塞 增加 处死 复仇 多于 失散 夸口 奔 奔走 奸淫 妨碍 委任 嫁人 学 守口如瓶 安置 实现 审判 宣告 害人 容纳 寄 富有 寻访 尊敬 尚武 居 岔 崩 差 带路 平 平息 平起平坐 并非 庆祝 庇 庇护 应得 应用 开头 弃

弥缝　强迫　归咎　形容　征募　律　得了　得罪　徘徊
心满意足　忍不住　忘却　忠　忧　怀着　怂恿　怖　怜　怨
恫吓　息　息怒　悖　惊醒　惧　惩办　惩罚　愁　成为
扑灭　打发　打开　打扰　打碎　打赌　打钟　托付　扫　扰
扶　折　抚　抚养　抢　报　报晓　报答　抬高　抱怨　抵
抵御　抵赖　抹　招　招惹　拜访　拥有　拦住　指教　指
点　挺身　掀动　掀起　探　接吻　接纳　掩盖　掷　提出
提到　插　揩　揭发　搀　搀杂　搜括　携　撒野　撤销　攀
收回　收获　放下　放出　放开　放纵　敬爱　敬礼　敷衍
斥　断绝　方便　施　无力　无法　昏　显　显露　暴动
更改　服　服侍　朽　束缚　来自　标　梦见　欺诈　殴打
比起　永生　求情　治疗　泻　活命　流下　流泪　消失　添
清　漂　演　演戏　灭　点　烧灼　照亮　煽动　熄　燃放
燃烧　燃起　爱恋　爱惜　牺牲　狂欢　猜想　猜测　猜疑
献媚　现出　玷污　理解　琢磨　生养　疏忽　疏远　痛打
痛饮　皱　盛　盛怒　直言　看上去　看作　看好　看轻
睁　瞎眼　砍　破坏　破裂　碍　碰撞　碰见　磨　示　祷告
禁　离去　种　积　称为　空　窃　竞争　竟敢　笑笑　符
合　笼罩　等同　等待　索　红肿　纵容　经过　绕　绝　统
治　继承　续　维护　缩　缺　置　羞愧　羞辱　耀　耽误
聋　肖　肯定　胆敢　胡说　自卫　致敬　致辞　舍　荒　蓄
积　蔽　蛊惑　行走　表达　装腔作势　见怪　见面　观察
觉　觉察　解职　解除　警告　计　认得　讼　设计　试试
试验　请教　读书　谈谈　谋　谋害　购买　贷　赌咒　赌钱
赔　赖　走向　走过　赴　起舞　超过　跌落　跟班　躲懒
转身　轰　轻信　载　辛苦　过虑　迎接　运行　迸发　违
述　迷　迷惑　追赶　退后　逃脱　逃避　选中　逢迎　逮
捕　遣　遭受　遭遇　遮盖　遵从　避风　邀请　酿成　采取

释 钉 钦佩 问问 闯进 闷 闹事 闻 陪伴 难免 集 震 震怒 革 顶撞 预料 骑马 默许 鼓 **1** 一举两得 一帆风顺 一息尚存 一无所知 一笑置之 万籁俱寂 丈量 上升 上场 上学 上山 下坠 下岗 下手 下葬 下跪 不一 不在乎 不堪 不容 不尽然 不怕 不成 不折不扣 不消 不管 不辱使命 不过如此 不遂 不闻不问 与日俱增 世袭 丛集 东奔西走 东跑西颠 丢开 两便 丧生 中伤 临头 临摹 临终 为主 为非作歹 举出 举杯 举荐 乏 乘 乞怜 乞讨 习 乱动 乱发 乱叫 乱成一团 乱跑 争辩 事不宜迟 交代 交出 交叉 交媾 交尾 交流 交织 交集 产 享用 亵渎 人云亦云 介 介于 介意 代替 代理 以期 仪态万方 仰望 仰视 任命 休止 会合 会操 会晤 会面 传唤 传达 传递 伴 伸展 低语 住口 住嘴 体会 体贴 作响 作对 作恶 作成 使得 使性子 使用 例如 供 依靠 侵害 侵犯 侵蚀 便是 促进 保全 信 信仰 信服 信赖 修好 修补 俾 倒下 倒退 借债 借重 值班 倾 倾吐 倾注 假装 偎 偏离 偏袒 偕 做事 做人 停息 停留 停顿 偷情 偷窃 催眠 允 允诺 充溢 光临 光明磊落 克 克制 免 全军覆没 公布 公开 公认 关心 关涉 具 养成 兼有 冤 冤枉 冥顽不灵 冲散 冲淡 冲突 冲锋陷阵 冷淡 冷笑 冻 准许 减少 减色 凑 凑热闹 凝结 凭 出丑 出世 出乱子 出力 出卖 出外 出嫁 出席 出毛病 出气 出生 出自 出言 出身 分享 分属 分手 分解 分辩 分配 切开 划 列举 刚愎自用 判 判处 利 别提 到手 到此为止 制定 制止 刷 刺伤 刻 剁 削减 刺 前去 剖 剩下 割断 割舍 割让 劈开 力克 劝阻 加入 加冕 加害 务 动身 助

劳动　劳碌　势不两立　勉　勒　包围　包括　匍匐　化为
化作　化装　匿　匹配　千真万确　升迁　协　协助　卖弄
博得　占便宜　卧病　卫　印　危害　卷　卸　厌　厌弃　厌
恶　厮杀　去世　去留　参差　又惊又喜　及　反击　反映
发作　发射　发明　发晕　发臭　发表　发财　取出　取消
取笑　取舍　受伤　受惊　受领　变为　变动　变化无常　变
卖　变心　变色　口出狂言　只用　只顾　叫做　叫唤　可欺
　可比　叹气　吃喝　吃苦头　合眼　吊死　同名　同姓　同
室操戈　同心　同谋　名为　向　向前　吓倒　吞吞吐吐　否
定　含糊其辞　含羞　听任　听候　吵嘴　吸　吹嘘　吹毛求
疵　吼　告急　呐喊助威　呕吐　呵护　呼吁　命中　和解
和颜悦色　咬啮　咽　哀悼　哀求　哆嗦　响　哗　哼哼　哽
　唠　唠叨　唤　唯其如此　唾弃　啃　商量　啐　啖　喜气
洋洋　喧嚣　喷　喷涌　嗅到　嘶叫　回复　回家　回报　回
绝　回顾　围　固定　在世　在家　在座　在心　在读　坍
坐下　垦　埋怨　埋藏　培植　堕　塑　声明　处理　复信
复原　复职　复述　外出　多嘴　多此一举　多谢　够朋友
大动干戈　大发雷霆　大声疾呼　夭折　失信　失势　失当
失慎　失敬　失眠　失礼　失败　头晕目眩　夺取　奉行　奋
　奏乐　奏响　奔腾　套　好意思　好比　如愿以偿　妥协
妨害　始终不渝　姑息　威胁　娇生惯养　媲美　嫉妒　嫖
嫖娼　孕育　孝敬　孝顺　学习　学学　孵　安于　安放　安
葬　安顿　完成　完毕　定罪　宛转　宜　实话实说　实践
宣判　宣示　宣称　宴请　容留　宽容　宽衣　宿　富于　寡
居　对　对准　对抗　对症下药　对答　对质　寻找　寻求
封　小心谨慎　少　少不了　少不得　少陪　尝试　尽义务
尽力　尽心竭力　尽职　尽责　尾随　居住　屈　屈膝　崇拜
　崩裂　巡夜　巡视　差使　差遣　巴不得　布　布施　带走

带领　席卷　干涉　干涸　平复　年轻力壮　年高德劭　幻　幻灭　幽　应付　应和　应有　度　度日如年　度过　延　开恩　开战　开玩笑　开花　开路　弃掷　弄清　弑父　引出　引导　张　弯　弹　归于　归来　归罪　当做　当心　当道　形成　影响　往　往来　征伐　征兵　征服　征求　徒劳　得手　得来　得胜　循　德高望重　心心相印　心怀　心想事成　心碎　必需　忍心　忍无可忍　忘掉　忧虑　念咒　念念不忘　念念有词　忽略　怀孕　怀恨　怜悯　怜爱　思念　思虑　恃　恭维　恼怒　恼恨　悔　悔改　悔过　悬　悲　惑　惜　惟　惧怕　惩　惩戒　想起　意味深长　感　感受　愤恨　愧　慰藉　懊丧　懊悔　懒得　成婚　成家立业　成立　成群　成长　戒　战败　所有　所谓　手无寸铁　打听　打成　打招呼　打猎　打雷　扣　扩大　扫地　扬　扬眉吐气　扭　扭曲　扮演　扮鬼脸　扯　扳　批　承　抄　把守　抒写　投奔　投身　抛掷　护　报仇　报告　披散　抬　抵抗　抽搐　担　担当　拆散　拆毁　拍　拍掌　拐走　拒　拔腿　拖延　招供　招致　拜　拣　拥　拥抱　拨　拭　拴　拼　持有　指出　指导　挎　挑剔　挖　挖苦　挟　挡　挡住　挡风　挣扎　挤　挤出　挤眉弄眼　挥霍　挺直　挽　挽回　捅　捆扎　捏造　捐献　捕捉　捞　损　损坏　换换　捣蛋　捧得　捧腹　捷　授　掉头　掌灯　掏　排解　探明　探测　探索　探询　接济　接见　接触　接踵而来　推出　推想　推测　推究　推翻　推诿　掩藏　掬　揉　揍　描　提心吊胆　提示　提醒　揖　握住　握手　揭晓　援助　搂抱　搅拌　搏斗　搜寻　摄　摆脱　摆阔　摇动　摇头　摇摇摆摆　摧　摧毁　摸索　撑　撑腰　撕　撕下　撞　撤除　撩拨　撺掇　擂　擂鼓　操　操心　操纵　攀登　攒　收敛　收留　改头换面　改恶从善　改扮　改过　攻打　放债　放学　放款　故弄玄虚　效力

教会　教育　散步　敲打　敲门　斗争　料理　施舍　旁观
无中生有　无价　无可挽回　无孔不入　无度　无忧无虑　无所事事　无拘无束　无用　无能为力　既是　早熟　早起　时兴　明争暗斗　昏迷不醒　易　易于　昧　显得　显示　晃
晴　暗示　暗算　暴乱　曲解　替　替代　有伤　有关　有劳
　有失　有如　有意　有毒　有求必应　服丧　服务　服气
朝三暮四　期待　木已成舟　杀害　杀戮　杀敌　杀气腾腾
来不及　来去　来得　构思　枯萎　查　查究　根深蒂固　格
　栽　械斗　梳　检　横　横流　横行　欠债　欠缺　欢宴
欺凌　歇　正如　歧视　殒灭　殓　殡葬　毁弃　毁灭　毁谤
　毒害　比较　气　求学　求教　求见　汗流满面　污辱　沃
　沉思　沉没　没收　没落　泛滥　注　注入　注重　泼　洒
　活像　活动　派出　派遣　流出　流汗　流浪　流血　流行
　流连忘返　流露　测　济　消散　消遣　涌　涤　淤　深信
　深居简出　深陷　淹　淹没　添加　温文尔雅　游　游乐
游行　溃烂　溅　溺死　溺爱　滋　滑　滚开　滞　满意　滥用　滴　漂泊　演出　漫游　潜　激怒　激战　火上浇油　火烧　炫　点灯　点缀　炼　烂　烘　烙　烛照　烟消云散　烤
　烦　热心　热恋　焙干　煎　照料　照顾　熄灭　熏　熏蒸
　爆裂　爱慕　牵　牵累　犯罪　狂怒　狐假虎威　独尊　猎
　猜中　献技　玩世不恭　珍惜　珍视　珍重　理应　理当
瓦解　甘愿　生产　生育　生锈　用武　申斥　申诉　畏惧
留下来　略胜一筹　疼爱　瘫痪　登上　登场　登陆　白费
皈依　皱眉头　盈　盈眶　监　监护　盖　盗窃　盘桓　盘算
　目无法纪　盯　相亲相爱　相会　相处　相干　相应　相得益彰　相思　相抵　相接　相提并论　相知　相聚　相识　相逢　盼　盼望　看不上眼　看守　看成　看护　看样子　看透
　眨　眷顾　眼看　着凉　着力　着想　着火　着迷　睡着

督察 瞎 瞑目 瞧不起 瞧瞧 瞻前顾后 瞻望 矜 知晓 矫揉造作 破灭 砸 碎 祈求 祛 祝贺 祷 祸害 禀告 禁不住 禁止 离别 离婚 离家 私奔 私通 秉 租 称之为 称快 称颂 究 穷尽 空空如也 空谈 穿透 突出 突击 窥探 立下 立足 竖 端正 端详 算数 算计 管束 管理 粉碎 索取 累 累死 絮叨 繁殖 繁荣昌盛 纠正 纠结 约会 约束 纪念 绊倒 经 经不起 经受 给予 统率 缠 缠绕 缺乏 罚 罢休 罪大恶极 置信 置身 羞 羽毛未丰 翔 耕 耕田 耸立 耽搁 聊 联 联结 聚会 肆无忌惮 肇事 肿 胁 胆大妄为 背叛 背着 背诵 胜利 胡言乱语 能否 脱光 脱帽 脱身 脱险 脸红 腐蚀 自恃 至高无上 致以 致谢 舍不得 舍本逐末 舒 舒展 苦战 荒废 荷 获 获胜 落地 著 葬送 蒙受 蔑视 藏匿 虑 虚度 虚构 蛀 融化 融解 螯 血气方刚 行进 补 表明 表白 衰退 被俘 袭击 裁减 装饰 褒奖 覆 覆盖 见外 见异思迁 见怪不怪 观 视而不见 视若无睹 觉醒 觊觎 解愁 解救 解闷 解难 触 譬如 计数 计算 计较 订立 认错 讥 让出 训练 议事 记事 记载 讲究 讲话 许 许可 论 设 设有 访问 评论 识字 诈 诉说 试看 试问 诞生 诠释 误国 误用 误认为 说动 说来话长 说理 说空话 说说 说起 诵 请安 调味 调和 调情 调集 谄笑 谅解 谈到 谈情说爱 谈论 谋杀 谋生 谏 谕 谗 谢 谩骂 负心 负载 责怪 责罚 责骂 败坏 贪恋 贬 购 贴 贴近 贻误 赋 赎 赐 赐福 赔偿 赛马 赞助 赞同 赞许 赞赏 赠予 赦免 走味 走开 走走 赶来 赶走 起事 起火 起程 起立 起降 趁热打铁 超乎 超越 越级 越过 跃 跋涉 跌伤 跌破 跌进 跨

上　跳动　踏进　踢　踩　蹉跎　蹲伏　身居　躬　躲开　躲闪　躲雨　转交　转弯　转祸为福　转移　转达　轮流　轰击　轻描淡写　轻蔑　辅　输　辜负　辞　辞行　辨别　辩护　辩白　辱　辱骂　迁　过不去　过得去　过量　过问　迎　迎风　运　运用　还手　进入　进犯　进退　远在　违心　违犯　连带　迫　迫不得已　迫害　迭起　追寻　追悔　追捕　追求　追逐　退步　退让　送到　送葬　适合　逆行　选　选定　逍遥法外　透　递补　逗留　通　通奸　通知　通行　通过　逛　逝　造访　逢　逼迫　逾越　遇到　遇害　遏制　道出　道歉　道谢　遗　遗失　遗弃　遗留　遥望　遭到　遮住　遮羞　遵守　避嫌　邀功　邻　酌　配给　酝酿　酣睡　酬报　酬谢　酿酒　醉心　采　采摘　重在　重整　重视　钓　钻进　铁石心肠　铭刻　铸　铸造　销　镇守　长叹　长吁短叹　长鸣　闪　闪耀　问候　闯　闹翻　防　防卫　阻挠　阻止　阻隔　陈诉　降落　限　隐讳　难于　难产　集合　雇　零落　雷鸣　震动　震撼　静听　非议　非难　面告　鞠躬　鞭打　鞭挞　鞭策　顶嘴　须要　颁　预报　预言　预防　领先　领到　颠倒　颤栗　风化　风干　风餐露宿　飘荡　飞溅　飞过　飞驰　餐　饰　饶　饶恕　驰　驱散　驱除　驳倒　驶过　驾车　驾驶　骗人　骚乱　骚动　骚扰　高呼　麻醉　默　黯然失色　鼓动　鼓舞　鼾睡

附录三　梁实秋译莎剧四种特色词及词性表[①]

325　但是/c　**248**　便/d　**222**　若/v　**215**　么/n　**172**

---

① 词性的标注按照中科院计算机所的一级标注标准，字母代表的词性说明如下：a 形容词；b 区别词；c 连词；d 副词；e 叹词；f 方位词；m 数词；n 名词；o 拟声词；p 介词；q 量词；r 代词；t 时间词；u 助词；v 动词；y 语气词；z 状态词。词汇前的数值对应生成语料的 Antconc 软件中的"keyness"，它是一个综合数值，表示相对于对照语料库来说，某词汇在目标语料库中的特色程度。一般来说，多出的使用频率越大，其特色值越高。

你/r **167** 何/r **162** 并且/c **150** 与/p **122** 景/n **103** 使得/v **97** 如果/v 姊/n **93** 如/v **88** 先生/n 如此/r **82** 哪里/r **81** 能/v **79** 假如/v **77** 一般/a **73** 呀/y **69** 令/v **64** 如何/r **60** 手绢/n 必/d **59** 是/v **55** 哎呀/e **53** 弄/v 妻/n **50** 和/p **49** 之前/f 乡/n 甲/n **46** 其/r 纵然/d 别/d **45** 此地/s 或/c 被/d **44** 副官/n 如其/c **41** 但/c 绅/x **40** 睑/x 演员/n **39** 由/p 如今/t **38** 苦痛/n **37** 引/v 乐师/n 堡/n 真是/d **36** 便是/v **35** 若是/c 之后/f **34** 那里/r 消/v 傻子/n **33** 哟/y **32** 修道/v **31** 竟/d 很/d 且/d **30** 这/r **29** 公/b 亦/d 晓得/v 喊/v 当做/v 只/d **28** 原/b 时节/n 是否/v 之/r 将军/n 这里/r **27** 事/n 必定/d **26** 后/f 何等/d **25** 看/v 之外/f 已/d **24** 走/v 鬼/n 失掉/v 随后/d **23** 什么样/r 祥/n 不必/d **22** 当中/f 据/p 英格兰/n **21** 适宜/v 一齐/d 受/v 诸位/r 王/n 噫/e 遵命/v **20** 准/v 理性/n 即/v 由于/p 派/v **19** 乡/n 乙/n 尚未/d 急速/z 柳/n 莫非/d 做/v 极/d 诚实/a 乳母/n 流氓/n 方才/n **18** 以及/c 性命/n 恰似/v 旦/t 暂且/d **17** 留神/v 胳臂/n 若非/c 又/d **16** 至/p 赌咒/v 敢/v 或是/c 仍/d 弄/v 臣/n 情爱/n 死尸/n 表哥/n 道士/n 髑髅/n 赌/v 寻/v **15** 曾/d 真/d 情感/n 忿怒/a 怪罪/v 楣/n 盘/v 部下/n 以/p **14** 无法/v 报仇/v 士/n 恶棍/n 立刻/d 于是/c 藏/v 说/v 伙计/n 不可/v 听说/v **13** 内/f 当初/t 伤天害理/v 反倒/d 太子/n 旗手/n 认罪/v 并非/v 是的/v 一下/f 马/n **12** 洒/v 卑鄙/a 可/v 而/c 当然/d 侍卫/n 前来/v 风暴/n 敲/v 饶恕/v 不准/v 官佐/n 从没/d 作用/n 卤莽/a 奉告/v 幔/x 时而/d 订/v

轻轻/d　实在/d　否则/c　恶魔/n　**11**　看看/v　以至于/c
休面/a　居然/d　必要/a　罢了/y　缺乏/v　过错/n　眼/n　**10**
　哎/e　于/p　之一/r　以至/c　任何人/r　光亮/n　光阴/n
只得/d　哀痛/a　当年/t　恶习/n　打斗/v　无论是/c　款待/v
　火烛/n　狼狈/a　盔甲/n　眼里/s　瞎说/v　老者/n　苦
楚/n　草棚/n　薰/v　逍/x　颜/n　女人/n　此/r　至于/p
甚/v　衣裳/n　歌唱/v　伺候/v　畜/n　露出/v　今晚/t　教/v
　求/v　未/d　**9**　入/v　乘/v　安眠/v　廷臣/n　斋/n　睛/v
　该/v　救/v　倒/v　似的/u　一概/d　乙绅/x　兽/n　后者/r
　命运/n　之/u　神/n　喽/y　基督教/n　妆奁/n　娼/x　婚
事/n　实情/n　恕罪/v　惊吓/v　手掌/n　新闻/n　混蛋/n
绳索/n　肉欲/n　荣耀/a　营长/n　蠢驴/n　谨/d　香客/n
夜间/t　报酬/n　任何/r　咒骂/v　妙/a　**8**　掉/v　小姐/n
名/q　数/n　之际/f　寻找/v　尸身/n　私下/d　绝不/d　颇/d
　众/n　算是/v　急/v　青/a　一同/p　大厅/n　险/a　早晨/t
　治/v　瞎/v　衣/v　这边/r　一番/m　来到/v　**7**　所以/c
块/q　下文/n　事体/n　人人/n　仓/n　作乐/v　凶残/a　初
次/d　动弹/v　动气/v　卫兵/n　发笑/v　周身/n　嗳/x　小
女/n　尸首/n　屋里/s　师傅/n　序/n　开心/a　强大/a　怯
懦/a　情愿/v　想像/v　打搅/v　料/n　施展/v　机缘/n　棘/n
　汪/q　沾染/v　滋长/v　煞/v　狡狯/a　猛然/d　理会/v　礼
拜堂/n　等等/v　紧要/a　胡涂/a　苟/d　著名/a　调子/n
贫/a　较为/d　述说/v　遥/n　铲除/v　闪烁/v　阁下/n　难
为情/a　驯顺/a　龟/n　合/v　夜/t　似/d　这个/r　没/v　不
妨/v　多谢/v　吧/y　丑/a　设法/v　房/n　遍/v　乖/a　信
仰/n　决不能/v　快活/a　直爽/a　神经错乱/v　苍白/a　这
话/r　愿/v　拔剑/v　暴躁/a　遇到/v　得/v　疯/v　觉得/v
卧/v　告辞/v　当心/v　汉/t　监牢/n　竞/v　营/n　虚伪/a

忠厚/a 惊醒/v 终/d 苦恼/a **6** 怜悯/v 确/d 常/d 知/v 放在/v 狂/d 砍/v 见到/v 青年/n 一心一意/d 不惜/v 丑态/n 丙绅/x 严加/v 乃是/v 亏/v 享/v 亲近/v 仁厚/a 仙姑/n 保重/v 修士/n 公理/n 况且/c 函/n 别离/v 剧团/n 勇/n 勇往直前/v 匆忙/a 匪/n 叮当/o 可言/v 君权/n 吼叫/v 员/q 呦/o 哝/x 坛/q 垒/v 外国/n 契/v 如同/v 嫉/v 守卫/v 完结/v 小声/v 幻影/n 庐/n 应声/v 引路/v 很多 得出/v 心平气和/v 忘怀/v 情意/n 惊扰/v 惩处/v 愁苦/a 感触/n 戏词/n 承继/v 担忧/v 挂带/n 揣测/v 摆布/v 敬意/n 敬请/v 敲门声/n 无疑/d 无需/v 有用/a 机智/a 权势/n 条款/n 来信/n 棉/n 毙/v 流言/n 狡诈/a 王者/n 生来/d 甲/n 仆/n 画像/n 疗/v 皇天/n 益处/n 睦/a 矛/n 知情/v 站岗/v 站立/v 筵席/n 箫/n 糟蹋/v 统帅/n 缺憾/n 职守/n 致命伤/n 蠢人/n 衔/v 被捕/v 诬/v 诬蔑/v 调遣/v 赎罪/v 躯体/n 轻薄/a 轿/n 这块/r 适/v 足/a 邸/n 鄙夷/v 重复/v 金/n 冕/n 链/n 限制/v 隐忍/v 青/a 柳/n 顺/v 顺风/v 骤/d 骨肉/n 之/u 情/n 黏/a 坟/n 扮/v 晚饭/n 毫无/v 做出/v 惹/v 敬/v 独自/d 胡说/v 失/v 成为/v 仅仅/d 以致/c 佣人/n 使用/v 停留/v 军士/n 嫡/x 心情/n 恰巧/d 挽救/v 软/a 进入/v 镇定/a 长处/n 面具/n 驱逐/v 全/a 偕/v 夜晚/t 招/n 无聊/a 看出/v 踢/v **5** 里面/f 为/v 一点点/m 主张/n 俩/m 冲突/v 口里/s 或许/d 致敬/v 部/n 刀/n 恐怕/d 呢/y 怕/v 点/n 再见/v 一部分/n 大爷/n 姓/v 钟头/n 叛徒/n 伤/v 白/a 包/v 坏蛋/n 城/n 悲惨/a 随便/a 杀/v 位置/n 何以/d 处女/n 较/d 顺利/a 鸟/n 武器/n

时/n　善/v　斗/v　**4**　极了/y　一带/n　一律/d　一模一样/a　一清早/t　不下于/v　不宜/v　不致/d　不见得/d　专门/d　严峻/a　丧事/n　为何/r　之所以/c　乖戾/z　乡/n　事端/n　云层/n　交接/v　亨/n　享福/v　人员/n　人道/n　仓卒/a　代表/n　任凭/v　伍/m　优点/n　何苦/d　依照/p　借用/v　傀儡/n　光芒/n　入/v　款/n　其间/f　凝冻/v　凶杀/v　凸/v　创伤/n　别/d　作/v　声/n　割裂/v　加紧/v　勿/d　匪徒/n　原故/n　原有/v　原由/n　受孕/v　受罚/v　变态/n　可否/v　可知/v　可行/a　各个/r　否/v　听信/v　呦/e　周/n　和善/a　和蔼/a　哭喊/v　唏/x　唾骂/v　啊哟/e　喘息/v　喜事/n　嘟/o　嘱咐/v　噩运/n　外甥/n　失恋/v　奚落/v　好奇/a　委曲/n　姘/x　威吓/v　字样/n　安安稳稳/z　安稳/a　安适/a　宝藏/n　宣泄/v　尘埃/n　展/v　岩石/n　工具/n　幔帐/n　幸运/a　之/u　神/n　幽会/v　广/a　序幕/n　延长/v　开会/v　开饭/v　异端/n　往常/t　得以/v　必将/d　怒号/v　恩爱/a　悲怆/a　悲歌/n　愈发/d　意味/n　慌/a　成衣/n　才干/n　打落/v　技/n　把戏/n　护卫/v　抽出/v　担负/v　拼命/v　拦/v　排/v　揭穿/v　搂/v　摇晃/v　撕裂/v　收容/v　救人/v　新奇/a　无妨/v　无意/v　无故/d　晦/n　有理/a　本国/r　极力/d　林/n　檎/x　栏/n　案情/n　桌上/s　模/n　欣/v　幸/n　歌剧/n　正午/t　死人/n　死地/n　殛/x　毒杀/v　沫/x　海/n　誓/v　山/n　盟/n　消逝/v　涨/v　深知/v　湿润/v　溺/v　漫长/a　点燃/v　烤肉/n　照例/d　照旧/v　照直/d　爵士/n　犹如/v　狠命/d　猝/d　王/n　冕/n　环绕/v　生怕/v　疑惧/v　疤/n　癞/x　登岸/v　盛意/n　直说/v　相加/v　着急/a　睹/v　稀/a　筹款/v　算不得/v　糊/v　紧跟着/d　绞死/v　老太婆/n　老弟/n　考察/v　胎/n　胸襟/n　脏/a　腐臭/n　舅父/n　舵手/n　良缘/n　花朵/n　英

格兰人/n 英雄/n 气概/n 藏身/v 蠢材/n 行径/n 行李/n 被害/v 袭/v 褥/x 警官/n 认定/v 讪笑/v 诧异/a 说实话/v 费心/v 费话/n 起床/v 轻松/a 轿子/n 辨/v 迅/a 迟缓/a 追究/v 送殡/v 逃跑/v 途径/n 通缉/v 里拉/n 铲子/n 长官/n 闹着玩/v 防止/v 防范/v 雄心勃勃/v 音阶/n 领受/v 领路/v 颠覆/v 食品/n 饼/n 馈赠/v 首先/d 驯服/v 驶/v 驶去/v 鸨母/n 为什么/r 乐趣/n 侵犯/v 准许/v 发狂/v 口袋/n 圣徒/n 天亮/v 宣示/v 延/v 必需/v 忧虑/v 思索/v 所谓/v 承受/v 无从/d 无穷/d 有所/v 本人/r 格言/n 炬/n 短刀/n 祝贺/v 第/x 绞/v 荒野/n 薄弱/a 躲开/v 躲避/v 题/n 好事/n 想想/v 站住/v 老鼠/n 人才/n 信件/n 医/v 咳/v 引导/v 恸/x 愈/d 慰/v 瓦/n 薄/a 诚然/v 通奸/v 面貌/n 魔术/n 龌龊/a 世界/n 淹死/v 烦恼/a 以为/v 坏人/n 据说/v 糟/v 纵/v 绝/d 劝/v 无/v 肯/v 漂亮/a 非/b 冷/a 加以/v 土/n 报/n 疑/v 闻/v 严重/a 佛/n 偏/d 吸/v 喊叫/v 喷/v 埋葬/v 心上/s 护/v 改/v 暗中/d 泥/n 疑虑/n 粗/a 耐心/a 胸/n 家/n 写信/v 发作/v 美德/n 更/d **3** 一阵/m 情人/n 算/v 快乐/a 喜欢/v 任/v 助/v 变色/v 哀伤/a 小人/n 尚/d 悬/v 本事/n 泄露/v 游戏/n 狠/d 生长/v 腮/n 裁判/n 裸体/b 誓约/n 识/v 辱骂/v 过度/d 遭受/v 险恶/a 法兰西/n 碎/v 天堂/n 私/b 等到/v 简单/a 一道/n 下令/v 不过如此/v 亡/v 人品/n 传说/n 住处/n 分手/v 友爱/n 哑/v 坚/a 威权/n 宜/v 尖/a 尽量/d 屈膝/v 忽/d 担任/v 拴/v 捆/v 损/v 掌/n 暂/d 毋/d 民/n 浓/a 淫秽/a 渐渐/d 熟识/v 爱慕/v 珍重/v 用不着/b 疏/v 皱眉/v 直率/a 短处/n

石头/n　联/v　诈/v　谴/v　足以/d　难过/a　雄心/n　项/q　驰/v　乞丐/n　关于/p　可恨/a　帮忙/v　平常/n　怀疑/v　感/v　担保/v　灭/v　领土/n　般/u

附录四　朱生豪译莎剧四种特色词及词性表

943　您/r　**309**　它/r　**234**　跟/v　**213**　这儿/r　**212**　可是/d　**191**　要是/v　**179**　吗/y　**145**　乳/v　媪/x　**140**　瞧/v　**126**　弄/v　人/n　**125**　会/v　**121**　让/v　**95**　替/p　**93**　必须/d　已经/d　**85**　啦/y　**82**　一样/a　**80**　事情/n　**78**　一个/q　**77**　人家/n　**70**　嗯/e　**69**　主帅/n　**68**　凭着/p　小丑/n　**67**　场/n　它们/r　即使/c　**61**　这种/r　**60**　叫/v　失去/v　**58** 哎哟/e　**57**　嘿/e　**56**　地/n　**55**　儿/n　**54**　王后/n　**49**　倘/c　**46**　城堡/n　**45**　点儿/n　**44**　能够/v　愿意/v　**43**　丁/n　**39**　伶/n　那儿/r　妻子/n　曾经/d　**37**　难道/d　**36**　却/d　**35**　各位/r　鬼魂/n　**34**　可以/v　**33**　姐姐/n　**32**　亲王/n　**31**　咱们/r　哪儿/r　浑蛋/n　**30**　英国/n　起誓/v　**29**　个/q　种/v　这么/r　娘娘/n　手臂/n　**28**　柄/n　**27**　晚上/t　留心/v　不要/d　照/v　**26**　侍/v　家伙/n　老爷/n　**24**　暂时/d　副/b　骑士/n　**23**　应当/v　受到/v　工/n　**22**　痛苦/a　万恶/n　重/v　以前/f　傻瓜/n　**21**　话/n　应该/v　样/q　**20**　甲/n　本来/d　果然/d　国王/n　每/r　过失/n　把/v　**19**　丢/v　行动/v　恶人/n　看见/v　感情/n　**18**　军官/n　善良/a　倘然/c　什/n　对待/v　念/v　**17**　那些/r　自己/r　杨柳/n　畜生/n　第/m　反而/d　荣誉/n　赶紧/d　生命/n　神父/n　号角/n　**16**　屋子/n　神明/n　思想/n　世上/s　刚才/t　吞/v　进/v　不然/v　大姐/n　挪威/n　种种/q　老伯伯/n　诡计/n　无论/c　**15**　一

起/q 在/p 忠心/n 汉子/n 当作/v **14** 到来/v 叫花子/n 房间/n 队长/n **13** 呃/y 大哥/n 役/n 忧伤/a 恋人/n 戏子/n 牢狱/n 降临/v 仆人/n 只要/c 听见/v 丝/n 嘴里/s 支/q 原因/n 但愿/v 往往/d **12** 手里/n 仍旧/d 而且/c 人世/n 缚/v 上去/v 座/q 里/f 一块儿/d 发起/v 可憎/a 活命/v 火性/n 瞧见/v 缺少/v 耐/v 衾/x 马上/d 一方面/n 所在/n **11** 向/p 丧失/v 宣誓/v 适当/a 一会儿/m 反/v 投/v 死去/v 灵魂/n 过去/t **10** 冷酷/a 哥/n 啥/r 嚷/v 心爱/b 教士/n 旨意/n 早上/t 玩笑/n 老头儿/n 老是/d 遭逢/v 拉/v 方/q 惯/v 胡闹/v 婚/n 目的/n 全然/d 啼/v 艘/q 若干/m 违反/v 你们/r 一些/x 各/r 剑/n 不/d **9** 尊贵/a 谢谢/v 句/q 正/d 以后/f 也许/d 丽/v 瞒/v 免不了/v 君主/n 多半/m 娘儿们/n 差使/n 憎恨/v 找寻/v 星星/n 朋/n 正确/a 看待/v 睛/n 碰到/v 碰见/v 进一步/d 除去/v 明明/d 非常/d 他们/r 就/d 兄弟/n 什么/r 当/v 呼吸/v 感到/v 本领/n **8** 对不起/v 流/v 复仇/v 整个/b 脸色/n 下来/v 天上/s 记/v 叫喊/v 骷髅/n 晚安/v 闭/v 丢脸/a 会儿/q 兴趣/n 军官/n 凌/v 前导/v 医治/v 咆哮/v 坟茔/n 大自然/n 奶奶/n 好好儿/z 尊夫人/n 开场/v 心底/n 性子/n 断定/v 皎洁/z 等同/v 育/v 脸庞/n 茅屋/n 虐待/v 调查/v 跌落/v 远处/s 遭到/v 天性/n 基督徒/n 夫妇/n 娇/a 损害/v 痛心/a 瞧瞧/v 趁/p 意见/n 理智/n 两/m 出于/v 吵/v 露/v 全都/d 乐/v 无情/a 众人/n 西/f **7** 尸体/n 总是/d 丑恶/a 友/n 发出/v 告别/v 血液/n 重大/a 门/n 吹/v 思/v 权力/n 灾祸/n 引起/v 黑暗/a 身/n 之中/f 许多/m 凭/p 厅

堂/n　寺院/n　怨恨/v　恼/v　捉住/v　控诉/v　目/n　碰/v　竭力/d　老人家/n　貌/n　身子/n　顺从/v　相信/v　使者/n　一点儿/m　不动声色/v　不孝/a　中午/t　举手/v　亲友/n　伯/n　公文/n　决不会/v　副将/n　动武/v　卑劣/a　卫士/n　句子/n　只怕/v　吃惊/a　名分/n　咦/e　哈哈/o　唯/d　困苦/a　始终/d　婊子/n　富有/v　带领/v　幸事/n　悄悄/d　抹/v　拨/v　接纳/v　撵/v　死罪/n　毒死/v　流露/v　消失/v　煎熬/v　爸爸/n　相思/v　看重/v　眼珠/n　石块/n　秋/t　策/n　纷争/n　脱光/v　脱身/v　袭击/v　诚意/n　谁料/v　趟/v　造化/n　里头/f　铛/o　面目/n　题目/n　额角/n　风浪/n　鸡冠/n　**6**　因为/p　决定/v　意/b　得到/v　手/n　件/q　全身/n　剧/n　变化/v　归/v　知觉/n　跟随/v　正是/v　送给/v　名字/n　身上/s　全部/m　彼此/r　率/v　高声/d　世/n　暴风雨/n　心事/n　不曾/d　下去/v　哪/r　出去/v　知道/v　离开/v　恩/n　中用/a　今/t　女神/n　娼妓/n　实际/n　得救/v　想不到/v　押/v　掩饰/v　是非/n　泄漏/v　痛恨/v　罪名/n　**5**　充满/v　泥土/n　躲/v　答应/v　长/v　来/f　拖/v　格外/d　重新/d　决不/d　的/u　话/n　殿下/n　不可思议/a　丢掉/v　串/v　乞讨/v　亡魂/n　亲族/n　令爱/n　侧/v　冲动/a　别处/r　十足/z　卧室/n　危害/v　厅/n　去世/v　又是/c　发泄/v　吊死/v　同谋/n　吓人/v　品质/n　哈哈哈/o　啐/v　国境/n　国外/s　图谋/n　圆满/a　圈套/n　地面/n　城市/n　士兵/n　天色/n　奸人/n　妒忌/v　妨碍/v　姐/n　娇美/a　孩儿/n　宇/n　安顿/v　实力/n　宴/n　容纳/v　崇高/a　巡逻/v　已故/v　帏/x　帏幕/n　庇护/v　很快/d　微贱/a　心愿/n　忘却/v　忠/v　您好/n　想象/v　懈怠/a　戒备/v　挂架/n　探问/v　无常/a　春梦/n　显出/v　暴风/n　桌子/n　武/n　沉沦/v　波兰人/n　注

视/v 流下/v 海绵/n 涅/v 满嘴/n 炙/x 熏/v 爱心/n 状态/n 狂妄/a 王国/n 玩意/n 环/n 甚至于/d 生机/n 田园/n 疼爱/v 相干/v 相识/v 看好/v 睬/v 禁不住/v 称为/v 符合/v 笼罩/v 筵/x 简短/a 纤/n 纳/v 绊/v 绝妙/b 续/v 耀/v 老/a 王/n 胸前/s 脚下/f 脸颊/n 苍/n 草木/n 营生/v 裁撤/v 装腔作势/v 规/n 计谋/n 评/v 说起/v 赎/v 踪迹/n 辈/n 过人/v 这方/r 里边/f 重罪/n 钦/n 隐藏/v 青青/z 面子/n 预料/v 颤栗/v 高山/n 麾下/n 齐鸣/v 只好/d 魔鬼/n 害怕/v 愤怒/a 扰乱/v 老兄/n 阻止/v 性/n 懂得/v 土地/n 火把/n 状/n 预备/v 奇怪/v 尊严/n 也/d 满/v 那么/c 亮/v 帮/v 找到/v 祝福/v 地方/n 唉/e 旗/n 不止/v 从此以后/d 冥/n 制造/v 发挥/v 叶/n 大小/n 嫁人/v 恐怖/a 恶毒/a 才/d 能/v 打扰/v 方向/n 权/n 牢/a 甲胄/n 登/v 眼中/s 账/n 越是/d 钝/a 鼠/n

4 希望/v 办法/n 衣服/n 作为/v 候/v 小小的/z 直到/v 伤心/a 为了/p 贼/n 恶/a 墓/n 妇人/n 正直/a 仁慈/a 插/v 生前/t 神气/n 下葬/v 刀子/n 召/v 呵/v 恋/v 族/n 每天/r 眠/v 饮/v 鸟儿/n 一身/n 冒犯/v 宠/v 方便/v 法子/n 赞美/v 退后/v 造成/v 抱/v 从来/d 像/v 将要/d 怒/v 老人/n 起来/v 别人/r 一阵风/n 万分/d 不料/d 不见/v 丛/q 主将/n 乐/a 工/n 乖僻/a 亲事/n 伯伯/n 估计/v 低头/v 佚/v 保管/v 俯/v 俯首/v 倘使/c 假意/n 充实/v 光明正大/n 全副/b 出征/v 出神/v 刁/a 分头/d 刚巧/d 割断/v 动怒/v 勃/a 卑微/a 卓越/a 单子/n 博取/v 反映/v 变卦/v 叩门/v 叫声/n 叱/x 吞没/v 告示/n 呜/o 周旋/v 呼唤/v 呼喊/v 喉/n 嗅到/v 图画/n 坚定/v 增加/v

大意/n　天赋/n　头痛/a　好色/a　子弟/n　安享/v　安定/v　官司/n　家私/n　宽心/a　宿怨/n　富庶/a　亵伦/v　寝/v　寺/n　寺里/s　少不得/v　山羊/n　巴不得/v　巾/n　帅/n　帆船/n　平和/a　幻灭/v　幽深/a　废物/n　得胜/v　徘徊/v　徽/n　心神/n　志/n　恶梦/n　恶癖/n　情分/n　意中人/n　愚笨/a　懦怯/a　打下/v　托付/v　扮鬼脸/v　抱怨/v　抵赖/v　指头/n　挥舞/v　掀动/v　提到/v　摧/v　撤销/v　政/n　敏感/a　敬奉/v　敬重/v　斥/v　斧/n　方/q　策/n　旁人/r　旁观/v　早点/n　时光/n　明令/n　晚间/t　暴徒/n　有/v　财/n　有/v　势/n　本戏/n　枯萎/v　树丛/n　检/v　检点/v　森严/a　椅/n　正常/a　毁损/v　毒箭/n　气恼/a　洗涤/v　海边/s　消瘦/a　淋/v　深夜/t　深深/d　温/v　温/v　文/n　溅/v　滑/v　满身/n　烂泥/n　烦闷/a　照亮/v　牛角/n　牵涉/v　率领/v　珍奇/a　生养/v　用力/a　病态/n　痼疾/n　白白/d　盆/n　看轻/v　着力/v　瞌睡/v　矩/n　碎裂/v　稀有/a　穴/n　竞争/v　笑容/n　算计/v　粘/v　素来/d　绝世/b　维纳斯/n　绿色/n　缢/x　罔/x　老师/n　老母/n　肌肤/n　肠/n　胀/a　背叛/v　臣子/n　自制/v　舒/v　船舶/n　芳/n　芳香/n　荒/v　荒原/n　荣/n　华/b　药饵/n　萝/x　营帐/n　虚构/v　蜜糖/n　融化/v　融融/z　行进/v　要不然/c　要么/c　触/v　认得/v　说说/v　谈起/v　贞节/n　贤淑/a　走廊/n　走走/v　趁着/p　跳动/v　身心/n　车轮/n　转祸为福/v　载/v　辛酸/a　运行/v　近旁/f　迷失/v　锋利/a　锹/n　闺/x　防卫/v　雄鸡/n　领到/v　颈项/n　高尚/a　鬼话/n　鳞/n　旁/f　欢/a　定/v　结/v　分/v　眼睛/n　新/a　这些/r　恋爱/v　看到/v　达到/v

附录五 朱生豪译莎剧四种十字韵诗

《罗密欧与朱丽叶》

故事发生在维洛那名城，有两家门第相当的巨族，累世的宿怨激起了新争，鲜血把市民的白手污渎。

是命运注定这两家仇敌，生下了一双不幸的恋人，他们的悲惨凄凉的殒灭，和解了他们交恶的尊亲。

这一段生生死死的恋爱，还有那两家父母的嫌隙，把一对多情的儿女杀害，演成了今天这一本戏剧。

交代过这几句挈领提纲，请诸位耐着心细听端详。

啊！火炬远不及她的明亮；她皎然照耀在暮天颊上，像黑奴耳边璀璨的珠环；她是天上明珠降落人间！

瞧她随着女伴进退周旋，像鸦群中一头白鸽翩跹。我要等舞阑后追随左右，握一握她那纤纤的素手。

我从前的恋爱是假非真，今晚才遇见绝世的佳人！

要是我这俗手上的尘污亵渎了你的神圣的庙宇，这两片嘴唇，含羞的信徒，愿意用一吻乞求你宥恕。

信徒，莫把你的手儿侮辱，这样才是最虔诚的礼敬；神明的手本许信徒接触，掌心的密合远胜如亲吻。

生下了嘴唇有什么用处？信徒的嘴唇要祷告神明。那么我要祷求你的允许，让手的工作交给了嘴唇。

你的祷告已蒙神明允准。神明，请容我把殊恩受领。这一吻涤清了我的罪孽。你的罪却沾上我的唇间。

恨灰中燃起了爱火融融，要是不该相识，何必相逢！昨天的仇敌，今日的情人，这场恋爱怕要种下祸根。

旧日的温情已尽付东流，新生的爱恋正如日初上；为了朱丽叶的绝世温柔，忘却了曾为谁魂思梦想。

罗密欧爱着她媚人容貌，把一片痴心呈献给仇雠；朱丽叶恋着他风流才调，甘愿被香饵钓上了金钩。

只恨解不开的世仇宿怨，这段山海深情向谁申诉？幽闺中锁住了桃花人面，要相见除非是梦魂来去。

可是热情总会战胜辛艰，苦味中间才有无限甘甜。

黎明笑向着含愠的残宵，金鳞浮上了东方的天梢，看赤轮驱走了片片乌云，像一群醉汉向四处狼奔。

趁太阳还没有睁开火眼，晒干深夜里的涔涔露点，我待要采摘下满箧盈筐，毒草灵葩充实我的青囊。

大地是生化万类的慈母，她又是掩藏群生的坟墓，试看她无所不载的胸怀，乳哺着多少的姹女婴孩！

天生下的万物没有弃掷，什么都有它各自的特色，石块的冥顽，草木的无知，都含着玄妙的造化生机。

莫看那蠢蠢的恶木莠蔓，它对世间都有特殊贡献；即使最纯良的美谷嘉禾，用得失当也会害性戕躯。

美德的误用会变成罪过，罪恶有时反会造成善果。这一朵有毒的弱蕊纤苞，也会把淹煎的痼疾医疗；

它的香味可以祛除百病，吃下腹中却会昏迷不醒。草木和人心并没有不同，各自有善意和恶念争雄；

恶的势力倘然占了上风，死便会蛀蚀进它的心中。

这些鲜花替你铺盖新床；惨啊，一朵娇红永委沙尘！我要用沉痛的热泪淋浪，和着香水浇溉你的芳坟；

夜夜到你墓前散花哀泣，这一段相思啊永无消歇！

清晨带来了凄凉的和解，太阳也惨得在云中躲闪。大家先回去发几声感慨，该恕的该罚的再听宣判。

古往今来多少离合悲欢，谁曾见这样哀怨辛酸！

《哈姆雷特》

你可以疑心星星是火把；你可以疑心太阳会移转；你可以

疑心真理是谎话；可是我的爱永没有改变。

日轮已经盘绕三十春秋，那茫茫海水和滚滚地球，月亮吐耀着借来的晶光，三百六十回向大地环航，

自从爱把我们缔结良姻，许门替我们证下了鸳盟。愿日月继续他们的周游，让我们再厮守三十春秋！

可是唉，你近来这样多病，郁郁寡欢，失去旧时高兴，好叫我满心里为你忧惧。可是，我的主，你不必疑虑；女人的忧伤像她的爱一样，不是太少，就是超过分量；你知道我爱你是多么深，

所以才会有如此的忧心。越是相爱，越是挂肚牵胸；不这样那显得你我情浓？爱人，我不久必须离开你，

我的全身将要失去生机；留下你在这繁华的世界安享尊荣，受人们的敬爱；也许再嫁一位如意郎君——啊！我断不是那样薄情人；我倘忘旧迎新，难邀天恕，再嫁的除非是杀夫淫妇。

妇人失节大半贪慕荣华，多情女子决不另抱琵琶；我要是与他人共枕同衾，怎么对得起地下的先灵！

我相信你的话发自心田，可是我们往往自食前言。志愿不过是记忆的奴隶，总是有始无终，虎头蛇尾，

像未熟的果子密布树梢，一朝红烂就会离去枝条。我们对自己所负的债务，最好把它丢在脑后不顾；

一时的热情中发下誓愿，心冷了，那意志也随云散。过分的喜乐，剧烈的哀伤，反会毁害了感情的本常。

人世间的哀乐变幻无端，痛哭一转瞬早换了狂欢。世界也会有毁灭的一天，何怪爱情要随境遇变迁；

有谁能解答这一个哑谜，是境由爱造？是爱逐境移？失财势的伟人举目无亲；走时运的穷酸仇敌逢迎。

这炎凉的世态古今一辙：富有的门庭挤满了宾客；要是你在穷途向人求助，即使知交也要情同陌路。

把我们的谈话拉回本题，意志命运往往背道而驰，决心到最后会全都推倒，事实的结果总难符预料。

你以为你自己不会再嫁，只怕我一死你就要变卦。地不要养我，天不要亮我！昼不得游乐，夜不得安卧！毁灭了我的希望和信心；铁锁囚门把我监禁终身！每一种恼人的飞来横逆，把我一重重的心愿摧折！我倘死了丈夫再作新人，让我生前死后永陷沉沦！

黑心快手，遇到妙药良机；趁着没人看见，事不宜迟。你夜半采来的毒草炼成，赫卡忒的咒语念上三巡，

赶快发挥你凶恶的魔力，让他的生命速归于幻灭。

嗨，让那中箭的母鹿掉泪，没有伤的公鹿自去游玩；有的人失眠，有的人酣睡，世界就是这样循环轮转。

因为你知道，亲爱的台芒，这一个荒凉破碎的国土原来是乔武统治的雄邦，而今王位上却坐着——孔雀。

要是国王不爱这出喜剧，那么他多半是不能赏识。

我负疚的灵魂惴惴惊惶，琐琐细事也像预兆灾殃；罪恶是这样充满了疑猜，越小心越容易流露鬼胎。

凯撒死了，他尊严的尸体也许变了泥把破墙填砌；啊！他从前是何等的英雄，现在只好为人挡雨遮风！

《李尔王》

再会，国王，你既不知悔改，囚笼里也没有自由存在。神明庇护你，善良的女郎！

你想得正确，说得十分恰当。愿你们照你们的夸口去做，爱的言辞会变成事实。

各位王子，肯特从此远去；到新的国土走他的旧路。

可是在这整整七年时光，耗子是汤姆唯一的食粮。

最大的不幸是独抱牢愁，任何的欢娱乐事已抛在后头；倘

有了同病相怜的伴侣，

天大的忧伤也会解去一半。国王有的是不孝的逆女，我自己遭逢无情的严父，

他与我两个人一般遭际，使我的痛苦大为宽释。

不日间我就要登程上道；我已经听见主上的呼召。

《奥赛罗》

眼看希望幻灭，恶运临头，无可挽回，何必满腹牢愁？为了既成的灾祸而痛苦，徒然招惹出更多的灾祸。

既不能和命运争强斗胜，还是付之一笑，安心耐忍。聪明人遭盗窃毫不介意；痛哭流涕反而伤害自己。

让敌人夺去我们的海岛，我们同样可以付之一笑。那感激法官仁慈的囚犯，他可以忘却刑罚的苦难；

倘然他怨恨那判决太重，他就要忍受加倍的惨痛。种种譬解虽能给人慰藉，它们也会格外添人悲戚；

可是空言毕竟无补实际，几曾有好听话送进心底？

附录六 梁实秋译莎剧四种“是……的”结构句例

这样的人是有心计的；那有时是很有用的；这是实在的；原是揣测之辞，是难免出入的；必不会有这样事，这是不合理的；这是很确实的；她是不变心的；我承认我的痴情是可耻的；这些摩尔人是容易改变主意的；用我的机智和地狱中所有的恶魔的力量是不难于破坏的；那是全不中用的；你的事也是同样的有理的；他的漂亮的相貌举止是可疑的；要逃出这风暴是不可能的；他的船是很坚固的；他是安全的；我的满足是不能尽述的；他的人品是很可敬的；那是不可能的；她的品性是极好的；他是很卤莽很暴躁的；依阿高是极可靠的；她爱他，那也

是自然的；三个塞普勒斯的青年，都是自负不凡的；因为我认为他做出这样的事是有失身份的；你平常是很和气的；你的少年老成是举世皆知的；谁若证实了是有罪的；你刺伤的人在塞普勒斯是很有名望的；现在是不行的；我敢赌咒我确以为他是诚实的；人是应该和外表态度一致的；这些长处是能相得益彰的；我是感激不尽的；我们看起来都是合乎情理的；因为他是很能称职的；并且要认她是纯洁的；这家伙是极诚实的；险恶的思想原是有毒的；我本来是快活的；诚实正直是不稳当的；我以为我的妻是贞洁的；我以为你是公正的；看他们当场行事，那是很难为情的；她也许还是忠实的；那是不体面的，我也不愿这样；他们心地虽是光明的，而做出这淫秽的样子；在一个安稳的床上吻着淫妇而还以为她是贞洁的；你是机警的，那是一定；这公道是很可喜的；她是贞洁的；如其她是不贞洁忠实的；她说的是很充分的；我希望我的高贵的丈夫认为我是贞洁的；非常轻蔑的咒骂，是诚实的人难以忍受的；疏冷是很可怕的；你怪罪我，是很有理的；你的怀疑不是没有见识的；是什么事？是否合理而不越轨的；那是不相干的；我们也不是毫无心肝的；或同归于尽，都是于我有利的；这是万万不可的；这也许是假装的；这是很好的；它再有生命的滋长，那是一定要枯萎的；这一缕悲哀是神圣的；她是天真无邪的；假如她是忠实的；他自己都发现是真的；她是淫秽的；她是贞洁的；因为他是极光明磊落的；他们说没有鬼敢出现，那几夜是平安的；都是罪过，对于理性也是讲不过去的，他的胡须是灰白色的；现在他的心地是纯洁的，并无虚伪沾污；他的身份是很重的；凉气真是剪刺似的；这是生成如此的；这缺憾也许是天生的或是命中注定的；杀人的事，往好里讲，都是有悖人道的；但是至贞是不移的；他是疯了，这是真的；脸是皱的，眼里流出浓液的琥珀；我们的敬爱是始终不渝的；扮演国王的演员是要受欢迎的；自己也要变成成年的演员这是一定不免的；形式上的礼节是欢迎中所不可少的；他的回答却是很慷慨的；我是很骄傲的，有仇必报；你们走起路来是扭扭捏捏的；说起话来是娇声娇气的；“等一下”说起来倒是容易的；这样的官员将来到最后对国王是有利的；假如你认为我的友谊是有价值的；既然丹麦的刀砍在你身上的创疤还是鲜红的；她的话是没有意义的；我只要有一滴血是安静的；我是无罪的，我并且很哀痛；他们明知道这样做是有好处的；在你看来或许是薄弱的，而在我看来是很有力量的；经过一千个人来居住，依然是坚固的；我的脾气虽不急躁，却也不是好惹的；闯了进去，是难免危险的；我的意思是不变的；这一段作为史诗看，是很美妙的；我是完全无缺的；现在，我的乖，虽是最后的，可不是最薄的；也要告诉你是错误的；这命令是不能收回的；这总该是合法的；那是一定的；他一生最明白的时候也是鲁莽的；如其内容是好的，我知道她的心和我的心在这事上是一致的，老傻子是和小孩子一般的；只剩这个是你生来有的；他们的错误仍然是不能任其逍遥法外的；纠止仍然是刻不容缓的；这事若在平常也许是怪难为情的；我知道你是很有智慧的；你是年高有德的，你应该是聪明的；她一定是孝顺的；百名武装齐备的侍卫，这倒是很妥善的；这事是急待处理的；他是直爽的；全世界都深知的，是不容劝阻的；你也是不冤枉的；那时节我们是不由自主的；老年人是多余的；如其你的慈爱的势力也是嘉许孝行的；如其你也是年老的；凡不是最坏的，就算是一种可称赞的；也有几件是多余的：他是自有主张的；那些仆从，表面上看是一点也不差的；贫困的魔力是可惊的；说起来都是危险的；表示上天是公道的；小小的一个火星，全身他处都是冷的；如其这信里的事是实在的；这只猫是灰色的；谁能说，“我现在是最倒楣的”；我恐怕你的心情是不受约束的；至理良言由卑鄙的人看来便像是卑鄙的；亲自回去是必要的；我以为路是平的；现在是实在的，我真伤心极了；我是很率直的；时间地点总会是很易得的；这是最合适的；仍然，仍然是疯疯癫癫的；告诉他经过的情形，还是危险的；他是逡巡善变的；理由也是一样的；天神是公正的；人生是甜蜜的；如其还有得说，并且是更惨的；哀德蒙总还是可爱的；那么她便是活的；官佐是真的；吻着美人脸的面具是乌黑的；你们二位都是德高望重的；圣徒是不为人所动的；我的咒语是温和而体面的；他的爱是盲目的，宜于在暗处逍遥；如果爱是盲目的，便无法射中目标；而且这地方是致命的；你可能是虚伪的；因为二者都是无穷的；怕不是真的；如果你的爱情是纯正的，有意和我结婚；而且我敢说是很有德性的；最甜的蜜固然本身是味美的；快乐是这样轻飘飘的；只为你的眼睛是榛色的；他说的话不是真的；如果爱情是盲目的；全是无赖的，虚伪的，欺骗的；提拔特的死，是够悲惨的；这一句话里面的杀伤的力量是无穷尽的；因为世界是宽广的；在这一点上你也是幸运的；她对她的表兄提拔特是甚为友爱的；只消你愿意这样，我是很甘心的；对于罗密欧我是永远不会满足的；急促的快乐的日子，是你想不到的；也是我料不到的；我以为你这第二次结婚是很幸运的；她父亲认为她这样悲伤过度是有危险的；你只好承认我的决定是明智的；那些件衣服是最合适的；因为如果她是平安的，一切都不会坏；和我的存心，都是凶野的；——如果你是仁慈的，打开这坟墓；蒙待鸠的背上的刀鞘是空的（208 例）。

附录七　朱生豪译莎剧四种"是……的"结构句例

这种事情是不是很可能的；即使消息不尽正确，大体上总是有根据的；这是完全真实的；这也是真的；我的言语是粗鲁的；认为我是有罪的；那岛上的实力你是知道得十分清楚的；他们感情的破裂一定也是很突然的；这样的风浪是抵御不了的；他的婚姻是再幸福不过的；我只知道他是平安的；那是比名誉的损失痛苦得多的；你的名誉仍旧是好端端的；我记得一大堆的事情，可是全都是模模糊糊的；一个人有时候多喝了几杯，也是免不了的；苔丝狄蒙娜总是有求必应的；他的过失倘不是无心而是有意的；我敢发誓我相信他是忠实的；也许它们是邪恶而卑劣的；我想苔丝狄蒙娜是贞洁的；因为他对于这一个职位是非常胜任的；倘然她是不贞的；我还是快乐的；我想我的妻子是贞洁的；我想你是诚实的；她的名誉本来是像狄安娜的容颜一样皎洁的；也许她还是贞洁的；这一只手表明它的主人是多育子女而心肠慷慨的；他们的本心是规矩的；我敢用我的灵魂打赌她是贞洁的；所以发誓说你是贞洁的吧；天知道我是贞洁的；天知道你是像地狱一样淫邪的；我怎么是淫邪的；全然是应该的；在我看来也是可爱的；一件小小的坏事，换取这样大大的好处是合算的；我就是因此而下炼狱，也是甘心的；可是你有没有对他说她是不贞的；这事情是真的；她是淫污的；我知道这件行为在世人眼中看起来是惊人而惨酷的；她是贞洁的；据说魔鬼的脚是分趾的；他的心地是光明正大的；因为它是像空气一样不可侵害的；一切都是圣洁而美好的；既然是很普通的；理智永远在呼喊，“这是无可避免的”；这是真的；他的脸色是惨白的还是红红的；第二次的告别是格外可喜的；父亲，他向我求爱的态度是很光明正大的；因为它们本来是虚幻的；至于我的灵魂，那是跟它自己同样永生不灭的；这是真的；惟其是真的，所以才可叹；它的可叹也是真的；王后这是很可能的；他们的头脑是空空洞洞的；他们的两腿是摇摇摆摆的；可是你们的消息是假的；我的感谢也是不值钱的；我是一切妇女中间最伤心而不幸的；睡在姑娘大腿的中间，想起来倒是很有趣的；我们的肩背都是好好儿的；好，我是听话的，你说吧；那是跟说谎一样容易的；这一种顾虑是最圣明不过的；他的孽债多半是很重的；我们是不能辞其咎的；可是他们假如认为我是无罪的；谁是真有罪的；听您所说，果然像是真的；可是人类的常情是不能遏阻的；绞架是很合适的；可是它怎么是合适的；它对于那些有罪的人是合适的；说这样的话是罪过的；他们都是跟他一样疯的；这是很可能的；仪式又是这样草率的；这是无可置疑的；我年纪虽较轻，心是忠实的；直言极谏就是光荣的；你向神明发誓也是没用的；这判决是无可改变的；你因为贫穷，所以是最富有的；因为被遗弃，所以是最可贵的；人弃我取是合法的；可是这样的步骤确实必要，而且是审慎的；这种假痴假呆和您其他一些新的胡闹是同样性质的；陛下，我是无辜的；我还有另一个女儿，我相信她是仁慈温存的；我跟这浑蛋是势不两立的；而你的眼睛却是温存而不烧灼的；有些恶人的脸相还是好看的；这老头儿带着他那班人来是容纳不下的；里面的内容说出来也是很危险的；这样毫无掩蔽的黑夜的暴虐，是谁也受不了的；我们心绪宁静的时候，肉体是敏感的；啊！那样想下去是要发疯的；只有这么一星星的热，其余全身都是冰冷的；这猫儿是灰色的；从最高的地位上跌落下来，那变化是可悲的；那还不是最不幸的；智慧和仁义在恶人眼中看来都是恶的；我觉得这地是平的；那倒也许是真的；可是这是真的，没有一个人是犯罪的；要他回忆他迷失的这段时间的事，却是危险的；一场血战是免不了的；这样的想法是错的；这是我们所不能容忍的；这样的先例是很多的；天神是公正的；这是真的；一切都是凄惨的，黑暗的，毁灭性的；我们谒见他也是徒然的；我这块肉还是挺不错的；我因为自己也是心灰意懒，觉得连自己这一身也是多余的；在悲哀里度过的时间似乎是格外长的；所以你以为她是美丽的；爱情本来是盲目的；姓名本来是没有意义的；上苍是一笑置之的；因为这两者都是没有穷尽的；不要指着月亮起誓，它是变化无常的；这样美满的事不会是真实的；你的第二个猜测是对的；找不着一个更坏的，我倒是那个最年轻的；你放心吧，我的仆人是再可靠不过的；回答我，你的消息是好的还是坏的；殿下，您是正直无私的；说的话都是徇着私情，完全是假的；即使恋爱是盲目的，那也正好和黑夜相称；他的判决是很温和的；事实是无可避免的；你们这样乱哭乱叫是无济于事的；在年轻时候结了婚而死去，才是最幸福不过的；这些天性的眼泪却是可笑的；那么她是安好的；什么都是好好儿的；你的嘴唇还是温暖的（159 例）。

附录八 梁实秋译莎剧四种四字格用法表

9 伤天害理 **8** 神经错乱 **6** 命运之神 忘恩负义 **5** 无论如何 **4** 一心一意 罪大恶极 勇往直前 同归于尽 命中注定 心平气和 甜言蜜语 骨肉之情 **3** 一息尚存 一模一样 世界末日 反复无常 安安稳稳 幸运之神 心满意足 时时刻刻 本来面目 海誓山盟 直截了当 老老实实 英雄气概 雄心勃勃 **2** 一往情深 一笑置之 一网打尽 不合时宜 不由自主 不近人情 互争雄长 互相拥抱 亡命之徒 吹毛求疵 和和气气 大逆不道 天意如此 如愿以偿 如此而已 婆婆妈妈 小心翼翼 形形色色 形迹可疑 彬彬有礼 恰如其分 悲喜交集 据为己有 断然处置 有求必应 权宜之计 欢天喜地 死于非命 油腔滑调 活该倒霉 深恶痛绝 清清楚楚 爽爽快快 生生世世 痛痛快快 的的确确 真心诚意 精神恍惚 胡说八道 自古至今 花言巧语 苟延残喘 见诸实行 诸如此类 赤手空拳 阴谋陷害 随随便便 非同小可 风烛残年 骇人听闻 **1** 一举两得 一去不

返　一吐愁思　一团和气　一时无双　一星半点　一杖之遥　一概不究　一气之下　一笔勾销　一言未发　万丈深渊　万人空巷　万众呻吟　万无此理　万物之灵　上通于天　不以为怪　不以为然　不出所料　不分昼夜　不加思索　不堪回首　不相上下　不着边际　不知所云　不知高低　不祥之物　不足为奇　不辞辛苦　与日俱增　世态无常　世界之美　严阵以待　中和之道　中途旁逸　为所欲为　举杯庆祝　义无返顾　乐善好施　乱伦杀人　乱伦通奸　事不宜迟　事实昭彰　于情于理　五彩斑衣　人心惶惶　人心汹汹　仁义道德　今非昔比　从头到尾　从头至尾　从此以后　以全孝道　以手为誓　仪容举止　优劣悬殊　伟人失势　伺守提防　似是而非　体无完肤　作威作福　借题发挥　值得一提　偷偷摸摸　充耳不闻　先见之明　光天化日　光明磊落　光热俱灭　光芒四射　全军覆没　全盘错乱　全身披挂　兴妖作怪　兴致勃勃　兴高采烈　再接再厉　冲锋陷阵　决不罢休　冷眼旁观　凡夫俗子　凶恶淫秽　凶残淫乱　出乎意料　刀来剑去　判若两人　刻不容缓　前因后果　剑术浅陋　劳而无功　劳苦有功　勉强节哀　勒索暴敛　匀称可爱　千千万万　千夫所指　千真万确　半明半昧　卤莽凶狠　卤莽开罪　危机四伏　又惊又喜　发出警告　发生变化　变化无常　口出狂言　古怪脾气　古法旧例　古里古怪　另一方面　各式各样　名利双收　名闻遐迩　后起之秀　吞吞吐吐　含苞未放　含辛茹苦　听从驱使　听天由命　呻吟喘汗　和颜悦色　咬文嚼字　哭哭啼啼　啾啾哀鸣　善自遣用　喋喋不休　喜气洋洋　嘉许孝行　在此一举　垂头丧气　墓椁尽空　壮志全消　外表妖艳　夜不成眠　大公无私　大刀阔斧　大发雷霆　大名鼎鼎　大祸临头　大言不惭　天地初辟　天性笃厚　天生丽质　天真无邪　天神鉴临　天翻地覆　太失体统　太无拘束　奇形怪状　奔腾咆哮　如此这般　如醉如痴

始终不渝 委曲求全 威武堂皇 威风凛凛 娇声娇气 孱病在床 实实在在 审思熟虑 密云不流 富丽堂皇 富裕庄严 少年老成 居丧守礼 山水风物 干干脆脆 平淡无奇 广阔无垠 廉耻安在 开天辟地 弄巧反拙 引以为戒 引以为荣 形容枯槁 待人有礼 徒具人形 徒劳无功 徒有虚名 微不足道 德高望重 心地不坚 心心相印 心慌意乱 念念不忘 态度雍容 怒不可遏 思前想后 急速遁去 性情脾气 怨艾自伤 总而言之 恕你无罪 息息相通 恰到好处 恰恰相反 悬梁自尽 悬而未决 情不自禁 惊天动地 惊慌失措 惊慌失眠 惶惑不安 愁眉不展 愁眉苦脸 意欲何为 意气用事 意气相投 感情用事 感激不尽 愤愤难平 慷慨陈词 成千成万 所见所闻 才气纵横 技艺荒疏 抑扬顿挫 抑郁寡欢 抛头露面 拂逆天意 拉拉扯扯 招摇撞骗 招架之力 按捺不住 挤眼点头 挥汗彷徨 挺身而出 排山倒海 推波助澜 擦粉抹胭 改邪归正 放纵轻狂 故弄玄虚 效劳之处 敢作敢为 敬谨伺候 旁敲侧击 无一不通 无中生有 无以为继 无关宏旨 无关紧要 无动于衷 无可挽回 无名小卒 无地自容 无奇不有 无家可归 无影无踪 无所事事 无精打采 无缘无故 无话可说 既然如此 日日夜夜 日月星辰 明令禁止 明明白白 昏头昏脑 易如反掌 昭告云霄 晨鸡高叫 暧昧不明 月光朦胧 有仇必报 有机可乘 有说有笑 朝气上升 朝露未干 未死之前 杀父之仇 来来往往 极口恭维 柔弱郁结 根深蒂固 棕榈之茂 欣然接受 正当防卫 殊堪嘉奖 殷勤求爱 毫不费力 毫无疑问 毫无足奇 气度轩昂 永无人知 油渍汗臭 泰然自若 洗心赎罪 洗耳恭听 海量包涵 消减延迟 深为怆悼 滑稽百出 满不在乎 满腔热情 漠不关心 火上加油 火速办理 灵魂迸裂 热情激荡 热血沸腾 燃放巨炮 爱似掌珠

状甚亲昵　狂妄迷惑　狂舞助兴　狂风不语　狂风骇浪　狐假虎威　生儿育女　生气勃勃　用武之地　由盈而亏　留心观察　略弄狡狯　疯癫暴躁　疾风暴雨　百发百中　盖世无双　目瞪口呆　相依为命　相安无事　相得益彰　相思之苦　眉宇之间　眉目传情　眠花宿柳　瞻前顾后　知情不报　矫揉造作　破口大骂　神志颠倒　祸不单行　祸由自取　离乡背井　称兄道弟　竭尽心力　端端正正　笑容可掬　简而言之　精神错乱　结党营私　结结巴巴　绝口称赞　缛礼虚文　罪孽深重　置之度外　美丽纯洁　美貌机警　耀武扬威　老生常谈　耳目一新　耸天绝顶　聚精会神　肆无忌惮　背道而驰　胡猜乱道　胡言乱语　脾气古怪　自古以来　自圆其说　自寻开心　自寻短见　自寻苦恼　自投罗网　自投陷阱　自有天谴　自然而然　自生自灭　自讨苦吃　自食其报　至高无上　节制平和　荒唐放肆　荒诞不经　莫名其妙　蔓草未芟　虚意恭维　融为一体　衣冠楚楚　装聋作哑　裹足不前　视圹如床　记忆犹新　许许多多　论功行赏　诚心诚意　谈情说爱　谈言微中　貂裘袍褂　貌若坚贞　贫士得志　起死回生　趾高气扬　跃跃欲试　轻举妄动　轻描淡写　轻而易举　迂回盘问　返老还童　这样一来　进取之功　远走高飞　迟钝糊涂　逃之夭夭　逍遥法外　邦交永睦　醉生梦死　重归于好　重见天日　铁石心肠　长于武艺　长夜之饮　问心无愧　闻所未闻　阖眼一睡　除此之外　随意命令　随手摆布　随时随地　随机应变　随遇而安　隐忍昏睡　隐情流露　隔屋放箭　难以忍受　难分轻重　雄心勃发　雅俗共赏　震裂天空　鞭挞讥嘲　顺理成章　顿改故态　颇为诧异　颇加怜惜　饮食不进　饮食起居　饱食酣睡　香气既消　驭使如神　骈枝外饰　高吟朗诵　高山大岭　鬼怪横行　鲜血淋漓　鼓勇迎战　鼓弄唇舌

附录九　朱生豪译莎剧四种四字格用法表

7　从此以后　老老实实　6　胡说八道　5　不动声色　世界末日　忘恩负义　疯疯癫癫　罪大恶极　4　不可思议　无论如何　清清楚楚　装腔作势　诸如此类　3　不近人情　不顾一切　光明正大　吞吞吐吐　时时刻刻　有财有势　转祸为福　长吁短叹　2　一天到晚　一无所知　万全之计　万恶不赦　不可告人　不明不白　不祥之兆　争强斗胜　事不宜迟　互相拥抱　从头到尾　会蹦会跳　你死我活　光明磊落　几次三番　出人意外　十全十美　千真万确　叫苦不迭　同归于尽　听其自然　喜新厌旧　在此一举　垂头丧气　堂堂男子　大发雷霆　大惊小怪　天性之情　奇耻大辱　如愿以偿　妒恼交集　平起平坐　心满意足　心神恍惚　忍无可忍　急急忙忙　总而言之　恢复原状　惊心动魄　抱恨终天　挤眉弄眼　接踵而来　接踵而至　无中生有　无可挽回　无可置疑　无忧无虑　无所事事　无缘无故　无能为力　日月星辰　气喘吁吁　没头没脑　涂脂抹粉　漠不相干　爱管闲事　狂风暴雨　理直气壮　留心观察　痛哭流涕　痛痛快快　相形之下　眼花缭乱　瞻前顾后　空空洞洞　精神错乱　糊里糊涂　肆无忌惮　自投罗网　血肉之躯　见异思迁　许许多多　踱来踱去　逢场作戏　高高兴兴　魂飞魄散　1　一举一动　一举两得　一了百了　一事无成　一动不动　一厢情愿　一命归西　一场春梦　一帆风顺　一怒之下　一息尚存　一扫而光　一无所有　一时无双　一生一世　一眼不眨　一笑置之　一臂之力　一败涂地　一鳞半爪　万劫不复　万籁俱寂　下定决心　不共戴天　不召而返　不可开交　不可收拾　不合时宜　不好意思　不嫌怠慢　不安墓穴　不弄玄虚　不折不扣　不毛之地　不白之冤　不省人事　不知所云　不见天日　不解之缘　不辱使命　不过如此　不闻

不问 不顾死活 与日俱增 东奔西走 东跑西颠 两脚挺直 两败俱伤 中途而返 为非作歹 举世称颂 举目无亲 习以为常 乱成一团 互相交换 互相配合 亡命之徒 交头接耳 亲亲热热 人云亦云 人心惶惶 仇敌逢迎 介介于怀 神思恍惚 以身作则 仪态万方 传递消息 何地自容 保持平衡 保持良好 倾盆大雨 偷偷摸摸 偷天换日 兀立不动 充耳不闻 全军覆没 全副精神 全心全意 兴兵犯上 兴旺发达 冒昧放肆 冥顽不灵 冲锋陷阵 冷嘲热讽 刚愎自用 到此为止 力所能及 势不两立 匆匆忙忙 十万火急 千变万化 千方百计 千疮百孔 华丽潇洒 卑鄙无耻 危险凶残 历尽艰辛 原原本本 又惊又喜 反复无常 发生反应 发生变化 发荣繁茂 变化无常 变化莫测 变幻无端 口出狂言 口口声声 口干舌燥 另抱琵琶 可不可以 同室操戈 同甘共苦 同病相怜 含糊其词 含糊其辞 吹毛求疵 呐喊助威 命中注定 命令执行 和和气气 和颜悦色 咿咿呀呀 哭哭啼啼 唯其如此 唱随之乐 喜气洋洋 嗜杀贪淫 因循懒惰 因循隐忍 堂堂正正 境由爱造 声名狼藉 多才多艺 多此一举 夜以继日 大动干戈 大呼小叫 大声疾呼 大失所望 大度包涵 大张声势 大快人心 大恩大德 大摇大摆 大言不惭 大非昔比 失舵之舟 头头是道 头晕目眩 奋不顾身 奸淫残杀 如此而已 妄加猜测 妙药良机 始终不渝 威风凛凛 娇生惯养 婆婆妈妈 孝思不匮 孤弱可欺 孽障未尽 安安静静 完善卓越 完美卓越 实话实说 家世久远 宽仁厚德 富强繁盛 对症下药 寿终正寝 将行未行 小心翼翼 小心谨慎 尽心竭力 岁月潜移 平心静气 年老多病 年轻力壮 年高德劭 幸邀宽恕 度日如年 庸庸碌碌 开始活动 弄舌插足 张惶失措 归还原处 当之无愧 当机立断 彬彬有礼 彼此分离 征募壮丁 微乎其微 微观世界 德高望重 心心相印 心想事成 心神不定

心胆俱丧　心花怒放　心血来潮　必要条件　忍情暴戾　忤逆不孝　快快乐乐　念念不忘　恋恋不舍　恋爱不遂　恭聆大教　恻隐之心　悬崖之巅　悲喜交集　情人佳节　惊涛骇浪　惊疑止步　惴惴不安　惴惴惊惶　意味深长　意气用事　慌忙骚乱　慌慌张张　慷慨力争　成家立业　所作所为　手无寸铁　才德优异　打成一片　扬帆而去　扬眉吐气　扭扭捏捏　抑扬顿挫　报仇雪恨　报告消息　拜见御容　指天誓日　挡雨遮风　捐除宿怨　捧腹大笑　掌上明珠　推开不顾　提心吊胆　摇头摆脑　摇摇摆摆　播弄是非　改头换面　改恶从善　故弄玄虚　效劳之处　敲来敲去　整装待发　文明礼貌　斑斓彩衣　断断续续　断章取义　新丧未久　方便之门　旁敲侧击　无价之宝　无可遁避　无家可归　无所不能　无拘无束　无法救治　无济于事　时刻不懈　明争暗斗　明明白白　昏迷不醒　显而易见　暴躁易怒　有始无终　有求必应　有生以来　有约在先　朝三暮四　木已成舟　朴素大方　杀气腾腾　权宜之计　束手就擒　根深蒂固　模模糊糊　正大光明　死于非命　死去活来　残缺不全　毒气攻心　毫不迟疑　气势汹汹　气恼不平　永古炳耀　永陷沉沦　求之不得　汗流满面　江湖骗子　沸沸扬扬　泪如雨下　洋洋得意　流连忘返　消磨延宕　淫邪险恶　深居简出　深明大义　温文尔雅　温文知礼　滚滚地球　滚滚江流　满天盘旋　满座捧腹　满面流泪　潜移默化　火上浇油　炫新立异　烟行媚视　爱如掌珠　爱逐境移　狐假虎威　独具慧眼　玩世不恭　琐碎愚蠢　甜言蜜语　申申毒詈　略胜一筹　疲于奔命　的的确确　盛情雅意　目无法纪　目瞪口呆　直截了当　相亲相爱　相依为命　相形见绌　相得益彰　相提并论　相知有素　看不上眼　睥睨古今　矫揉造作　砖瓦碎石　确确实实　神武雄姿　神秘之国　神经错乱　祸不单行　离乡背井　离合悲欢　称兄道弟　稀里糊涂　空空如也　空虚轻浮　突如其来　笑逐颜开　答非所问　简简单单　糊涂颟

顶　素昧平生　繁荣昌盛　纯洁优美　纯洁真诚　继续处理　置之不理　群疑蜂起　羽毛未丰　耀武扬威　老气横秋　胆大妄为　背道而驰　胡作非为　胡言乱语　能歌善舞　能辞其咎　自加抑制　自取其咎　自取灭亡　自寻烦恼　自知之明　自顶至踵　自食前言　舍本逐末　良田万顷　节外生枝　花街柳巷　花言巧语　苟延残喘　英灵不昧　茫茫海水　茶余饭后　荆棘之途　荒淫纵欲　荒疏已久　荒芜不治　莫名其妙　营私舞弊　蓬头垢面　藏奸养逆　虎头蛇尾　虚伪之泪　虚度时光　血气方刚　行动诡异　襄理国家　见怪不怪　视死如归　视若无睹　觊觎权位　言归正传　议论纷纷　设身处地　说来话长　调情弄爱　调情献媚　谈情说爱　谈玄说理　谢天谢地　负载万物　败坏伦常　赴汤蹈火　趁热打铁　超乎寻常　蹦蹦跳跳　躁急易怒　身外之物　身无长物　转弯抹角　轰然崩裂　轻举妄动　轻描淡写　辛苦图谋　迅速离国　返老还童　远走高飞　远道跋涉　违情逆性　迫不及待　迫不得已　逆伦惨恶　逆天害理　逆天悖理　逆来顺受　逆流而退　逍遥法外　逗人发笑　郁郁不快　郁郁寡欢　郑重其事　酒徒醉汉　酗酒纵乐　醉生梦死　重整乾坤　重重诡计　金科玉律　铁石心肠　锦上添花　锵然落地　长篇大论　问心无愧　防祸未然　阿谀献媚　陈言套语　随意驰骤　隐讳不报　震怒之下　惊骇不安　青云直上　非分攫取　领袖群臣　颠倒是非　颠倒混乱　颠倒黑白　风烛残年　风餐露宿　风驰电掣　饥肠辘辘　高谈阔论　高雅优美　鸡毛蒜皮　麻木不仁　默尔而息　黯然失色　黯然神伤